L'amour au cœur des vignes

Scandaleux échange

MAISEY YATES

L'amour au cœur des vignes

Traduction française de
FLORENCE MOREAU

PASSIONS

HARLEQUIN

Collection : PASSIONS

Ce roman a déjà été publié en 2020

Titre original :
RANCHER'S WILD SECRET

HARPERCOLLINS FRANCE
83-85, boulevard Vincent-Auriol, 75646 PARIS CEDEX 13
Service Clients — www.harlequin.fr
ISBN 978-2-2805-0911-4 — ISSN 1950-2761

Édité par HarperCollins France.
Composition et mise en pages Nord Compo.
Imprimé en août 2024 par CPI Black Print (Barcelone)
en utilisant 100% d'électricité renouvelable.
Dépôt légal : septembre 2024.

FSC
www.fsc.org
MIXTE
Papier issu de sources responsables
FSC® C159065

Pour limiter l'empreinte environnementale de ses livres, HarperCollins France s'engage à n'utiliser que du papier fabriqué à partir de bois provenant de forêts gérées durablement et de manière responsable.

1

La réception donnée sur le domaine viticole des Maxfield à l'occasion du lancement de leur dernier cru se déroulait sans le moindre accroc. Pourtant, Emerson Maxfield s'y ennuyait ferme, bien que consciente que son état d'esprit ne cadrait pas du tout avec son rôle d'ambassadrice des vins Maxfield.

Au fond, peu importait : les nombreux convives impute-raient sans doute le manque d'intérêt que reflétait assurément son visage à l'absence de son fiancé.

Elle baissa les yeux vers sa main : elle tenait un verre de vin couleur incarnat, et à son annulaire brillait un énorme diamant taillé en forme de poire.

En toute franchise, si cette soirée l'assommait, ce n'était pas à cause de Donovan. Même si ce dernier commençait en effet sérieusement à l'agacer, qu'il soit présent ou non ce soir lui était tout à fait égal.

Pour tout avouer, elle était piégée !

C'était son père l'instigateur de cette relation, et de leurs fiançailles, deux ans plus tôt. Elle y avait consenti, certaine que des sentiments finiraient par éclore entre eux, que Donovan et elle pourraient concrétiser ce qui avait été consigné par écrit. De toute façon, ils n'avaient pas le choix.

Seulement voilà : la relation n'avait pas évolué d'un pouce !

Ils ne travaillaient ni ne vivaient dans le même État, et

aucune étincelle susceptible d'allumer un feu de camp ne passait entre eux.

D'ailleurs, tout bien considéré, la fête de ce soir était moins assommante que ses fiançailles avec Donovan, même si les deux événements étaient étroitement liés puisque tous deux participaient au rayonnement de l'empire que son père avait construit et auquel il tenait comme à la prunelle de ses yeux.

Il se trouvait aussi qu'Emerson en faisait partie.

D'ailleurs, elle nourrissait une profonde affection pour son père, et le vignoble était également très cher à son cœur : elle avait activement contribué à son développement et excellait toujours en la matière.

Grâce à elle et à son entregent, la réputation du vignoble avait dépassé les frontières de l'Oregon : désormais, les vins Maxfield étaient particulièrement prisés à Hollywood ainsi que dans la sphère médiatique, et on commençait à parler du domaine comme de la nouvelle Napa. En outre, ses sœurs avaient elles aussi joué un rôle déterminant dans ce succès.

Bref, elle aurait dû éprouver ce soir un sentiment de triomphe, et non cet étrange malaise qui, à dire vrai, la tenaillait depuis quelque temps déjà...

Jusque-là pourtant, ce monde lui convenait tout à fait.

Elle aimait se tenir au milieu d'une fête grandiose, vêtue d'une robe taillée sur mesure, accordée à un rouge à lèvres de marque. Cela lui conférait l'impression d'être une personne en vue, d'importance, au sein d'un univers où régnait succès et harmonie – quoi que puisse en penser sa mère.

Alors que se passait-il ? Son problème existentiel était-il lié à son prochain mariage ? De fait, plus la date approchait, et plus le doute l'envahissait.

Était-il possible que son travail occupe une telle place dans sa vie qu'elle était prête à épouser le fils d'un des publicitaires les plus influents au monde ? À accepter tout ce que son père exigeait, même une chose aussi intime ?

Elle soupira : elle aimait son père, n'est-ce pas ? Elle aimait le vignoble, non ? Alors elle n'avait que faire de l'amour romantique !

Pour tout avouer, elle n'avait jamais été amoureuse, cette notion restait donc du domaine de l'hypothétique, alors que ces deux autres centres d'intérêt étaient bel et bien concrets.

Quant au sexe et à la passion…

Elle n'avait toujours pas couché avec Donovan, même si elle avait connu deux autres hommes avant lui : l'un était un ami d'université et l'autre une connaissance de l'époque qui avait suivi ses études, mais aucun des deux ne valait la peine qu'elle passe le reste de son existence auprès d'eux.

Avec Donovan, elle partageait les mêmes objectifs et valeurs, aussi pourraient-ils assurément tisser une toile solide ensemble, qui constituerait leur vie.

Après tout, pourquoi ne se serait-elle pas mariée pour défendre les intérêts du vignoble ? Pour faire plaisir à son père ?

Un nouveau soupir lui échappa, et elle leva les yeux vers la lune, par la porte-fenêtre entrouverte.

Tout ce qui l'entourait était d'une beauté ineffable : la fête avait été organisée dans la salle de dégustation juchée au sommet de la colline qui surplombait les vignes familiales, actuellement baignées par la lumière argentée de la lune.

Sur une impulsion, elle sortit sur le balcon quasiment désert ; garder ses distances avec autrui était l'un de ses talents. D'un sourire, elle pouvait attirer, tel un aimant, toutes les personnes présentes dans la salle, comme afficher un visage impassible qui dressait entre elle et les autres une barrière invisible qu'aucun invité n'aurait osé franchir.

Elle porta un regard songeur sur les vignes…

— Que fais-tu ici toute seule ?

À cette question, elle sentit un petit sourire naître au coin de ses lèvres. Car si elle avait le pouvoir de s'isoler de tous, elle ne pouvait empêcher Cricket de lui adresser la parole si celle-ci en avait envie : en règle générale, sa petite sœur n'agissait qu'à sa guise.

— J'avais besoin de prendre l'air. Mais, toi, que fais-tu ici ? On t'a vraiment laissé entrer ?

— Je te rappelle que j'ai vingt et un ans, merci ! répliqua Cricket, d'un ton boudeur qui lui donnait un air enfantin, loin de l'âge si fièrement proclamé.

— Oh ! comment ai-je pu oublier ? répliqua Emerson d'un ton moqueur.

En réalité, elle avait organisé une fête absolument extraordinaire pour l'anniversaire de Cricket qui d'ailleurs ne s'y était pas montrée très à l'aise, vêtue d'une robe ajustée qu'Emerson avait spécialement choisie pour elle. Sa petite sœur n'était pas en effet habituée à être le centre d'attention.

Emerson, elle, adorait cette sensation, mais quand elle le décidait.

La lumière de la lune lui révéla alors une certaine fureur sur le visage de Cricket.

— Je ne suis pas venue ici pour que tu te moques de moi, répliqua-t-elle.

— Pardonne-moi, répondit Emerson d'un ton sincère.

Elle détestait vexer sa sœur, elle aimait juste la taquiner un peu : Cricket prenait si facilement la mouche !

Regardant l'immense vignoble qui s'étendait à ses pieds, elle fronça soudain les sourcils : quelle était donc cette silhouette qui se déplaçait entre les rangs de vignes ?

Un homme ! se dit-elle aussitôt. Et même de l'endroit où elle se trouvait, elle pouvait assurer qu'il était svelte et élancé, et voir qu'il avançait à grandes enjambées.

— Qui est-ce ? demanda-t-elle à sa sœur.

— Je ne sais pas, répondit Cricket en regardant en bas, à son tour. Tu veux que j'aille chercher papa ?

— Non, dit Emerson, je descends.

Elle savait exactement qui était censé se trouver à la fête et qui n'était pas invité. Et si cet homme était du clan Cooper qui possédait le domaine des Cow-boy Wines, alors elle était en droit de nourrir des inquiétudes sur sa présence chez elle : nul doute qu'il venait fouiner, en quête de secrets industriels.

Non que leur principal concurrent ait eu recours à de mesquines méthodes d'espionnage jusque-là, mais elle se méfiait de tous. Ou presque.

Il fallait dire que l'industrie liée à la fabrication du vin était fort compétitive, et toutes sortes de rivalités ne cessaient de croître entre les viticulteurs.

Wren, l'autre sœur d'Emerson, devenait blême à la seule mention du nom Cooper et les imaginait toujours capables de recourir aux pires stratagèmes pour s'enrichir. Donc, tout était possible !

— Je reviens tout de suite, précisa-t-elle.

— Quoi ? Tu vas mener l'enquête par toi-même ? questionna Cricket.

— Ne t'inquiète pas, la rassura Emerson. J'ai un portable et je ne suis pas à proprement parler dans un endroit désert, tu as vu le monde qui nous entoure ? Je suis confiante, je n'aurai pas le moindre problème.

— Emerson...

Mais, elle avait déjà délaissé le balcon pour réintégrer la pièce principale afin d'en ressortir très vite par la porte qui menait à l'escalier, sans plus écouter sa sœur. Elle était incapable de se l'expliquer, mais elle éprouvait le vif besoin de voir l'homme de plus près, de ses propres yeux.

Bah ! Peut-être parce que son arrivée brisait la monotonie de la soirée. Elle se dirigea vers l'endroit où elle avait repéré la silhouette, sortant du bain de lumière dorée qui inondait la fête pour s'immerger dans les vignes. Le clair de lune guidait ses pas, même s'il était pâle et lui donnait la sensation d'avoir des mains de cire.

Alors qu'elle tournait à l'angle d'un rang, elle se figea.

Elle avait tout de suite deviné que l'intrus était grand mais, de près, sa taille était bien plus impressionnante, tout comme sa carrure.

Il était coiffé d'un chapeau de cow-boy ce qui était un peu curieux, à la nuit tombée, puisqu'il ne craignait plus le soleil. Il portait par ailleurs un T-shirt noir et un jean.

Et ce n'était pas un Cooper, mais un parfait inconnu.

Dès qu'il la repéra, il s'immobilisa puis releva la tête : la lumière captura alors ses traits, son visage superbement sculpté, au point qu'elle en retint son souffle. Ses mâchoires carrées se dessinaient nettement dans le clair-obscur.

— Je... Vous êtes-vous égaré ? questionna-t-elle. La fête, c'est par ici, encore que je sois à peu près certaine que vous ne figurez pas sur la liste des invités.

— Logique, je ne suis pas convié, répondit-il d'une voix rauque et rugueuse - une voix taillée pour le péché.

Taillée pour le péché ?

D'où une telle pensée lui était-elle donc venue ?

En réalité, il était très aisé d'imaginer ce timbre susurrer des mots sulfureux...

— Euh... Dans ce cas, pouvez-vous m'expliquer ce que vous faites sur la propriété ?

— J'y travaille, répondit-il. Je suis le nouvel employé du ranch.

Qu'il soit damné si elle n'était pas le petit chaperon rouge qui venait juste de se jeter dans la gueule du grand méchant loup ! pensa Holden.

À ceci près qu'elle ne portait pas une cape rouge, mais une robe écarlate qui épousait ses formes généreuses de sorte qu'elle lui évoquait un présent tentateur enveloppé dans un papier de soie.

La lune argentée accrochait de la lumière dans son épaisse chevelure brune qui tombait par ailleurs en cascade sur ses épaules dénudées.

Instantanément, il se la représenta dans son lit, vit son

corps nu dans ses draps froissés et ses cheveux sensuellement emmêlés…

Comme il était regrettable qu'il ne soit pas ici pour le plaisir !

En réalité, il était venu pour se venger. Et d'après les informations qu'il avait rassemblées sur la famille Maxfield, il devait se trouver en face d'Emerson Maxfield dont le beau visage s'étalait souvent à la une des magazines dédiés aux vins et à la bonne chère, et qui était aussi devenue une sorte de It Girl en matière de marques de vêtements. Elle était superbe, reconnaissable entre toutes… et fiancée !

Encore que s'il l'avait désirée, cela ne l'aurait pas empêché de la séduire : en quoi une bague pouvait-elle le gêner ? Selon lui, si une femme fiancée ou mariée s'intéressait à d'autres hommes que son partenaire, cela signifiait que celui qui lui avait glissé l'anneau au doigt n'était pas à la hauteur.

S'il pouvait conquérir la femme d'un autre, alors il estimait que le crétin à qui il l'avait dérobée ne méritait pas mieux.

De manière générale, il se fichait pas mal du qu'en-dira-t-on !

Toutefois, il existait de nombreuses femmes sur terre, et il disposait de tout aussi multiples façons d'assouvir ses besoins sexuels : il n'allait tout de même pas se compromettre avec une Maxfield. Aussi belle soit-elle.

— J'ignorai que mon père avait embauché un nouvel ouvrier, dit-elle.

Sa façon de s'exprimer comme une princesse issue d'une école privée de privilégiés l'amusa. De fait, elle avait fréquenté des établissements réservés aux élites sur la côte Est, revenant dans l'Oregon pour les vacances, du moins quand sa famille n'était pas partie au bout du monde. Pour s'être soigneusement renseigné, il savait tout sur elle et les siens.

Les Maxfield étaient le clan le plus aisé du comté de Logan grâce à son vignoble qui avait une renommée sur le plan mondial.

Son père, James Maxfield, était un visionnaire d'envergure

internationale, un viticulteur à l'échelle planétaire et un salopard de même ampleur.

Holden n'était pas un grand pourfendeur de la morale, mais il tenait à certains principes et, le premier de sa liste, c'était l'absence de toute coercition dans ses relations avec une femme ; jamais il ne laisserait une partenaire dans un état de désespoir, de dépression, ni n'exercerait sur elle le moindre chantage. Jamais.

James Maxfield, en revanche, était dénué de toute éthique.

Et hélas pour ce dernier, quand il s'agissait de faire payer les innommables qui avaient meurtri ceux qui lui étaient chers, Holden ne connaissait aucune limite sur la manière d'y parvenir. Que penserait Emerson si elle avait connaissance du mal que son père avait infligé à une femme qui avait à peine son âge ? se demanda-t-il.

En l'occurrence sa jeune sœur.

Il était fort probable que la fille aînée de Maxfield s'en contrefiche, d'ailleurs, il ne voyait pas très bien comment elle aurait pu ignorer les agissements de son père, étant donné que la famille entière semblait gérer l'entreprise...

Il avait la forte et désagréable impression que tous les enfants Maxfield tournaient la tête dans la direction opposée, son épouse aussi, faisant mine d'ignorer ses ignominies afin de pouvoir continuer d'accéder tranquillement à son compte en banque.

— Je suis arrivé hier, déclara-t-il. Je loge dans un des bungalows de la propriété.

Le domaine possédait en effet des logements réservés aux ouvriers, ce qu'il avait trouvé incroyablement désuet.

Il était un *self-made-man*, mais le succès actuel qu'il connaissait dans le domaine de l'immobilier était presque aussi souvent relayé dans la presse que celui des Maxfield, réussite qui lui avait permis de s'engager dans cette mission de vengeance, visant à détruire la vie et la réputation de James Maxfield.

Et, cerise sur le gâteau, James ne verrait rien venir car il n'imaginerait pas un instant qu'un homme comme lui, issu à ses yeux d'une couche si défavorisée, pourrait le mettre à terre. Il le regarderait de haut, estimant qu'il n'était qu'un ouvrier, un laquais.

Il n'aurait pas la moindre idée de l'homme à qui il avait affaire, à savoir le détenteur quasi unique de la partie est de l'État, du côté de Jackson Creek.

Et pour cause : James Maxfield ne pensait à personne d'autre qu'à lui-même, jugeant que personne ne pouvait être plus intelligent et important que lui.

C'était précisément cette vanité qui allait signer sa chute, de cela, Holden en répondait !

— Ah bon ! rétorqua sa fille.

Et croisant son regard, elle se mordit la lèvre.

Il ne rêvait pas : la petite sorcière flirtait carrément avec lui !

— N'êtes-vous pas censée vous trouver parmi vos hôtes ? la questionna-t-il.

Elle haussa une épaule.

— Sans doute.

Elle ne semblait pas le moins du monde surprise qu'il sache qui elle était, mais il se figurait aisément qu'elle était habituée à ce qu'on la reconnaisse.

— Les gens vont remarquer que vous vous êtes absentée.

— Oui, j'imagine.

Elle fronça alors le nez et ajouta :

— De vous à moi, je suis un peu lasse de ces réceptions.

— Des fêtes où l'on boit et mange à volonté sans débourser un centime ? Comment peut-on s'en lasser ?

Elle haussa à nouveau une de ses fines épaules.

— Je suppose que lorsque le vin est toujours gratuit, on oublie pourquoi il est si spécial.

— Veuillez m'excuser, mais cette notion m'est tout à fait étrangère.

Il avait travaillé dur pour engranger le moindre dollar,

et leur accumulation avait fini par constituer l'immense fortune qu'il possédait aujourd'hui.

— Oui, bien sûr, navrée. C'est le point de vue de l'incroyable privilégiée que je suis.

— En effet, si vous êtes bien celle pour qui je vous prends, vous êtes incroyablement privilégiée, aussi, il est sans doute logique que vous ressentiez une certaine lassitude.

— Toute vérité n'est pas forcément bonne à dire, voilà tout, enchaîna-t-elle.

— Pour vous mettre plus à l'aise, je pourrais vous rétorquer des choses peu subtiles, moi aussi.

Elle se mit à rire.

— Essayez !

— Eh bien, par exemple, si vous n'êtes pas plus prudente, petit chaperon rouge, et que vous continuez à errer dans la nature à la nuit tombée, le grand méchant loup risque de vous engloutir.

Ces paroles étaient ouvertement à connotation sexuelle, et la petite princesse, avec sa charmante bague au doigt, aurait dû en prendre ombrage.

Mais elle n'en fit rien et parut même frissonner de plaisir avant de détourner les yeux.

— C'était censé être vulgaire ? finit-elle par demander.

— Ça l'est !

— Pas à mes yeux.

— Vous devriez aller retrouver vos invités, lui conseilla-t-il alors.

— Pourquoi ? Suis-je en danger, à l'extérieur ?

— Tout dépend de ce que l'on considère comme un danger.

Après tout, songea-t-il, il pouvait tout à fait établir une relation avec elle, cela ne desservirait pas ses objectifs, au contraire : il pourrait en jouer de bien des façons.

— Discuter avec des inconnus dans des vignes peut en être un, par exemple, poursuivit-il.

— Tout dépend si vous estimez que je suis moi-même mystérieuse ! répliqua-t-elle.

— Je ne vous connais pas assez pour trancher.

À cet instant, il sentit comme un frisson d'intérêt vibrer en lui. Mais bon sang, que lui prenait-il ? Voilà une éternité qu'aucune femme n'avait suscité son intérêt, et il fallait que ce soit elle, Emerson Maxfield, qui y parvienne !

Celle-ci recula alors d'un pas, les yeux subitement écarquillés de peur, et il se maudit : elle venait de se rendre compte de sa réaction !

— Il faut que j'y aille, bredouilla-t-elle. Je dois... Bref, on m'attend à la réception.

— Mais naturellement.

Et sans réfléchir, il fit un pas vers elle.

À cet instant, elle s'éloigna de lui aussi vite que le lui permettaient ses stilettos.

— Oui, il vaut mieux que tu t'enfuies, petit chaperon rouge, marmonna-t-il dans sa barbe.

Puis il pivota sur ses talons et évalua les vignes ainsi que la maison, en haut de la colline.

— Le grand méchant loup ne va pas tarder à engloutir tout cela, ajouta-t-il.

2

— Emerson, j'ai une mission à te confier !

Fatiguée et déstabilisée par la soirée de la veille, Emerson sursauta presque quand son père l'appela. Elle avait eu un comportement qui lui ressemblait si peu, le jour précédent, qu'elle ne savait toujours pas qu'en penser.

Elle avait abandonné la fête, manqué à son devoir pour poursuivre un inconnu dans les rangs de vigne. Et ensuite…

Eh bien, il lui avait subitement rappelé un loup !

Elle avait visité un sanctuaire pour loups, quand elle était encore lycéenne et elle avait été fascinée par la puissante meute, la beauté et la force maîtrisée qui émanaient d'eux.

Elle en avait certes été effrayée, mais bel et bien aussi envoûtée, elle ne pouvait plus détourner son regard d'eux… Comme hier soir avec cet inconnu.

Or, il n'était pas à proprement parler un inconnu puisqu'il travaillait sur la propriété, ce qui aurait dû constituer un feu rouge, une barrière infranchissable entre eux. Si le diamant qu'elle portait au doigt ne pouvait lui servir d'alarme, son statut d'employé aurait dû s'y substituer.

Malgré tout, elle s'était sentie attirée par lui jusqu'à ce qu'il avance d'un pas vers elle… Par chance, tous ses bons instincts avaient alors rejailli, et elle s'était bien vite enfuie.

Mais pourquoi avait-elle donc joué avec le feu, pendant quelques instants ?

— Une mission ? répéta-t-elle.

— J'ai étudié de près les profits qu'engrange la Grassroots Winery, dit-il. Sais-tu qu'ils ont fait de leur vignoble une destination en soi ? Pas juste un endroit où l'on vient déguster du vin, mais un lieu de visite. On a déjà prouvé que notre domaine pouvait accueillir, contre rémunération, de fabuleuses réceptions de mariage ou autre événement. La réception que tu as organisée hier était d'ailleurs un succès.

Le compliment lui fit plaisir, même si elle était consciente qu'une requête allait forcément suivre.

— Ce que propose Grassroots Winery, ce sont des balades à cheval sur leur domaine. Ils ont aussi une sorte de partenariat avec un propriétaire de ranch, dans le voisinage. Moi, ce n'est pas sous cette forme que j'envisage les choses, mais je crois en revanche que de telles promenades, avec des pique-niques inclus, par exemple, pourraient nous être profitables.

Emerson avait croisé à plusieurs reprises déjà Lindy Dodge, la propriétaire de Grassroots Winery, et elle l'appréciait énormément. Un bref scrupule la traversa à l'idée de copier son idée, mais elle l'oublia rapidement : il n'était pas rare que des sociétés similaires proposent les mêmes services, c'était d'ailleurs inévitable dans leur domaine pour survivre. Et puis ils n'étaient pas rivaux, essayait-elle de se convaincre, ils participaient tous à la valorisation de la région et au développement du tourisme.

Cela dit, le seul concurrent de taille était le domaine des Cow-boy Wines, même si leurs vins n'auraient su être plus différents des leurs ce qui, en outre, n'était sans doute pas fortuit.

Elle suspectait aussi que la rivalité avait une cause plus sombre que simplement commerciale, même si jamais James n'y avait fait la moindre allusion.

Pas plus que Wren, sa sœur cadette. En raison du poste qu'elle occupait au sein du vignoble, elle était souvent en conflit avec Creed Cooper qui exerçait les mêmes fonctions pour son clan : Wren le détestait de toutes les fibres de son corps, et leurs querelles étaient bruyantes et fréquentes.

— Et de quoi s'agit-il, au juste ? s'enquit alors Emerson.

— Mais je viens de te le dire : de pique-niques et de balades à cheval avec un petit plus qui permettra tout de suite d'identifier la signature des Maxfield.

— J'ai l'impression que cela relève davantage des compétences de Wren.

Celle-ci était chargée des événements qui avaient lieu sur le domaine, tandis qu'Emerson était responsable du département publicité et représentation.

— Non, car il s'agit de séduire les gens. Je veux que tu trouves les meilleurs itinéraires, les plus beaux panoramas à admirer, que tu prennes des photos, et que tu les postes sur les réseaux sociaux. Utilise les signes appropriés.

— Tu veux dire les hashtags ?

— Je me fiche de savoir comment ça s'appelle, c'est pour cela que je requiers tes services en la matière.

— OK. C'est dans mes cordes.

Disposant d'un riche réseau, elle ferait en sorte de poster de bonnes photos qui susciteraient l'attention sur le Net et déboucheraient peut-être sur un article dans la revue *Sip and Savor*.

— C'est une bonne idée, ajouta-t-elle.

— À cet effet, enchaîna son père, j'ai embauché une personne en charge des chevaux et de leur parcours. Il devra aussi superviser les nouvelles écuries que l'on construira, car tout doit être impeccable et aux normes pour accueillir les visiteurs, accompagner les randonnées, etc.

— Je vois, dit-elle. Et… Cette personne, enfin, l'homme que tu as embauché, est-il de grande taille ?

James haussa les épaules.

— Je ne sais pas. Je n'ai pas fait attention à sa taille. Et toi ?

— Non, répondit-elle en rougissant, comme une enfant prise en flagrant délit. C'est juste que… Enfin, je pense l'avoir vu hier soir, dans les vignes. Je suis alors sortie pour voir ce qui se passait, exactement.

C'était une seconde nature chez elle d'être toujours honnête avec son père. Elle s'efforçait en permanence d'être une bonne fille, comme il le lui avait appris.

— Tu as quitté la réception et tu l'as laissée sans surveillance ?

— Tout était sous contrôle, lui assura-t-elle. J'ai délégué mon rôle à Cricket.

En dépit de sa loyauté envers son père, il était un aspect qu'elle ne pouvait lui dévoiler, en l'occurrence les curieuses sensations que l'inconnu avait éveillées en elle.

— J'ai discuté quelques instants avec lui puis je suis bien vite rentré, rien de plus. Il m'a dit qu'il travaillait sur le domaine.

— Tu te dois d'être prudente, reprit son père. Imagine si on t'avait photographiée au milieu des vignes en compagnie d'un homme qui n'est pas Donovan. Rien ne doit compromettre ton mariage.

Elle retint un soupir : parfois, elle se demandait si son père avait compris qu'ils ne vivaient plus à l'ère victorienne.

— Rien ne le compromettra, lui assura-t-elle.

— Je suis ravi que tu en sois si certaine.

C'était le cas, en dépit de doutes passagers. Son père n'avait sans doute pas saisi que les temps avaient changé mais, elle, si. Elle était certaine que Donovan couchait avec d'autres femmes en l'absence de toute relation physique avec elle. N'était-il pas un homme, après tout ?

Elle savait aussi pourquoi son père tenait tant à ce qu'elle épouse Donovan : en vue de sa retraite prochaine, il avait prévu de remettre à chacun des futurs maris de ses filles des parts de la propriété.

Selon lui, Donovan représentait un atout pour le domaine, et Emerson en convenait ; en revanche elle ne voyait pas très bien comment leur relation pourrait fonctionner quand ils seraient mariés, et il était évident que Donovan partageait ses réserves. Toutefois, elle doutait qu'il accepte des écarts de sa part.

— Tu vois, poursuivit son père en la ramenant à la réalité du moment, ce qui importe, ce n'est pas ce que tu fais, Emerson, mais ce que le monde pense que tu fais.

Les propos de son père résonnèrent de manière si pragmatique et froide à ses oreilles qu'elle en frissonna. Et elle se demanda bien pourquoi car, comme lui, elle estimait que tout reposait dans l'image.

Elle bascula alors le poids de son corps sur son autre jambe.

— Parfait, pas de souci. L'image, c'est mon domaine.

— Tout est une question de valorisation.

— Entièrement d'accord.

— Et tu excelles en la matière.

— Merci, dit-elle en en rougissant presque de plaisir.

Il était si rare que James Maxfield distribue des compliments qu'elle s'y raccrochait toujours de toutes ses forces quand elle en recevait.

— Et maintenant, va aux écuries, il t'y attend.

Et si, à ces paroles, son estomac se noua, elle préféra ne pas s'attarder sur sa réaction. Son père l'avait chargée d'une mission : peu importait la taille du nouveau responsable de la partie ranch !

Elle était aussi ravissante dans cette tenue facétieusement tendance que dans la robe élégante de la veille, pensa aussitôt Holden quand Emerson le rejoignit.

Elle portait en effet un pantalon noir taille haute qui recouvrait son nombril et bouffait au niveau des chevilles, et un haut noir assorti qui épousait sa poitrine et laissait voir une partie de son ventre. Elle avait relevé ses cheveux en un chignon et appliqué le même rouge à lèvres que la veille, le tout complété par des lunettes de soleil.

Il aurait préféré voir ses yeux !

Ce fut alors que, comme si elle avait deviné ses pensées, elle releva ses lunettes sur son crâne, une fois arrivée à sa hauteur.

Sa beauté le bluffa.

Il avait cru pourtant en percevoir toute la force, la veille au clair de lune, mais même les photos qu'on pouvait voir d'elle dans les magazines ne rendaient pas justice à sa perfection. Le bleu de ses yeux était d'un naturel frappant. Avec en arrière-plan les montagnes verdoyantes et sous le soleil brillant de tous ses feux, ses prunelles paraissaient refléter l'azur de l'été.

— Bonjour, dit-elle.

— Bonjour, répondit-il en écho. J'image que vous avez discuté avec votre père ?

Il lui fallut faire appel à tout son sang-froid pour s'exprimer sur le ton de la neutralité.

— Effectivement, confirma-t-elle.

— Et alors, que pensez-vous de son projet ?

Pour sa part, il lui convenait parfaitement. Quand il aurait ruiné James et fait sombrer sa marque, il pourrait tout à fait racheter toute la propriété et fabriquer du vin lui-même. Il était doué pour le commerce et la finance, ainsi, il gagnerait encore plus d'argent.

— C'est une très bonne idée, répondit-elle. Je pense que quelques selfies sur les bons réseaux sociaux pourront attirer l'intérêt.

— Vous avez probablement raison, même si je dois vous avouer que les selfies, ce n'est pas vraiment ma partie.

Il venait de proférer un mensonge : sa jeune sœur était une influenceuse de poids, par ailleurs mannequin, et c'était d'ailleurs lors d'une fête mondaine qu'elle avait rencontré James Maxfield. Comme il s'en voulait qu'une partie de son propre argent ait servi à cette maudite rencontre !

Soraya était une jeune fille si douce et innocente ; issue

d'une petite ville, elle avait été catapultée dans un monde auquel elle n'avait pas été préparée et qu'elle n'avait donc pas été en mesure d'affronter.

Et il savait de quoi il parlait : lui-même avait été pris au dépourvu quant à la gestion de son argent, lorsqu'il avait commencé à en gagner beaucoup.

Néanmoins, il avait tout mis en œuvre pour aider sa famille à sortir de la misère, en achetant notamment une maison à sa mère. Elle se trouvait en haut d'une colline, comme elle en rêvait, loin des hommes qui avaient abusé d'elle pendant toute l'enfance de Holden.

Quant à sa toute jeune et adorable demi-sœur, elle était tombée la tête la première dans la célébrité. Elle était belle, ce qui n'était pas nouveau, mais ses pommettes hautes et son goût infaillible soulevaient d'autant plus l'intérêt qu'elle avait connu la pauvreté.

Des millions de personnes la suivaient sur les réseaux sociaux, suspendus à la prochaine photo qu'elle publierait, désireux de voir à quelle fête elle s'était rendue.

Et elle était finalement allée à la mauvaise réception, celle où elle avait croisé la route de James Maxfield. Il avait foncé sur elle comme un oiseau de proie et l'avait totalement brisée. Holden n'oublierait jamais l'admission de sa sœur en hôpital psychiatrique, sa tentative de suicide, sa fausse couche... Elle avait été détruite.

Ceci était resté gravé en lui, tout comme le fait que son argent n'avait pas protégé Soraya : au contraire, c'était sa fortune qui l'avait projetée dans un monde de loups.

Il ne lui restait plus que la vengeance pour se faire justice, car s'il ne pouvait revenir en arrière et effacer d'un coup de baguette magique la souffrance de Soraya, il était en mesure de mettre sur la paille la famille Maxfield.

Et telle était son intention.

— Je ne crois pas que nous ayons été officiellement présentés, reprit Emerson.

Et sur ces mots, elle lui tendit la main qui ne portait pas de bague, le diamant étincelant tranquillement à l'autre, sous les rayons du soleil.

— Je m'appelle Emerson Maxfield, ajouta-t-elle.

— Moi, C'est Holden Brown, répondit-il.

Si James Maxfield n'avait pas été un égocentrique sans limites, Holden aurait peut-être hésité à utiliser son véritable prénom, mais il doutait fort que ce premier fasse le moindre rapport entre le jeune mannequin qu'il avait pris et jeté quelques mois plutôt, et son nouvel employé. Il était fort probable que James avait déjà oublié le prénom de Soraya, alors ses relations familiales... D'ailleurs, Holden n'était pas connu comme un people, et il trouvait son anonymat fort pratique : il n'avait toutefois jamais imaginé que cela servirait des desseins vengeurs.

Il referma la main sur celle d'Emerson. Elle était douce, désespérément douce. C'était la main d'une femme à qui le dur labeur avait été épargné : d'instinct, il eut envie de pousser cette précieuse petite princesse à exécuter de la sale besogne.

Et de préférence sur son corps à lui...

Il retira vivement sa main de la sienne.

— Je suis ravie de faire votre connaissance, Holden, dit-elle.

— J'en suis également enchanté, renchérit-il.

Et il se mordit la langue afin de ne rien ajouter, pour ne pas commettre le moindre impair : la vengeance impliquait une maîtrise constante de soi.

— J'ai quelques itinéraires en tête, reprit-il. Allons faire un petit tour !

3

« Allons faire un petit tour » n'avait rien de sexuel en soi, se rappela aussitôt Emerson.

En tout cas, pas dans le contexte d'un ranch, et pas à l'attention d'une femme qui était habituée à chevaucher, comme c'était son cas.

Sauf qu'elle ne cessait de repenser à cette phrase et de s'imaginer en train de la prononcer, elle.

« Allons faire un petit tour. »

Puis elle se figurait en train de la lui susurrer au lit.

Jamais un homme n'avait suscité une telle réaction, chez elle ! Sa première fois s'était bien passée : l'expérience n'avait pas été douloureuse, ce qui avait été un point positif, sans pour autant être vraiment excitante.

C'était avec son petit ami de l'époque qu'elle connaissait très bien et qui avait été incroyablement prudent et attentif. Encore qu'il ait plus veillé à ne pas lui faire mal qu'à attiser sa passion ! Mais ils étaient tous les deux fort jeunes et, tout bien considéré, c'était très bien ainsi.

Le suivant avait été un homme aux manières onctueuses et raffinées, il était totalement fasciné par elle. Il avait parcouru le monde alors qu'elle-même n'avait encore jamais voyagé seule. Elle appréciait sa conversation mais n'éprouvait ni passion ni désir pour lui.

Aussi en avait-elle déduit que ce genre de transports lui était étranger mais, au fond, quelle importance ? Sa vie était par ailleurs si excitante qu'elle lui apportait une large compensation aux relations dénuées de piment avec les hommes.

Du moins jusque-là… Car Holden lui donnait l'impression qu'elle se privait peut-être finalement de quelque chose, comme si une part d'elle-même était endormie depuis très longtemps.

Vraiment ? Et tu as côtoyé cet homme combien de temps en tout ? Quarante minutes ?

Eh bien, raison de plus pour explorer un peu plus avant ce qui couvait entre eux, car lors de ce laps de temps, elle l'avait imaginé au moins six fois nu !

Elle s'était figurée s'approcher de lui pour combler la distance qui les séparait et l'embrasser sur la bouche à sept reprises au moins.

C'était tout simplement insensé !

Il travaillait sur le ranch, donc pour son père, et par définition pour elle aussi, puisqu'elle faisait partie de l'équipe du vignoble et en détenait des parts.

Or, cette pensée, au lieu de la ramener à la raison, semblait l'exciter plus encore.

Un homme comme son fiancé, Donovan, possédait une fine connaissance du monde : en tant que publicitaire, il était doué pour la psychologie, savait ce qui touchait les gens ou non, et c'était intéressant.

En revanche elle avait la sensation qu'un homme de la trempe de Holden pourrait lui en apprendre énormément sur le plan physique sur son propre corps, et cela présentait un intérêt bien plus grand à ses yeux. La perspective était à la fois étrange et fascinante.

Et aussi absolument irréaliste de sorte qu'elle allait l'oublier au plus vite.

Non, se redit-elle après avoir enfourché son cheval et quand ils eurent commencé leur promenade par un sentier qu'elle souhaitait utiliser comme itinéraire pour le nouveau projet dont son père l'avait chargée. Elle n'explorerait jamais la sensualité sous-jacente entre eux pour quantité de raisons toutes des plus justifiées.

Donc, tu épouseras Donovan sans jamais savoir à quoi tu renonces ? Tu auras une vie sexuelle médiocre eu égard au manque d'attirance entre ton promis et toi et tu ne sauras jamais ce que tu as manqué.

Assez ! Le propre des fantasmes était de rester dans le domaine de l'imaginaire auquel ils appartenaient, non ?

Et coucher avec un inconnu – selon bon nombre de ses amies qui cédaient à ce genre de tentation – était en général décevant, les hommes n'étant pas à la hauteur des fantasmes. Ce qui était logique : pourquoi auraient-ils tout mis en œuvre pour satisfaire une femme qu'ils ne connaissaient pas ? Ils étaient bien plus préoccupés par leur propre plaisir et gagnaient toujours à ces aventures d'un soir.

Emerson connaissait bien son propre corps, elle savait comment assouvir ses désirs quand besoin était. Mais elle aurait aimé trouver un homme capable de la satisfaire également... De toute façon, Holden n'était ni le candidat idéal, ni différent sans doute des inconnus à qui ses amies s'étaient données, bien qu'il soit fort séduisant.

Et puis faire fi de toutes ses inhibitions pour une expérience qui s'apparenterait à un flop constituait un risque qu'elle préférait ne pas prendre.

Donc inutile de s'attarder sur le sujet !

Désireuse de ne plus nourrir des pensées aussi coupables, elle se força à se concentrer sur la beauté du paysage qui l'entourait.

La propriété de sa famille était l'endroit sur terre qu'elle aimait le plus, depuis son enfance. À l'époque, cette préférence était tout à fait normale, puisqu'elle ne connaissait pas le monde. Mais aujourd'hui, après avoir voyagé dans les lieux les plus glamours, séjourné dans des hôtels de luxe, elle pouvait établir des comparaisons, et le vignoble était toujours le lieu le plus cher à son cœur.

La majesté de la vigne qui s'enroulait autour des piquets en bois et s'étendait sur de vastes hectares, les pelouses au vert brillant, les vastes prairies dans lesquelles poussaient les herbes sauvages et, de manière générale, la beauté majestueuse d'une nature puissante lui inspirait à la fois du respect et un sentiment de griserie car, ici, elle se sentait vraiment chez elle.

— Je peux vous poser une question ?

Sa voix était profonde et riche comme un miel onctueux, et Emerson eut la sensation de se retrouver tout à coup au bord d'une pente glissante...

Elle n'avait jamais éprouvé pareille impression, auparavant.

C'était sans doute ce que l'on appelait l'alchimie entre deux êtres, seulement, pourquoi fallait-il que ce genre de phénomène lui arrive avec cet homme-là ? Elle en avait rencontré tant qu'elle aurait presque pu trouver attirants, lors des réceptions à travers le monde auxquelles elle avait assisté, mais aucun, et encore moins celui que son père voulait qu'elle épouse, n'avait réussi à susciter ce type de réaction en elle.

Et pourtant Holden n'avait nullement cherché à la séduire.

— Je vous écoute, répondit-elle, les yeux résolument fixés sur le paysage.

— Pourquoi avez-vous mis une telle tenue sachant que nous allions monter à cheval ?

Clignant les paupières, elle tourna la tête vers lui.

— En quoi ma tenue pose-t-elle problème ?

— C'est la première fois que je vois quelqu'un chevaucher avec des vêtements aussi peu pratiques.

— Ne me dites quand même pas que vous n'avez vu que des films d'époque où les femmes montent en amazone, vêtues d'immenses robes encombrantes !

— Vous aviez, je crois, d'autres options.

— Il faut que je sois photogénique, rétorqua-t-elle.

— Et se vêtir en cow-girl sexy, ce n'était pas envisageable ?

Compte tenu de sa tenue à lui, en l'occurrence un T-shirt noir moulant et un chapeau de cow-boy sombre, elle regretta soudain de ne pas jouer son pendant féminin. Elle aurait par exemple pu mettre une chemise à carreaux nouée juste au-dessous de la poitrine, un short en jean très court et des bottines. Alors, ainsi habillée, elle aurait peut-être trouvé l'audace de se rouler avec lui dans la paille…

Tu as perdu la tête !

— Ce n'est pas tout à fait mon style.

— Et quel est-il, votre style ? Shéhérazade ?

Elle se mit à rire.

— Je n'y avais pas pensé mais, effectivement, on peut considérer que c'est le mien, aujourd'hui. Cela fera très bien sur les photos que je posterai sur Instagram.

— L'important est que ça marche, dit-il alors.

Elle trouva son commentaire amusant ; cependant, ce n'était pas parce qu'il avait été deux ou trois fois drôle en sa présence qu'elle devait en déduire qu'il était spirituel. Mais cela la rassurait sur ses hormones en effervescence : il n'était pas juste beau, mais également fascinant.

— Donc notre expédition d'aujourd'hui n'est pas juste une opération repérage, reprit-il. Et votre tenue est étudiée.

— Bien vu ! Je veux susciter un intérêt immédiat pour le projet et me photographier sur mon cheval… Mais, attendez une seconde, dit-elle.

Sur ces mots, elle manœuvra pour que sa monture pivote et fit alors face à Holden avec, en toile de fond, le sentier où luisait l'herbe et les montagnes plus loin. Se saisissant de son portable, elle le leva, l'inclina un peu puis sourit et appuya sur le bouton de l'appareil-photo. Elle regarda le résultat, fronça les sourcils puis recommença. La seconde ferait l'affaire une fois qu'elle aurait mis des filtres, pensa-t-elle.

— Que venez-vous de faire ? s'enquit-il.

Elle fit tourner à nouveau son cheval, dans l'autre direction, fourra son portable dans sa poche et repartit.

— Je me prenais en photo, expliqua-t-elle. À la fin, nous réaliserons des impressions officielles destinées à d'autres supports médiatiques, mais la façon dont on fait de la publicité sur les réseaux sociaux est un peu différente. Pour ma part je suis suivie sur Instagram, et mon style de vie autant que mes vêtements sont aussi ce qui suscite l'intérêt des gens pour le vignoble.

— OK, dit-il.

— Les gens adorent être jaloux, sinon, ils ne passeraient pas des heures à faire défiler les photos que d'autres postent de leur vie, ni à contempler des maisons dans lesquelles ils n'auront jamais les moyens d'habiter. Un peu d'envie, un soupçon d'admiration, et cela suffit à attirer les gens.

— Vous pensez vraiment ce que vous dites ?

— Oui. Je crois que le succès qui est le mien dans ma partie, au sein de l'entreprise familiale, montre que je sais de quoi je parle.

Il resta silencieux quelques instants, avant de déclarer :

— Vous avez sans doute raison. Les gens ont le choix de regarder ou non Instagram, mais quand on est vraiment démuni, ce n'est pas très drôle de voir tout ce qu'on ne possédera jamais étalé sous vos yeux. Cela blesse profondément et crée des frustrations, plutôt que du plaisir. Cela peut même pousser certaines personnes à se détruire.

La façon dont il prononça sa tirade la fit frissonner : ses paroles n'avaient en effet pas l'air hypothétique.

— Ce n'est certainement pas mon objectif, reprit-elle, et je ne peux pas contrôler qui se rend sur les médias que j'utilise. Les gens doivent tout de même savoir ce qu'ils font, non ?

— Bien sûr, mais certains n'ont pas cette chance, et c'est encore pire quand une autre personne connaît leur faiblesse et l'exploite. De nombreuses jeunes filles frustrées se sont égarées sur le chemin de l'envie, quand elles ont saisi la mauvaise main censée les combler.

— Sans doute, mais je n'organise pas des parties fines, je vends juste une promenade à cheval, l'après-midi, dans un vignoble familial, dont le tarif n'aura rien de rédhibitoire pour la plupart des gens, rétorqua-t-elle. Ces photos serviront à faire de la publicité au projet qui n'a rien à voir avec l'industrie pornographique de luxe.

— En fait, il s'agit de créer un désir immense, et d'offrir une promenade à cheval comme prix de consolation.

— C'est notre société qui est en cause, je ne suis pas responsable.

— Avez-vous jamais convoité quelque chose que vous ne pouviez avoir, dans votre vie, Emerson ?

À cette question, posée d'un ton presque innocent, un courant électrique lui parcourut la peau puis se glissa en dessous.

— A-t-on toujours comblé tous vos désirs ? insista-t-il.

— Non, pas tous, répondit-elle sur la défensive.

— Un exemple ?

Elle eut beau passer en revue la liste de ses envies matérielles, elle ne trouva rien qui n'avait pas été satisfait, en revanche, une réponse lui brûlait la langue : *Toi.*

Et ce n'était pas tout. Elle aurait voulu lui dire : *J'ai envie de toi, mais ce n'est pas possible parce que je suis fiancée à un autre homme qui ne cherche jamais à m'embrasser, et certainement pas à aller plus loin. Oui, coucher avec toi m'intéresse bien plus. Seulement, je ne peux rompre mes fiançailles, même si je te désire désespérément…*

— L'approbation, répondit-elle. Voilà ce dont j'ai besoin.

À ces mots, elle sentit son ventre se contracter et regarda tout droit devant elle : pourquoi lui avait-elle répondu cela ? Il aurait été préférable qu'elle se taise ! En quoi ses émotions le regardaient-elles ? Il n'en avait assurément rien à faire.

— Celle de votre père ?

— Non, la sienne, je l'ai. Ma mère, en revanche…

— Vous êtes célèbre, belle, vous avez du succès, et votre mère vous désapprouve ?

— Eh bien, aussi choquant que cela puisse vous paraître, elle nourrissait d'autres desseins pour moi que celui de prendre des selfies et de les poster sur Internet.

— À moins que vous n'ayez des photos compromettantes je ne comprends pas très bien ce qui la contrarie.

— Elle aurait préféré que je trouve ma propre voie au lieu de faire de la publicité pour l'entreprise familiale. Mais, moi, ce travail me plaît, et il m'est facile de vanter notre domaine car je l'aime. J'ai étudié dans une école de commerce, pas loin d'ici et, selon elle, je n'ai pas exploité tout mon potentiel.

Il se mit à rire.

— Excusez-moi, mais… Votre mère estime que vous limitez vos talents parce que vous avez un diplôme en marketing et que vous êtes l'ambassadrice d'un produit qui marche ?

— Oui, vous avez bien compris.

Elle se rappelait encore le léger agacement dans le ton de cette dernière lorsqu'elle lui avait annoncé ses fiançailles avec Donovan…

— Donc, tu vas épouser un publiciste reconnu sur le plan international alors que toi-même tu aurais pu l'être ? lui avait dit sa mère.

— Mais, maman, toi aussi tu as épousé un homme qui avait du succès.

— Moi, je n'ai pas eu les mêmes opportunités que toi. Tu n'as pas à vivre dans l'ombre d'un mari. Tu peux faire bien plus…

Ce fut alors que Holden reprit :

— Et que pense-t-elle de la trajectoire de vos sœurs ?

— Wren travaille aussi pour l'entreprise familiale mais, ce qui agace ma mère plus que tout au monde, c'est la famille

Cooper, et comme Wren a pris à cœur de leur mener une guerre frontale, elle n'est pas aussi irritée par ses choix. Quant à Cricket… Sait-elle seulement ce qu'elle veut ?

Celle-ci était une enfant tardive : huit ans la séparaient d'Emerson, et six ans de Wren. Ses parents n'avaient pas prévu de l'avoir et n'avaient surtout pas imaginé une fille comme Cricket qui ne semblait pas avoir hérité du gène « faire plaisir à sa famille », ni à qui que ce soit, d'ailleurs.

Elle avait grandi sur le vignoble sans véritable cadre, et c'étaient davantage les employés que ses parents qui l'avaient élevée.

Parfois, Emerson enviait cette autonomie que sa petite sœur avait acquise avant même ses vingt et un ans, alors qu'à vingt-neuf, elle se sentait si dépendante de la volonté des siens.

— J'ai l'impression que votre mère est difficile à satisfaire.

— Impossible, je dirais.

Mais son père était différent, il était fier d'elle : elle se conformait toujours à ses attentes et continuerait.

Le sentier débouchait sur une clairière qui surplombait la vallée. On voyait les vignes se déployer sur des hectares et tout au bout se dressait la petite ville en briques rouges de Gold Valley.

— La vue est parfaite, déclara-t-elle.

Elle descendit de cheval, prit quelques photos d'elle avec le paysage en arrière-plan puis, sur une impulsion, elle se retourna et captura la silhouette floutée de Holden, sur son cheval.

Fronçant les sourcils, il mit lui aussi pied à terre, et elle prit un nouveau cliché. On ne le reconnaissait pas sur les photos, mais on devinait qu'il était un bel homme bien bâti, coiffé d'un chapeau de cow-boy.

— Ah, en voici une bonne publicité ! s'exclama-t-elle.

— Que faites-vous exactement ? s'enquit-il.

Il avait l'air furieux et pas du tout amusé.

— Vous êtes en harmonie avec le paysage. Un fantasme du Far-West.

— Vous ne pouvez pas poster cette photo, décréta-t-il d'une voix aussi dure que du granit.

Elle lui fit face.

— Et pourquoi donc ?

— Parce que je ne veux pas figurer sur votre fichu site !

— Ce n'est pas un site, c'est... Bref, peu importe. J'espère que... Enfin, que vous n'êtes pas recherché par la police ?

— Non, je ne suis pas un fugitif.

— Dans ce cas, pourquoi refusez-vous que je publie une photo de vous ?

— Ce genre de choses ne m'intéresse pas.

— Eh bien, moi, ce genre de choses, c'est mon métier, le travail de toute une vie.

Elle fit alors mine de prendre quelques clichés du paysage.

— Toute votre vie ? Un site web qui n'existera plus dans quelques années. Soit, votre métier est la publicité ou le marketing, comme vous voulez, mais le support change constamment et continuera à évoluer que vous le vouliez ou non. Donc non, ces photos ne sont pas le travail de toute une vie.

C'était un discours passionné, et elle avait l'impression qu'il l'avait déjà tenu, mais elle ne comprenait juste pas pourquoi ni à qui.

— C'est gentil, mais je n'ai pas besoin de vos conseils, je n'ai jamais été humiliée dans mon travail. Cependant, puisque vous vous y opposez, je ne posterai pas les photos que j'ai prises de vous, même si je suis certaine qu'elles auraient suscité un grand intérêt.

— Je ne vais pas être le guide de ces itinéraires, alors franchement, à quoi serviraient des photos de moi ?

— Il est vrai que vous n'êtes même pas vraiment le mien, répliqua-t-elle.

Sur ces mots, elle pivota sur ses talons : il se tenait si près d'elle qu'elle en eut le souffle coupé. Ce qu'il pouvait être imposant ! L'intensité qui émanait de tout son être aurait dû faire office de repoussoir à ses yeux, or, tout au contraire, elle était fascinée.

L'air était chaud, et elle était légèrement en sueur, ce qui l'amena à se demander s'il l'était lui, et cette pensée lui donna envie de presser son visage contre son torse pour humer l'odeur de sa peau.

— Et vous, avez-vous déjà manqué de quelque chose dans votre vie ? demanda-t-elle tout à trac.

Question qu'elle regretta immédiatement, mais elle l'avait posée pour se donner une contenance et se retenir de commettre un acte déplacé.

— Il ne me semble pas que cela vous regarde.

— Vous trouvez ? Moi, je vous ai confié tous mes problèmes familiaux, je ne sais d'ailleurs pas très bien pourquoi… Enfin, si, parce que vous m'avez posé une question que personne encore ne m'avait posée. Et puis il n'y a que vous et moi, ici.

— Et votre téléphone. Qui est le lien qui vous relie au monde à une échelle qui m'échappe.

Ces paroles sonnèrent faux à ses oreilles.

— Je n'ai pas de réseau et, de toute façon, je vais remettre mon portable dans ma poche.

Joignant le geste à la parole, elle le glissa dans la poche arrière de son pantalon en soie noir.

Il la jaugea alors de pied en cap, de ses grands yeux noirs mouvants, et elle eut conscience qu'il s'attardait délibérément sur ses formes. Que son regard était consciemment langoureux…

À son corps défendant, cette inspection en règle souleva en elle un trouble qui montait du plus profond de son être, cette petite part qu'elle s'efforçait toujours de réprimer, qui l'avait poussée à s'ennuyer, la veille au soir, lors de la réception…

Une audace qui lui criait clairement qu'elle avait envie de lui. Sur une impulsion, elle se mordit la lèvre, assez violemment d'ailleurs, ce qui la conduisit à passer ensuite sa langue sur la surface meurtrie.

Un éclair intense brilla dans les prunelles de Holden.

Elle ne pourrait pas prétendre qu'elle ne savait pas ce qu'elle faisait : elle venait en effet d'attirer ses yeux sur sa bouche.

Était-elle consciente de l'implication de ce petit jeu ? Oui, le seul problème étant qu'elle ne pouvait y céder, puisque...

Sans prévenir, il la saisit par le menton, lui inclinant la tête un peu en arrière.

— Je ne sais pas comment les garçons qui peuplent ton monde s'y prennent avec toi, Emerson, mais je ne suis pas un homme qui se contente de regarder des photos en regrettant de ne pas pouvoir toucher ce que je vois. Si j'ai envie de quelque chose, je le prends. Donc, si j'étais toi, j'éviterais les provocations.

— Mais je... je...

Bredouillant, elle recula et manqua trébucher dans l'herbe ; d'un bras aussi agile que vigoureux, il la retint par la taille et l'aida à retrouver l'équilibre. Elle eut le souffle coupé quand elle se retrouva plaquée contre lui, contre ce corps si solide... Elle posa la main sur son torse : lui aussi transpirait, constata-t-elle.

Et qu'on la pende si ce n'était pas sexy !

Elle réfléchit à une repartie bien sentie, afin de chasser le malaise mais fut incapable d'en trouver une. Son cœur battait à tout rompre, et son écho se réverbérait jusqu'entre ses jambes. Elle en haletait presque, incapable de penser ; elle avait l'impression de vivre une expérience hors de son corps, un fantasme qui ne se déroulait que dans sa tête, pas dans la réalité.

Pourtant, le corps de Holden était indéniablement brûlant et dur sous sa paume, d'ailleurs, ses propres doigts la brûlaient, tout comme le reste de son corps.

Et puis elle était à court de mots, ce qui ne lui ressemblait pas du tout : en général, les hommes ne la troublaient pas.

De leurs côtés, ils aimaient flirter et discuter avec elle ; en outre, depuis qu'elle était fiancée, elle représentait pour eux une sorte de défi, et ils l'en appréciaient d'autant plus. Mais jamais elle n'avait ressenti la moindre tentation, car ils la laissaient de marbre.

En l'occurrence, un autre phénomène était en train de se produire…

L'air lui parut plus épais, et ce fut alors qu'elle eut un flash : cet homme était une sorte de marginal. Son exact contraire, donc.

Il se fichait pas mal de ce que chacun pensait de lui, c'était tangible dans chacun de ses gestes, sa façon de sourire, le timbre onctueux de sa voix.

D'ailleurs, il n'avait même pas de téléphone portable !

Il n'était lié ni attaché à rien, n'avait pas à répondre en urgence à un coup de fil déterminant pour son travail à 2 heures du matin, à s'occuper de son image publique pour lui et son père, par exemple.

Ses parents devaient être le cadet de ses soucis !

À le regarder dans toute sa splendeur qui se fondait dans un paysage tout aussi splendide, elle se sentit soudain l'âme triste et indifférente, aux antipodes de l'image qu'elle présentait aux autres.

Le véritable enjeu, c'était lui !

Semblable à la montagne qui s'élevait derrière lui, il était fort, ferme, tranquille. Inamovible.

Et elle avait envie de goûter sa saveur.

Il devait avoir le goût de la liberté.

Elle s'avança vers lui ; il recula d'un pas.

— Ça suffit, princesse, dit-il en lui prenant la main qui portait le diamant pour l'exhiber sous les rayons du soleil. Tu ne peux pas faire une chose pareille.

Une onde d'horreur la submergea, et elle recula à son tour.

— Je ne… Rien.

Il se mit à rire.

— Rien, vraiment ?

— Eh bien… Mon fiancé et moi avons passé un accord, déclara-t-elle.

Elle devait se souvenir d'évoquer cet éventuel accord avec Donovan, la prochaine fois qu'ils se verraient. En effet, comme ils n'avaient encore jamais couché ensemble, ils n'étaient pas liés par la loyauté ; par ailleurs, elle imaginait difficilement que Donovan n'ait pas eu de rapports sexuels pendant les deux dernières années.

Oui, elle devrait aborder le sujet avec lui.

— Vraiment ? reprit-il.

— Oui, mentit-elle.

— Eh bien, il se trouve que moi aussi j'ai un accord. Avec ton père pour qui je travaille. Et je ne voudrais pas tirer profit de cette position.

— Je suis une adulte, rétorqua-t-elle.

— À ton avis, que penserait ton cher papa s'il découvrait que tu t'envoies en l'air avec le personnel ?

Une vague de chaleur l'inonda.

— Je ne rends pas de compte à mon père sur ma vie sexuelle.

— Le problème, c'est que si toi et moi avions une liaison, cela le regarderait. Or, je ne mélange jamais ma vie sexuelle et mon travail.

— J'ai juste failli t'embrasser, je ne me suis pas offerte à toi. Ton ego te trahit.

— Tout comme le fait que tu rougisses, trésor.

Cet échange était des plus tendu, et elle ne savait pas comment s'en sortir, d'autant qu'il lui arrivait rarement d'être à court d'arguments. Il avait raison : il travaillait pour son père et par extension pour la famille, donc pour elle. Néanmoins, elle n'avait pas la sensation de détenir le pouvoir, même si elle portait le nom de la famille Maxfield, possédait de l'argent et qu'il n'était qu'un employé au ranch.

D'où lui venait donc cette impression d'être à son désavantage ?

— Nous ferions mieux de rentrer, déclara-t-elle, j'ai à faire.

— Oui, des photos à poster.

— Mais pas de toi.

Il secoua la tête.

— Non, pas de moi.

Elle remonta à cheval, et il l'imita. Cette fois, il partit en tête, et elle en fut soulagée, car elle ne savait pas comment elle aurait supporté de sentir le poids de son regard sur ses reins pendant tout le trajet de retour. Cela l'aurait rendue folle. Encore qu'il ne l'aurait peut-être pas du tout regardée, et cette incertitude lui aurait été tout aussi odieuse.

Une fois de retour à son bureau, elle se mit à tapoter nerveusement sa table de travail, les yeux rivés à son téléphone : devait-elle appeler ou non Donovan ?

Subitement, elle s'empara de son portable et écrivit :

Sommes-nous dans une relation exclusive ?

Elle reposa alors l'appareil puis attendit en essayant de ne pas le regarder. Deux minutes plus tard, un petit tintement lui annonça la réponse.

Nous sommes fiancés.

Ce n'est pas une réponse.

Nous n'habitons pas dans la même ville.

Elle prit une profonde aspiration.

As-tu couché avec une autre femme ?

Autant aller directement au but, elle n'avait pas besoin qu'il l'épargne.

Nous n'habitons pas dans la même ville. Donc, la réponse est oui.

Et si j'en fais autant ?

Ce que tu fais avant le mariage ne me regarde pas.

Comme elle ne répondit pas, il envoya un deuxième message.

Tu veux qu'on en parle au téléphone ?

Non.

OK.

Et ce fut tout, pour la simple raison que Donovan et elle ne s'aimaient pas. D'ailleurs, pourquoi lui avait-elle envoyé ce message alors qu'il n'allait rien se passer entre Holden et elle ?

Malgré tout, quel effet cela te fait-il d'apprendre que Donovan couche avec d'autres femmes ? lui susurra une petite voix.

Elle n'aurait su dire… En réalité, elle ne ressentait pas grand-chose, consciente que maintenant elle avait carte blanche. Tout cela était-il bien normal ? Pas vraiment. Il n'aurait pas dû s'accommoder du fait qu'elle lui ait posé de telles questions qui suggéraient clairement qu'elle envisageait de coucher avec un autre.

Tout comme il n'était pas logique qu'elle ne soit pas jalouse après que Donovan lui avait avoué qu'il avait bien couché avec quelqu'un.

Et pourtant c'était un fait : elle n'éprouvait pas la moindre jalousie, ce qui prouvait bien que leurs fiançailles ne les engageaient pas : ni l'un ni l'autre n'avait l'impression que leur relation était réelle. Ils avaient accepté un mariage de convenance mais, avant que celui-ci n'ait lieu, elle devait s'assurer qu'ils parviendraient à développer des sentiments l'un pour l'autre ; or, force était de reconnaître qu'ils avaient échoué.

Cependant, elle ne pouvait pas…

Bon, son père ne lui demandait pas grand-chose en fait, et en contrepartie, il lui apportait un soutien infini. Si elle le décevait…

Eh bien, elle aurait tout gâché, voilà tout !

Il ne choisit pas le mari de Wren. Ni celui de Cricket.

De toute façon, Wren aurait probablement refusé, elle n'imaginait pas son entêtée de cadette accepter un tel compromis. Quant à Cricket, elle était tout simplement indomptable.

Son père avait visé la bonne cible, en l'occurrence elle, et elle avait accepté car telle était sa nature. Elle était celle sur qui on pouvait compter en toute chose, et il était trop tard aujourd'hui pour que cela cesse.

Elle avait agi de manière insensée en envoyant ce texto à Donovan, et plus encore en posant la tête contre le torse de Holden, d'autant qu'elle n'avait pas le temps de s'accorder de tels comportements. Elle devait lancer une campagne et allait s'y atteler sans tarder, car elle était Emerson Maxfield, que diable !

Pas une femme qui embrassait des hommes qu'elle connaissait à peine, qui prenait des amants d'un soir, qui mêlait travail et vie privée.

Le seul petit hic, c'était qu'en présence de Holden elle ne se sentait plus du tout elle-même, et c'était ce qui la préoccupait le plus !

4

Holden se heurtait, avec Emerson, à un sacré problème.

Ce qu'il aurait dû faire, c'était se rendre au bar local et coucher avec la première femme venue car tout était permis à part en pincer pour la fille de l'ennemi ! Il avait cru que tous les membres de cette famille lui répugneraient et de fait, quand il s'était retrouvé dans le bureau de James Maxfield pour l'entretien concernant son poste, il lui avait fallu faire appel à toute la force de sa volonté pour ne pas se jeter sur lui et l'étrangler.

Seulement, la mort aurait été une solution bien trop facile pour un prédateur de son espèce. Il préférait que Maxfield assiste à la dégradation de son existence avant de l'envoyer en enfer pour l'éternité : il voulait lui infliger la peine maximale.

Les flammes de l'enfer ne s'éteindraient pas en l'attendant, et c'était tout ce qu'il méritait.

Holden avait rapidement trouvé ce qu'il était venu chercher ici, en postulant au poste de responsable du ranch : des preuves contre Maxfield sous la forme de contrats de non-divulgation. Quand ce dernier l'avait fait entrer dans son bureau en vue de l'entretien, il avait en effet regardé attentivement le code que la crapule tapait puis avait juste eu à attendre le moment propice pour revenir fouiller les lieux, à savoir quand la crapule s'était absentée du domaine.

Il avait été surpris que tout soit si accessible mais, au fond, pourquoi James Maxfield aurait-il pris des précautions de sécurité ? Son bureau était situé chez lui, pas dans une entreprise, et il avait toute confiance en sa famille. Il était évident qu'Emerson n'éprouvait que des sentiments bienveillants envers son père, et il aurait juré que c'était le cas de tous les autres membres du foyer.

Sauf les femmes que Maxfield avait abusées, ses employées, toutes jeunes, dont la paie dépendait de lui et que, une fois ses méfaits commis, il avait renvoyées avec un gros chèque pour acheter leur silence.

Holden avait l'intention de démolir la réputation de James dès qu'il aurait trouvé la meilleure façon pour arriver à ses fins.

Seulement voilà, Emerson avait surgi sur son chemin.

L'attirance qu'il avait immédiatement éprouvée pour elle l'avait surpris, et plus encore le fait que celle-ci persiste. D'autant qu'elle était toujours dans les parages ! Certes, il était venu en tant qu'espion chez Maxfield, pour accumuler des preuves de sa malveillance, ou de sa relation avec sa propre sœur, mais il devait aussi travailler pendant la journée, son emploi étant sa couverture. Ce qui signifiait voir fréquemment Emerson.

En parlant du diable...

Alors qu'il terminait de nettoyer les écuries, il la vit s'avancer vers lui dans une combinaison couleur chamois qui épousait son corps telle une deuxième peau.

— C'est un accoutrement bien particulier pour monter à cheval, s'exclama-t-il.

— Je ne compte pas faire de selfies, aujourd'hui, répliqua-t-elle.

Et un éclair amusé brilla dans ses yeux bleus qui se répercutèrent directement à son bas-ventre.

— Juste une promenade, alors ?

— J'ai besoin de me changer les idées.

Sur ces mots, elle lui jeta un coup d'œil et lui parut légèrement énervée.

— Qu'est-ce qu'il y a ? demanda-t-il.

Il le savait très bien : il s'agissait de l'attirance qu'il éprouvait pour elle chaque fois qu'elle s'approchait de lui, sentiment qu'elle partageait ce qui, en résumé, les rendait tous deux pathétiques.

— Rien. C'est juste que... Ouvrier sur un ranch, c'est vraiment ton métier ? Enfin, ce que je veux dire, c'est que tu dois avoir une spécialisation bien particulière pour que mon père t'ait confié ses chevaux.

— Je sais m'y prendre avec eux, c'est vrai.

À peu près tout ce qu'il avait raconté pour obtenir le poste était pur mensonge mais cela, au moins, c'était vrai : il avait grandi sur les ranchs des autres.

Aujourd'hui, il possédait aussi le sien, immense, sur lequel il tenait à ne pas tout déléguer, car travailler sur sa propre propriété était une bénédiction, après toutes ses années de jeunesse passées sur celles d'autrui.

Il s'était alors découvert des affinités avec les animaux, qui lui avaient donné une raison de s'accrocher, lui qui n'était rien d'autre qu'un petit garçon pauvre, issu d'un milieu défavorisé. Et il était si doué dans son travail qu'un de ses employeurs lui avait légué, à sa mort, de nombreux hectares de terre.

D'abord dérouté par ces terrains en friche, il s'était renseigné pour découvrir qu'on pouvait les diviser et qu'ils étaient constructibles. C'était ainsi que sa carrière de promoteur avait commencé ; en outre, construire des maisons destinées à des familles représentait une grande satisfaction pour lui, qui n'avait pas toujours eu de foyer dans son enfance.

En outre, il avait voulu que quelques maisons hébergent pendant dix ans, à titre gracieux, des foyers démunis, et que chaque enfant reçoive une bourse d'études.

Par la suite, lors de chaque nouvelle acquisition, il avait procédé de la même façon : certes, cela ne sauverait pas le monde, mais cela changeait au moins la vie de quelques individus qui n’avaient pas tiré le bon numéro à la grande loterie de la vie.

Il ne prétendait pas non plus être un saint, la preuve, il était ici pour détruire l’empire Maxfield, et Emerson serait par la force des choses victime de sa vengeance… C’était l’une des raisons pour lesquelles, jusque-là, il avait évité les filles de Maxfield, se tenant à distance de Wren et Cricket. Mais avec l’aînée rien ne se passait comme prévu : ils ne cessaient de se croiser.

— Tu dois être remarquablement doué, tout de même, reprit Emerson.

— Je ne sais pas, j’étais disponible, je correspondais au profil du job, et ton père m’a embauché, voilà tout.

Elle inclina la tête de côté, l’inspectant comme s’il était une œuvre d’art contemporaine qui laissait le spectateur dubitatif.

— Es-tu marié ?

— Tu plaisantes, j’espère ! Ce genre d’ineptie ne m’intéresse absolument pas.

— Tu penses que l’amour est un non-sens ? insista-t-elle.

— Tu as parlé de mariage, pas d’amour, renchérit-il.

— Ne vont-ils pas de pair ?

— Ah bon, c’est ce que tu penses ? Je te rappellerai juste que tu as failli m’embrasser alors que tu portes la bague d’un autre homme au doigt.

Bravo ! Pourquoi venait-il de remettre ce sujet sur le tapis ? Ce n’était pas une idée géniale, encore qu’il l’ait peut-être agacée et qu’ainsi elle n’allait pas s’attarder.

— Je t’ai dit que nous ne nous voyions pas souvent. Nous avons un… accord.

— Tu me l’as déjà dit mais en quoi consiste-t-il, au juste ?

— Notre relation n’est pas exclusive.

— Dans ce cas, pourquoi vous êtes-vous fiancés ? Si on offre un diamant à une femme, c’est pour s’assurer que c’est la sienne. En tout cas, si tu étais ma fiancée, je ne laisserais pas un autre homme te toucher.

À ces mots, il la vit rougir.

— En tout cas, rétorqua-t-elle du tac au tac, tu as beaucoup réfléchi à la question pour un homme qui se contrefiche de l'institution que représente le mariage.

— Le but n'est-il pas de posséder l'autre ?

— Les femmes ne sont pas du bétail. Du moins, elles ne le sont plus de nos jours, et sous nos latitudes.

— Je ne parlais pas uniquement des femmes, mais du fait qu'un mari et une femme s'appartiennent mutuellement. N'est-ce pas l'essence même du mariage ?

Elle émit un petit rire sec.

— Je crois qu'on se marie souvent par intérêt, pour le patrimoine ou les relations que cela apporte, non ?

— Bon sang, tu es encore plus cynique que moi !

Elle fit mine de n'avoir rien entendu.

— Bon, tu t'y connais en équidés et tu ne crois pas au mariage, dit-elle. Autre chose ?

— Non, je n'ai rien à ajouter.

— À défaut du mariage, en quoi crois-tu ?

— À la passion, pour autant qu'elle dure. C'est tout.

Elle hocha la tête avec lenteur puis se retourna et s'éloigna.

— Tu ne vas pas faire une balade à cheval, finalement ?

— Non, pas maintenant... J'ai besoin de... De réfléchir.

Et sans ajouter un mot, Emerson Maxfield s'enfuit bien vite.

Le bungalow de Holden était d'un terrible inconfort : son séjour ici n'était décidément pas une sinécure ! Il y avait si longtemps qu'il s'était affranchi de tels lieux, de masures qui n'avaient qu'un fourneau pour toute commodité, mais la vengeance n'était-il pas un plat qui se mangeait froid ? Il devait grelotter un peu pour arriver à ses fins.

D'ailleurs, il pouvait tout à fait allumer un feu, c'était dans ses cordes et, fort de cette pensée, il sortit pour se mettre en quête d'une hache, juste vêtu de son jean, ses boots aux pieds.

Aucune bûche ne se trouvait près de l'âtre, une telle attention aurait été sans doute trop attendre de la part d'une ordure comme James Maxfield. Soraya n'était pas son unique victime, il se fichait de tout le monde, jusqu'aux gens qui vivaient et travaillaient pour lui. Il n'accordait aucune importance à ses ouvriers et, en un sens, cela servait les intérêts de Holden.

Emerson, toutefois, semblait penser que James avait de l'affection pour elle. Intéressant...

Quand elle avait évoqué l'approbation qu'elle aurait aimé avoir de ses parents, il avait cru qu'elle visait son père. Or, apparemment, ce dernier était fier de sa fille et la soutenait ; au fond, il avait peut-être réservé toute son humanité à ses enfants, encore qu'il ait des difficultés à le croire.

Il était tout à fait possible qu'Emerson sache la vérité sur le comportement de son père, et qu'elle soit sa complice pour couvrir ses actions et protéger leur marque de vin.

Il n'en savait rien, et peu lui importait : le sort de ceux qui étaient liés à James Maxfield était le cadet de ses soucis. Quand on buvait de l'eau à une fontaine empoisonnée, il arrivait ce qui devait arriver...

À ses yeux en tout cas, chaque grappe de raisins de cette propriété était imprégnée de la toxicité que James Maxfield diffusait sur son passage.

Trouvant une hache, il la souleva dans les airs et fendit la bûche qui se trouvait en face de lui sans gros effort. Ce travail allait au moins le réchauffer, pensa-t-il, et lui permettre de se défouler. Il se mit à rire, avant de placer une autre bûche sur la large pierre et de laisser retomber la hache en son milieu.

— Ça alors ! s'exclama soudain une voix douce et féminine. Je ne m'attendais pas à te trouver ici, et encore moins à moitié nu.

S'immobilisant dans son geste, il se retourna : Emerson

venait de surgir du crépuscule, vêtue d'un manteau noir ceinturé, ses cheveux sombres épars.

Elle portait aussi des talons hauts, et ses jambes étaient dénudées. En dépit du froid, elle se tenait au milieu du chemin boueux qui menait à son bungalow, et cette apparition était proprement insensée.

— Mais qu'est-ce que tu fais ? s'exclama-t-il.

Il la dévisagea de pied en cap et ajouta :

— Qui plus est dans cette tenue ?

— Je pourrais te retourner la question. Pourquoi es-tu torse nu alors qu'il fait froid, ce soir ?

— Et, toi, pourquoi ne portes-tu pas de pantalon ?

Elle hésita, mais juste l'espace d'un instant, puis prit un air souverain, signe, il s'en était rendu compte, qu'elle faisait appel à toute la force de son opiniâtreté pour ne pas chanceler.

— Ainsi, je n'aurai pas à prendre la peine de l'ôter, du moins, en ai-je l'espoir.

À ces mots, il vit une légère rougeur lui monter au visage, dénotant chez elle un certain embarras dont il se réjouit, sans quoi, il aurait pensé avoir affaire à une reine des glaces. Mais non, il voyait bien que sous sa maîtrise affichée, Emerson se consumait de désir.

Tout comme lui d'ailleurs, à son grand dam !

Nom d'un chien, cela n'avait aucun sens ! Cette princesse des vignobles Maxfield était-elle vraiment venue jusqu'à lui, juché sur ses escarpins de designer, pour le séduire ?

Il jeta un coup d'œil par-dessus son épaule, vers le petit bungalow derrière lui, avant de porter à nouveau le regard sur elle.

— Tu m'en diras tant.

La rougeur de ses joues se renforça.

L'envie et la convoitise se disputaient à présent en lui, et comment aurait-il pu résister au fantasme obscur d'emmener Emerson dans son logement sommaire et de la jeter sur son matelas qui l'était tout autant ? La perspective était satisfaisante à tant de niveaux qu'il n'arrivait même pas à tous les identifier.

La fille de son ennemi était venue s'offrir à lui, le suppliant de la faire entrer dans les bungalows réservés aux employés que, de toute évidence, James estimait bien inférieurs à lui et aux siens ! Il hallucinait !

Pourtant, l'idée qu'il pouvait la posséder alluma un véritable incendie dans ses veines, bien plus dévastateur que la colère qu'il nourrissait depuis des lustres. Il la désirait de façon intense, même s'il avait conscience qu'il était malsain de céder à ses instincts.

Mais elle se trouvait devant lui, sans doute nue sous son manteau… Sur une impulsion, il regarda sa main : elle avait retiré sa bague de fiançailles.

— À quel jeu t'amuses-tu au juste avec moi ? demanda-t-il.

— Tu as dit que ce que se passait entre une femme et toi demeurait toujours entre elle et toi. Eh bien, ce soir, je suis dans la même disposition d'esprit. Ce qui se passe entre nous ne regarde personne d'autre que nous.

Elle se mordit la lèvre avant d'enchaîner :

— Je vais être très honnête avec toi. Vraiment très honnête.

À ces mots, il sentit son estomac se contracter fortement car, lui, jamais il ne pourrait l'être avec elle.

— Je n'aime pas mon fiancé, poursuivit-elle, et je n'ai d'ailleurs pas encore couché avec lui, pour une raison toute simple : je n'éprouve aucun désir pour lui. Nous sommes fiancés depuis deux ans, nous n'habitons pas dans la même ville et, chaque fois que nous aurions eu l'occasion de faire l'amour, nous nous en sommes abstenus. Voilà qui en dit long sur l'alchimie qui passe entre nous, non ? Mais là, avec toi… Enfin, j'en ai vraiment envie et je peux t'assurer que cela ne me ressemble pas. Je ne comprends pas ce qui m'est tombé dessus, mais je ne peux plus lutter.

— Et je suis censé être flatté que tu sois descendue de ta tour d'ivoire parce que tu ne cesses de penser à moi ?

— Je te désire, déclara-t-elle en redressant le menton. Tu m'as demandé l'autre jour si j'avais déjà eu des envies non comblées, eh bien, la réponse est oui : toi. Je sais qu'on ne devrait pas car si mon père l'apprend, il nous tuera tous les deux, parce que j'ai promis d'épouser Donovan.

— Mais tu m'as dit que vous aviez un accord, non ?

— Oui, Donovan se fiche pas mal de mes faits et gestes ! Lui-même ne se gêne pas de son côté, mais mon père... Les apparences comptent plus que tout pour lui, et mes fiançailles avec Donovan en font partie.

Ce fut alors qu'il saisit que la relation qu'elle entretenait avec son père était bien plus complexe qu'elle ne l'affirmait ; cependant, ce n'était pas son problème, ni le fait qu'Emerson soit ou non une personne bienveillante, ou encore qu'elle couvre les transgressions de son père. Non, tout cela, ce n'étaient pas ses affaires.

Ce qui comptait en l'occurrence, c'était l'attirance qui crépitait entre eux, et il était encore plus fascinant qu'Emerson ignore complètement qui il était. Et quand bien même elle aurait su qu'il était très fortuné, cela n'aurait rien changé pour elle, eu égard à sa propre richesse ; or, il y avait fort longtemps qu'une femme n'avait pas été attirée par lui juste pour son physique. Évidemment, il éveillait le désir de la gent féminine, mais ses partenaires appréciaient aussi les avantages qu'il leur offrait : une suite dans un hôtel luxueux, des relations, des invitations à des réceptions prisées.

Ce soir, il se trouvait au milieu de nulle part dans un bungalow précaire, et il était désirable pour une femme ; cette pensée était follement excitante et agissait sur lui comme un redoutable aphrodisiaque.

Ce soir, Holden McCall, le promoteur le plus riche de l'Oregon, n'existait pas : tout ce qu'Emerson attendait de lui, c'était une partie de jambes en l'air, aussi pourquoi l'en aurait-il privée ? Bien sûr, il était censé la détester, ainsi que tout ce qu'elle représentait, mais cela ne rajoutait-il pas un peu plus de piment à d'éventuels ébats ?

— Bon, faisons une petite mise au point, reprit-il. Tu ne m'as pas encore embrassé, tu ne sais même pas si moi j'en ai envie et, pourtant, tu es venue jusqu'à moi sans savoir l'accueil que je te réserverai ?

À cette tirade, ces beaux traits se figèrent, et elle darda sur lui ses grands yeux d'un azur limpide, lèvres pincées : Emerson Maxfield n'avait pas l'habitude qu'on lui refuse quoi que ce soit, c'était une évidence. En général, elle fonçait sur les autres et énumérait ses exigences !

— Ce qui en dit long sur ma conviction que l'attirance est mutuelle ! De toute façon, si elle n'est pas aussi forte de ton côté, quelle importance ? Ce n'est pas toi qui vas te marier et, après tout, tu es juste un homme, non ? Ce sera une soirée sans lendemain pour toi et, pour moi, une oasis avant de pénétrer dans le pays rasoir et banal de la monogamie.

— Tu envisages donc sérieusement d'être fidèle à l'homme que tu épouseras ? Celui avec qui tu n'as encore jamais couché ?

— À quoi bon se marier, sinon ? D'ailleurs, tu l'as dit toi-même, l'autre jour. Et oui, je crois en la monogamie ! Sauf que dans ma situation, elle ira sans doute un peu moins de soi.

Il aurait pu saisir l'opportunité pour lui dire ce qu'il pensait de l'attitude de son père et du mariage de convenance auquel celui-ci la contraignait, mais il aurait été stupide de sa part de critiquer Maxfield devant sa fille alors qu'il n'avait pas encore assemblé toutes les informations nécessaires pour le couler définitivement. Il ne devait en aucun cas brûler les étapes ou compromettre ses plans.

— Bon, si je comprends bien, tu attends que je couche avec toi, que je te trouve séduisante ou pas ?

À nouveau, elle releva le menton, plus impérieuse que jamais.

— J'ai cru comprendre que les hommes ne manquaient jamais de saisir une occasion qui se présentait à eux.

— Bien vu ! Cependant, je n'ai pas l'impression que tu perçoives vraiment ce à quoi tu t'engages, aussi, je vais t'embrasser, et après tu pourras partir si tu en as envie.

Elle cligna les paupières.

— Non, je ne partirai pas.

— Attends de voir après le baiser.

Il laissa retomber sa hache qui fit un bruit sourd en heurtant le sol gelé.

Il savait d'avance qu'il aurait le plus grand mal à détacher les mains de sa personne dès qu'il les aurait posées sur elle : elle l'excitait de façon presque primitive, il ne parvenait pas à se l'expliquer. Elle touchait en lui un côté qui n'avait rien de civilisé.

Suave et élégante, elle fit un pas vers lui, qui transpirait à cause du bois qu'il venait de fendre, puis posa la main sur son torse. Il dut faire appel à toute la force de sa volonté pour ne pas la presser contre lui sur-le-champ, sinon elle aurait entendu le rythme fou auquel battait son cœur.

Il ne se souvenait pas avoir un jour tant désiré une femme. Il n'aurait su dire si c'était l'interdit flottant au-dessus d'eux qui renforçait l'attirance, ou le fait qu'elle ne désirait rien d'autre qu'une nuit d'amour et hurler son prénom dans la nuit, encore et encore.

À bien y réfléchir, où était le problème ?

Elle allait épouser un autre homme, elle n'espérait même pas qu'il éprouve des sentiments pour elle.

Elle ne voulait rien, à part son corps.

Or, on attendait toujours plus de lui, même sa mère et sa sœur, qu'il adorait, avaient besoin de son argent, de son soutien. Qu'il mette tout en œuvre pour détruire l'homme qui avait anéanti Soraya.

La femme qui se tenait devant lui demandait juste de transformer l'étincelle qui avait jailli entre eux en un brasier qui les consumerait tous deux. Qui était-il pour le lui refuser ?

Il la laissa donner le *la* : elle semblait si audacieuse dans son manteau noir, main posée sur sa peau. Ce fut alors qu'il nota tout à coup une légère hésitation de sa part, preuve qu'elle n'était pas une séductrice invétérée, qu'elle manquait un peu d'expérience en la matière, ce qui la rendait encore plus charmante.

N'était-il pas incroyablement agréable de voir une femme jouer la sorcière qu'elle n'était pas ? Pour lui, elle avait osé endosser ce rôle : quel homme serait resté de marbre ?

Soudain, elle pressa ses lèvres contre les siennes, et son sang-froid le déserta d'un coup. L'enlaçant par la taille, il inclina son visage pour dévorer sa bouche, conscient que le feu qui les brûlait ne s'éteindrait pas de lui-même. C'était un incendie incontrôlable, pas un cocktail à siroter à petites gorgées, mais un alcool fort à avaler d'un trait.

Soudain, il se fit l'effet d'un homme à bout de souffle en quête d'oxygène dans les bras d'une femme qui n'aurait jamais dû se trouver entre les siens. Et il se mit à l'embrasser éperdument, comme si elle était un fruit interdit, et quand cela ne lui suffit plus, il la souleva dans ses bras et la porta jusqu'au bungalow.

5

Si cet instant avait dû faire la une des journaux, pensa Emerson, celle-ci aurait été la suivante : « La fille de James Maxfield sacrifie tout son héritage pour un orgasme. »

En espérant naturellement qu'elle en aurait un, ce qui serait une première pour elle avec un homme mais, en l'occurrence, elle sentait que c'était dans le domaine des possibles.

Quand elle l'avait vu devant son bungalow en train de fendre du bois, le torse nu, son jean glissant sur ses hanches, elle avait senti s'envoler toute notion de morale et de bon sens, immédiatement happée par la brume d'un désir qui ne donnait pas signe de se dissiper bientôt...

Que pouvait-elle faire d'autre que d'y céder ?

Elle devait absolument explorer cette sensation si nouvelle pour elle, elle ne pouvait épouser Donovan sans connaître au moins ce que Holden promettait d'offrir.

Assurément, elle ne misait pas sur une pérennité de ce rapprochement des corps, bien consciente qu'il s'agissait d'une expérience qui se situait en dehors de la vie réelle, au-delà de la raison.

Mais elle voulait connaître le goût du désir, le plaisir que le sexe pouvait réserver. D'ailleurs, cela ne lui permettrait-il pas ensuite de débloquer la situation avec son mari ? Oui, Holden était la clé qui lui ouvrirait la voie avec Donovan, il allait l'édifier sur sa propre sexualité.

De toute façon, toute marche arrière était désormais impossible : elle était dans ses bras, et il l'emportait vers son modeste bungalow. Curieux, tout de même, elle avait toujours cru que les logements destinés au personnel possédaient tout le confort moderne... Ce qui n'était pas du tout le cas, mais il était vrai qu'elle ne s'y était jamais aventurée avant ce soir.

Soudain, elle frissonna : était-ce le froid ou la peur ? Elle n'aurait su dire.

C'était une forme de rébellion étrange, inattendue et tardive que de sortir du cocon de la belle demeure familiale pour venir batifoler avec un des employés de son père : celui-ci aurait été furieux, s'il l'avait appris.

Mais personne ne l'apprendrait jamais. Son escapade resterait entre Holden et elle, un secret coquin et bien gardé. Et à cet instant elle espéra qu'il serait réellement très coquin, parce que jamais dans sa vie elle n'avait éprouvé de tels sentiments, ce désir puissant de se retrouver nue dans les bras d'un homme.

Elle avait envie d'ôter son manteau sur-le-champ pour se frotter contre lui, ce qui ne lui serait pas venu à l'idée en présence d'un homme, aussi séduisant soit-il, auparavant. Elle s'en trouva déconcertée...

Emerson était une femme confiante en ses capacités qui prenait des décisions en connaissance de cause, mais concernant l'amour physique, jamais elle n'avait ressenti une réelle assurance.

Cela n'avait rien à voir, bien sûr, avec son apparence, elle savait bien que les hommes appréciaient ses courbes ; non, ce flottement venait des impulsions que pouvait générer son corps et sur lesquelles elle n'avait pas de prise.

Ainsi, dans ses relations passées, elle avait préféré renoncer à son propre plaisir par peur qu'il ne prenne le contrôle sur sa personne. Son petit ami, à l'université, avait-il remarqué qu'elle n'atteignait jamais l'orgasme ? Il n'en avait en tout cas rien dit, mais sans doute était-ce parce qu'il était encore fort jeune et inexpérimenté.

Elle était certaine, en revanche, que son dernier ex s'en était rendu compte, car de temps à autre, il lui demandait si tout allait bien, et elle s'était toujours empressée de flatter son ego.

Jusqu'à ce qu'un soir il exprime sa frustration face à son peu de réaction, alors qu'il était en train de l'embrasser avec ferveur ; elle avait alors haussé les épaules et argué que le sexe ne l'intéressait pas vraiment.

De fait, elle le pensait ! Ce qui la poussait à simuler pendant les rapports sexuels sans ressentir de culpabilité, puisque ce n'était pas sa faute si elle était insensible au plaisir charnel.

Or, le simple fait de poser les yeux sur Holden provoquait en elle une puissante pulsation, dans une région de son anatomie normalement assoupie...

Il la tenait toujours dans ses bras vigoureux, et elle pouvait à peine respirer, à peine penser. Elle avait juste l'impression d'être une boule de désir chauffée à blanc ; jamais elle n'avait connu jusqu'alors une telle expérience.

Il la reposa soudain sur le parquet aux lattes irrégulières, et le froid la saisit.

— Je m'apprêtais à allumer un feu, dit-il. Ne bouge pas, je reviens sous peu.

Et sur ces mots, il s'éclipsa, la laissant seule dans le bungalow, ce qui lui donna un petit répit pour remettre son cerveau en marche.

Comptait-elle vraiment aller jusqu'au bout ?

Elle n'avait jamais essayé les aventures sans lendemain. Le sexe s'inscrivait toujours pour elle dans le cadre d'une relation. Tout comme elle n'avait jamais ressenti une telle intensité la dévorer.

Et c'était précisément ce qui l'effrayait : elle redoutait d'en être fort affectée, comme si elle s'apprêtait à franchir un pas qui allait la changer en profondeur, modifier l'essence même de son être. Elle se sentit tout à coup bien fragile, sur le point de se briser : son instinct de survie n'allait-il donc pas la retenir de se précipiter dans le vide ?

Il revint quelques instants plus tard, avec un stock de bûches. Elle l'observa s'agenouiller devant le foyer : ses muscles roulaient dans son dos tandis qu'il allumait le feu.

— J'ignorais que les bungalows étaient si rustiques, dit-elle.

— En effet, ils manquent un peu de confort. Des regrets ?

— Non, s'empressa-t-elle de répondre.

S'il changeait d'avis maintenant et la renvoyait, elle en mourrait, pensa-t-elle. De cela, elle était certaine.

Il était à présent penché sur le feu naissant, à demi nu, et était si sexy que c'était lui qui réchauffait la pièce.

— Il faudra un peu de temps au feu pour prendre, mais je peux te tenir chaud, en attendant.

Et sur ses mots, il se redressa, brossa la poussière de son jean et s'avança vers elle.

Elle aurait voulu inspecter la pièce, voir la façon dont elle était meublée, mais ses yeux étaient définitivement attachés à lui, et il soutenait farouchement son regard, de sorte qu'elle se sentait captive.

Entièrement à sa merci.

Parsemé d'un fin duvet, son large torse était parfaitement sculpté, et son jean taille basse invitait à loucher vers la partie la plus masculine de sa silhouette.

Jamais elle n'avait vu un corps comme le sien : c'était un peu comme si, jusque-là, elle n'avait mangé que des biscuits industriels et qu'elle découvrait soudain un buffet de gâteaux fait maison.

— Tu es si beau, déclara-t-elle.

Il se mit à rire.

— C'est moi qui suis censé prononcer cette phrase.

— Non, je t'assure qu'en l'occurrence c'est moi.

Il releva un côté de sa bouche et, curieusement, elle se sentit très proche de cet inconnu car, d'un petit sourire, il venait de mettre tous ses sens en émoi. Encore qu'il ne s'agisse que de sensations physiques, se dit-elle aussitôt, son cœur n'avait rien à voir avec tout cela. Mais comme il était aisé d'imaginer que plus rien n'existait au monde à part cet homme, l'intensité que reflétaient ses yeux et le désir qui empreignait sur son visage.

Et son corps, bien sûr ! Un corps à se damner.

Et peu importe qu'elle soit une femme qui vivait dans un monde aux antipodes du sien ! Ce cow-boy brut de décoffrage, il le lui fallait ; ce fantasme qui se déployait devant elle dans toute sa splendeur représentait paradoxalement une réalité bien plus profonde que tout ce qu'elle avait connu jusqu'alors.

Alors au diable les convenances !

Soudain, elle se sentit submergée par cet homme, par les émotions insensées qu'il déclenchait en elle, qui la happaient et l'enveloppaient tout entière, au point qu'elle ne savait même plus comment elle pouvait respirer sans humer son odeur.

Elle porta la main à la ceinture de son manteau : il ne broncha pas, braquant sur elle un regard toujours aussi pénétrant.

Son désir monta en flèche et, en un rien de temps, son par-dessus tomba à ses pieds.

En dessous, elle portait juste un soutien-gorge et une culotte en dentelle rouge ; elle était toujours juchée sur ses talons aiguilles noirs.

— Un vrai petit chaperon rouge, marmonna-t-il. Cette couleur te sied à ravir.

Et la convoitise qui brilla à cet instant dans les yeux de Holden trouva un écho profond en elle… Jamais on ne l'avait regardée de cette façon auparavant. Bien sûr, on l'avait désirée, mais aucun homme n'avait eu envie de la dévorer alors qu'elle aurait parié que c'était l'intention de son grand méchant loup.

Cependant, au lieu de s'approcher d'elle, il s'assit sur le rebord du lit rudimentaire et déclara :

— Viens par là.

Complaisante, elle s'avança vers lui, ses talons claquant sur les lattes : il était utile qu'il lui donne plus d'instructions, elle savait ce qu'il attendait d'elle.

De la même façon, cet homme, surgi de nulle part, semblait la connaître bien mieux que tous ses anciens partenaires...

En outre, force était de constater que l'attirance n'était pas juste physique entre eux : une autre connivence – d'ordre spirituel – ne pouvait être niée, et c'était tout ce qui constituait la force de cette rencontre, lui prêtant un désir tant partagé que désespéré.

Le corps de Holden était un territoire délicieusement inconnu et, en même temps, elle se sentit tout de suite en terre familière.

Dépourvue de la moindre gêne, elle vint presser son intimité contre l'érection de Holden.

— Je suis ici, dit-elle alors d'un ton assuré.

Sans mot dire, il l'enlaça par la taille, glissa les mains tout en bas de ses reins, sous l'élastique de sa culotte... et la pinça au point qu'un cri lui échappa.

— J'ai cru comprendre que c'était l'aspect un peu rude de la situation qui te plaisait, déclara-t-il.

Incapable de sortir le moindre son de sa gorge nouée, elle se contenta de hocher la tête. Elle venait juste de prendre conscience que c'était ce qu'elle désirait et, à présent, tout prenait sens pour elle : le fait qu'il se montre possessif et autoritaire attisait follement son désir.

— Cela me convient parfaitement, princesse, car je suis un homme qui aime aussi ce genre de rapport.

Ces paroles ricochèrent en elle, affolant son imagination et son entrecuisse...

Rude, indompté, sauvage.

Elle avait un besoin insensé de cet homme, cela en défiait la raison. Elle voulait qu'il imprime sa marque sur son corps en elle, qu'il la transforme jusqu'à l'âme.

Cette soirée serait l'occasion unique de découvrir qui elle était vraiment, songea-t-elle, quels étaient ses désirs les plus secrets, au-delà de ce que sa famille et la société attendaient d'elle.

Cette nuit lui appartenait définitivement et, si elle n'obtenait pas ce qu'elle désirait, elle sombrerait à coup sûr, doucement mais sûrement, dans la folie, celle d'un questionnement sans fin sur elle-même.

— Si je vais trop loin, dis-le-moi, reprit Holden.

— OK.

— Je veux t'entendre crier, lui assura-t-il encore, mais pour de bonnes raisons.

Ce serait une première, alors, pensa-t-elle désabusée, mais la promesse que contenait la voix chaude de Holden lui fit douter de son autodérision.

À cet instant, il resserra son étreinte et, inversant les positions, la fit basculer sur le lit, avant de saisir d'une main ses poignets qu'il plaqua de façon péremptoire au-dessus de sa tête.

Elle se cambra, avide qu'il la touche, mais il demeura immobile au-dessus d'elle, la surplombant de tout son charisme.

De sa main libre, il entreprit alors d'explorer son corps, retraçant les contours de sa poitrine, de la vallée de ses seins, de sa culotte. Il s'arrêtait toujours à la limite, la laissant griller à petits feux.

— Ce n'est pas de la douceur que tu m'avais promise.

— La brutalité n'est pas drôle si tu n'es pas prête à m'accueillir, dit-il.

Se penchant vers son oreille, il lui murmura tout contre :

— Et je peux t'assurer que tu seras trempée comme jamais.

Ces simples propos suffirent à produire leurs effets... À cet instant, il captura sa bouche pour lui donner un baiser fougueux, prenant un de ses seins en coupe pour le titiller de son pouce.

Elle poussa un léger gémissement, se cambra de plus belle, pour constater qu'il évitait toujours le contact.

Avec lenteur, il fit glisser les bretelles de son soutien-gorge, et elle sentit enfin ses doigts calleux sur sa poitrine, avant qu'ils ne les remplacent par sa bouche.

Et dire qu'elle ne pensait pas être particulièrement sensible dans cette région ! Holden était en train de lui prouver le contraire…

Quand il se mit à mordiller son mamelon, un hurlement de plaisir lui échappa et un orgasme fulgurant la souleva… Remise de ses émotions, elle éprouva alors une double frustration : celle de ne pas avoir été pénétrée et celle d'avoir joui seule !

— En voilà une gentille fille, chuchota-t-il d'une voix rauque.

Elle sentit ses muscles intérieurs se contracter ; sans prévenir, il fit rouler sa culotte sur ses cuisses offertes, tout en gardant les yeux rivés à son intimité.

— Je vais te savourer lentement, promit-il.

Et il enfouit la tête entre ses jambes avant d'effleurer de sa langue les plis de sa chair en feu.

Elle poussa un petit cri de suffocation. C'était la première fois qu'il la touchait et c'était si… si terriblement osé et intime à la fois !

Et il tint sa promesse de se délecter d'elle au rythme qu'il avait choisi ; de fait, elle ne contrôlait plus rien, ce qui était aussi terrifiant qu'exaltant…

Pour la deuxième fois en quelques minutes, elle chavira dans les griffes du plaisir…

Elle se rendit alors compte qu'il ne lui tenait plus les poignets mais qu'elle ne les avait pas bougés de place. Elle haletait, cherchant à reprendre son souffle. Il captura à nouveau ses lèvres, et elle goûta sur les siennes son propre désir ; elle en frissonna.

— Tourne-toi ! lui ordonna-t-il.

Elle obtempéra, l'idée de le contredire ne l'effleurant même pas.

— Mets-toi à genoux, princesse, poursuivit-il.

Elle lui obéit, ses reins la picotant déjà à l'idée de ce qui l'attendait.

Puis elle entendit le crissement du plastique et songea qu'il devait être nu, puisqu'il mettait un préservatif... Soudain, elle sentit son pénis tout dur contre elle... Elle se mordit la lèvre quand il s'introduisit en elle, peu habituée à une telle position et à un homme aussi imposant.

Elle inclina la tête en avant, et il plaqua la main en haut de son dos, la faisant glisser et remonter ; soudain, il la saisit par les hanches, se retirant tout doucement d'elle avant de revenir sans ménagement.

Elle poussa un cri, et il recommença encore et encore, le frottement de leur peau, la respiration saccadée de Holden et ses propres cris félins saturant la pièce.

Tout à coup, il plaça sa longue chevelure d'un seul côté de sa tête puis la lui empoigna de façon si vive qu'elle en conçut presque de la douleur, laquelle, curieusement, renforça l'intensité du plaisir qu'elle éprouvait.

Puis sans mot dire, il la saisit par les hanches, et redoubla la cadence de ses va-et-vient : il s'écroula bientôt dans son dos en grognant, et elle le suivit aussitôt dans la jouissance.

6

Holden n'était pas homme à éprouver des regrets : comment aurait-ce été possible, eu égard à son parcours ? Ayant grandi dans le plus grand dénuement, il avait atteint des sommets qui lui permettaient aujourd'hui de ne nourrir aucune inquiétude à propos de son confort matériel ou de celui des siens.

En l'occurrence, il ressentait juste une profonde satisfaction en contemplant Emerson, étendue tel un félin épuisé sur le matelas, alors que le feu commençait à réchauffer la pièce.

Se levant, il se rendit dans la salle de bains puis revint quelques instants plus tard alimenter le foyer dans la pièce principale.

Entendant le frottement des draps, il jeta un regard par-dessus son épaule : elle s'était mise en boule de sorte qu'il ne pouvait plus admirer son entrejambe si tentateur, ses bras recouvrant par ailleurs sa poitrine.

— Le spectacle te plaît ? demanda-t-il face au regard d'Emerson rivé à lui.

— Beaucoup, répondit-elle sans affèterie.

— Tu pourrais me rendre la pareille, non ? suggéra-t-il.

Elle jeta un coup d'œil à son propre corps, comme si elle n'avait pas conscience qu'elle en recouvrait précisément les endroits les plus intéressants.

— Tu es affairé à allumer le feu, me semble-t-il. Je ne voudrais pas te déconcentrer.

— C'est déjà fait.

Et le fait qu'elle soit bien moins timide qu'elle n'en avait l'air renforçait l'attirance qu'elle exerçait sur lui : elle s'était déchaînée dans ses bras, complètement désinhibée, et lui avait procuré un plaisir qu'aucune autre jusque-là n'avait su lui donner.

En dépit de la dureté du matelas !

À cet instant, elle roula sur le dos et s'étira avec sensualité. Reposant rapidement le tisonnier, il revint au lit.

— Je suis incapable de recommencer, lui assura-t-elle en écarquillant les yeux.

— Ah bon ? Pourquoi ?

— Je n'ai jamais joui autant de fois d'affilée ! Tu risquerais d'y laisser ta peau.

— Je veux bien relever le défi.

Il repensa alors à la fièvre dont elle avait fait preuve dans ses bras et à la fadeur qu'elle avait évoquée concernant sa relation avec son fiancé. Cet homme avait sans doute un problème, en conclut-il. S'il ne trouvait pas son plaisir physique dans les bras d'Emerson, il doutait qu'il soit capable de l'atteindre auprès d'une autre.

— Mais il est vrai que, toi, tu n'as joui qu'une fois, renchérit-elle. Alors que, moi, j'ai eu trois orgasmes.

— Ce qui signifie que tu peux faire mieux, si tu veux l'avis d'un professionnel.

— Professionnel ? Tiens, je ne savais pas qu'un employé de ranch était aussi un expert en matière de sexe.

Il se mit à rire.

— Ce n'est pas à mon métier, mais à mon expérience avec les femmes que je faisais allusion. Je ne suis certainement pas un amateur dans ce domaine.

— Alors j'en déduis que j'ai choisi la bonne personne pour l'expérience que je tenais à vivre.

— C'était donc une expérience, pour toi ?

Elle se tourna de sorte que sa poitrine se retrouva pressée contre son torse puis braqua sur lui un regard aussi bleu que sincère.

— Je n'ai jamais eu d'orgasme avec un homme, avant toi, déclara-t-elle. J'ai déjà joui, bien sûr, mais par mes propres moyens, pas avec un partenaire. Dans ma vie, je n'avais couché jusque-là qu'avec deux hommes, tous deux étaient mes petits amis, donc logiquement on se connaissait bien, pourtant, ils n'ont pas su me donner du plaisir.

— L'alchimie, trancha-t-il alors en ramenant ses cheveux en arrière.

Et ce geste de tendresse qu'il venait de lui témoigner le surprit lui-même. Sans doute était-il dérouté par l'innocence qui semblait émaner d'elle après toutes les audaces dont elle avait fait preuve dans ses bras.

— Oui, répéta-t-elle, ce doit être d'alchimie dont il s'agit entre un homme et une femme. Un phénomène magique et curieux, impossible à reproduire hélas en laboratoire.

— On peut le recréer tout de suite, si tu veux.

— Et si j'en étais incapable ? Encore que, maintenant que je sais ce qu'il m'est possible de connaître de tes transports...

— Je resterais donc à tes yeux celui qui a révolutionné ta vie sexuelle ?

— Je n'oserais pas faire peser une telle pression sur toi.

— Ne t'inquiète pas, en général, la pression me réussit.

En cet instant, il était aisé d'oublier qu'elle était la fille de son ennemi, qu'il était venu sur le domaine pour anéantir sa famille et que la semaine prochaine, ses fiançailles et l'absence d'alchimie entre son fiancé et elle seraient le cadet de ses soucis.

Mais à bien y réfléchir leur aventure allait peut-être lui éviter un mariage fastidieux avec son publiciste ? En effet, quand il aurait atteint son objectif, le nom des Maxfield serait si discrédité que plus personne n'achèterait leurs vins : Emerson ne représenterait donc plus du tout un parti idéal.

À cette pensée, il attendit que pointe un sentiment de culpabilité... Mais non, rien du tout ! Au contraire, c'était une sensation de satisfaction qui l'avait envahie, comme chaque fois qu'il avait réussi à prendre, à son adversaire, une pièce de l'échiquier. En l'occurrence, Emerson valait bien davantage qu'un simple pion.

Cependant, il hésitait encore sur la façon dont il allait tirer parti de cette victoire. D'ailleurs, la femme qui était dans son lit ne ressemblait guère à une vaincue et, pour tout dire, il se faisait un peu lui-même l'effet d'une conquête.

— C'est alarmant, reprit-elle dans un murmure, car je ne devrais pas du tout me trouver ici, avec toi, et pourtant jamais je n'ai été aussi détendue, et peut-être aussi heureuse, de ma vie.

À ces mots, elle lui jeta un coup d'œil, et il vit une larme rouler sur sa joue : ce fut là que, de façon sournoise, la culpabilité le saisit.

— Je sais bien qu'entre nous il ne peut s'agir que d'une nuit sans lendemain... J'en suis consciente... Parce que tu as ta vie, et moi la mienne.

— Et qu'il n'y a aucun risque que les deux se croisent, répondit-il d'un ton bien plus hostile que voulu.

— Exact, ne crois pas que je sois snob, mais on attend de moi que j'épouse un homme précis. Avec tout ce qu'il apportera à ma famille.

— Princesse, pourquoi parles-tu de mariage, au juste ?

— Sans doute parce que ce problème m'obsède dans la mesure où le mariage représente dans ma situation un enjeu familial.

— Ah bon ? Comme au XVIIIe siècle ?

— Oui, dans ma famille, c'est ainsi, soupira-t-elle. Mon père n'a pas de fils mais trois filles, et il attend d'elles qu'elles nouent de bonnes alliances afin que ses gendres reprennent le vignoble. Ceux-ci acquerront lors de leur mariage une partie de la propriété, ce qui signifie...

— Ah bon ? Ses gendres deviendront ses associés ?

— Tout à fait, dit-elle. Enfin, je garderai aussi mes parts, ne crois pas que je subis une injustice totale mais, quand je me marierai, Donovan aura les siennes, d'une valeur égale aux miennes. Il en ira de même avec Wren quand son tour viendra, tout comme pour Cricket et son futur mari, bien que les parts soient moins élevées pour eux. Bref, à la fin, mon père ne possédera plus qu'une très petite partie du domaine.

— Pourquoi Cricket aurait-elle une part moins importante ?

— Parce que le vignoble ne l'intéresse pas et ne l'a jamais intéressée.

— Je comprends mieux pourquoi il se focalise sur ton époux car, toi, tu es complètement investie.

— Il ne cherche en réalité qu'à me protéger pour que je ne tombe pas entre les mains d'un profiteur.

— Tu viens vraiment d'un autre monde, déclara-t-il d'un ton soudain dédaigneux et bien malgré lui.

D'une part, cela n'avait vraiment aucune importance et d'autre part, c'était faux, puisqu'il était lui-même très fortuné et avait une réputation établie. En outre, Emerson lui était parfaitement indifférente, tout comme son opinion. Elle pouvait bien être aussi creuse que le reste de sa famille, que son père, ce n'était absolument pas son problème !

— Je vois bien que tu me prends pour une snob, insista-t-elle. Mais je t'assure que ce n'est pas du tout le cas. Je ne pourrais pas coucher avec un homme que je considère comme mon inférieur.

— À d'autres ! On sait parfaitement, Emerson, que cela excite les riches.

— Pas moi, en tout cas ! Ce qui m'a attiré en toi, c'est le fait que tu sois un homme défendu. D'ailleurs en un sens, tu es bien supérieur à moi, et c'en est troublant, voire inquiétant, car j'ignore si je retrouverai dans les bras d'un autre le plaisir que j'ai connu dans les tiens. Quand je pense que je ne suis pas censée me...

— Mais enfin, Emerson, comment peux-tu accepter une telle mésalliance ? D'autant que ta mère pense que tu vaux bien mieux que tout cela.

Elle déglutit avec difficulté et détourna les yeux.

— Ma vie ne m'appartient pas, elle est liée à l'empire que mon père a construit tout seul. Et, quoi que tu en penses, je lui suis reconnaissante de cet héritage, je sais que je suis extrêmement privilégiée, mais c'est aussi une lourde responsabilité à assumer, car je dois être une sorte d'intendant. Que je le veuille ou non.

Tout à coup, l'ensemble de la situation le contraria : le mensonge qui planait entre eux, la façon dont elle le considérait, et l'impuissance qu'il ressentait à cet instant. Poussant un grognement, il l'attira sous lui.

— Rien de tout cela n'a d'importance, ce soir, décréta-t-il.

Elle leva les yeux vers lui et enserra son visage dans ses mains.

— Tu as raison, dit-elle. Sans doute que non.

Cherchant à tâtons à côté du lit, il trouva ce qu'il convoitait : son soutien-gorge en dentelle rouge. Il le contempla un instant, puis saisit ses poignets, comme précédemment, mais cette fois-ci pour les attacher.

— Pour l'instant, tu es ici, et je dois être le seul objet de tes préoccupations. Tu es à moi, et il n'existe rien en dehors de cette pièce, de ce lit, tu comprends ?

Elle se mit à respirer plus vite, sa poitrine se gonflant et s'affaissant, puis hocha lentement la tête.

— Très bien, dit-il d'un ton doucereux. À l'extérieur, tu croules sous les responsabilités mais, ici, la seule chose qui t'incombe, c'est de veiller à mon plaisir.

Par ces paroles, il lui sembla dissiper le malaise, comme si le fait de lui attacher les poignets allait lui permettre de retenir plus étroitement le moment qui les unissait, avant qu'il ne s'attaque au reste et ne contribue à la chute de la maison Maxfield avec les conséquences qu'elle entraînerait pour Emerson.

Cette dynastie qu'elle chérissait tant au point d'accepter un mariage arrangé pour assurer sa pérennité.

Allons ! Il allait la libérer de ce poids et, finalement, elle lui en saurait gré... En réalité, il aurait aimé la garder, songea-t-il brusquement, mais il chassa bien vite cette pensée.

Quelques instants plus tard, sortant un autre préservatif de son portefeuille, il revient vers elle : elle était allongée sur le lit, poignets attachés et jambes offertes.

Il la pénétra d'un coup, et elle jouit instantanément, longuement tandis qu'il allait et venait sans merci en elle. Il avait l'intention de lui prouver qu'il n'y avait pas de limites au nombre d'orgasmes qu'il pouvait lui donner.

Toutefois, ce petit jeu avait un prix, comprit-il alors qu'elle hurlait son prénom pour la troisième fois et se blottissait contre son torse, poings toujours liés.

Dans ses divers abandons, elle lui avait livré une information cruciale, concernant les intentions de son père quant aux modalités de son mariage...

D'un coup, la façon dont il allait procéder pour atteindre son objectif s'imposa clairement à lui !

7

Trois jours s'étaient écoulés depuis qu'Emerson avait rendu visite à Holden dans son bungalow, et elle ne cessait d'y repenser. Cette idée fixe était ridicule, elle en était parfaitement consciente d'autant que, ce soir, elle devait organiser un autre événement sur le domaine et ne pouvait se permettre d'être distraite.

Une fête de fiançailles se tiendrait en effet dans l'ancienne grange qui avait été transformée et aménagée en un espace à la fois raffiné et rustique, doté de larges fenêtres offrant de magnifiques panoramas sur la propriété et éclairé par d'impressionnants chandeliers.

La soirée ne reposait toutefois pas entièrement sur ses épaules, elle relevait en réalité davantage de la responsabilité de Wren, et Emerson se contenterait de la seconder ; elle redoutait malgré tout, en raison de son état d'esprit, de n'être guère utile.

La pensée de Holden la hantait, ses caresses, ce qu'il lui avait appris sur son corps. Et elle s'en voulait de fantasmer ainsi sur un homme, d'être littéralement obsédée par lui, comme une petite idiote !

Il fallait dire qu'elle avait vécu des expériences inoubliables avec lui : ainsi, elle n'avait jamais imaginé pratiquer un jour le bondage, mais il lui avait démontré comment éprouver une liberté absolue dans le lâcher prise.

Elle était tellement habituée à tout contrôler en permanence ! Or, lors de ces quelques heures passées dans son lit, c'était lui qui avait pris les commandes, et elle avait eu l'impression qu'un fardeau glissait de ses épaules.

— Ohé, Emerson, tu es là ? C'est moi, Wren !

À ces mots, elle se retourna vers sa sœur qui, assise en face d'elle, s'affairait sur la liste des invités.

— Bien sûr que je suis ici ! Et je t'aide à régler les derniers détails de la soirée.

— Tu es présente physiquement, mais ton esprit est ailleurs, décréta Wren d'un ton sentencieux.

Ce fut alors qu'Emerson se rendit compte qu'elle ne portait pas sa bague de fiançailles. Et zut ! Elle l'avait retirée avant de se rendre chez Holden et devrait absolument le remettre d'ici à ce soir, pour l'exhiber quand elle ne circulerait entre les invités et prendrait des photos de la réception en vue de les poster sur les réseaux et de remplir son rôle, à savoir promouvoir le nom des Maxfield dans le monde entier.

— Mais qu'est-ce qui t'arrive, aujourd'hui ? reprit Wren.

Et à cet instant, elle vit clairement le regard de sa sœur glisser vers sa main gauche… OK, elle était démasquée !

— Il y a un problème, entre Donovan et toi ?

— Non, s'empressa-t-elle de répondre. J'ai juste oublié de mettre ma bague, ce matin.

— Cela ne te ressemble pas, puisque tu es tout à fait consciente de l'impact de cette bague sur autrui.

— Inutile de me rappeler ce dont je suis « tout à fait consciente » Wren !

— Pourtant, aujourd'hui, tu as oublié de la mettre, donc des petits rappels ne sont peut-être pas inutiles.

— Franchement, il n'y a rien à déduire de cet oubli.

— Le problème, en fait, c'est que tu te comportes bizarrement, ce matin.

— Très bien, je vois qu'on ne peut rien te cacher, répondit

Emerson d'un ton las, sachant déjà qu'elle regretterait ses aveux.

— Je t'écoute, j'adore les secrets, déclara Wen en se penchant vers elle.

— Eh bien… J'ai eu une aventure sans lendemain.

Sa sœur la regarda fixement, immobile.

— Avec un homme.

Wren éclata de rire.

— Merci, j'avais compris.

— Tu sais bien que Donovan et moi ne nous sommes pas promis une relation exclusive. Mais je ne me vois pas porter cette bague alors que… je suis avec quelqu'un d'autre.

— Pardon ? Mais tu parlais d'une « aventure sans lendemain », non ?

— Oui, mais on ne sait jamais.

— Dis donc, je ne te pensais pas que tu étais aussi émancipée.

— En général, je ne me comporte pas ainsi, mais… Bref, c'est exceptionnel. En tout cas, ne dis rien à Cricket, s'il te plaît.

— L'idée ne m'a même pas effleurée. Tu la connais, elle serait si offusquée qu'elle refuserait de te parler !

C'était naturellement de l'ironie de la part de Wren, cependant…

— Écoute, le problème, c'est qu'elle est incapable de garder un secret, reprit Emerson.

— Oui, je sais bien.

— T'est-il déjà arrivé de rencontrer un homme que tu n'arrivais pas à sortir de ton esprit alors qu'il ne te convenait absolument pas ? demanda-t-elle tout à trac.

Wren sursauta, comme si elle venait de recevoir une décharge électrique.

— Je suis bien trop occupée par mon travail pour penser à autre chose, répondit-elle promptement.

— Wren…

— OK, concéda-t-elle dans un sourire. Oui, je sais ce que

c'est d'être obsédée sexuellement par un homme qui n'est pas le bon. Mais je ne suis jamais passée à l'acte, moi.

Et l'air horrifié que Wren prit alors aurait été drôle, si Emerson n'avait pas elle-même commis cette chose si répréhensible.

— Tu sais, il n'y a rien de mal à... passer du temps avec quelqu'un que tu désires. Et non, je ne l'aime pas, je suis juste attirée par lui, ce qui me semble une bonne raison pour coucher avec, n'est-ce pas ?

Wren parut soudain nerveuse.

— Je... Enfin, désirer quelqu'un et l'aimer, ce n'est pas pareil, je comprends tout à fait.

— Cela dit, je l'aime bien, enchaîna Emerson, mais nous ne pourrons jamais... Bref, il travaille pour papa.

— Tu veux dire qu'il est associé au domaine ?

— Non, je veux dire qu'il s'occupe du ranch.

— Emerson !

— Quoi ?

— Tu vis un fantasme avec un garçon d'écurie ?

Emerson se mordit la lèvre.

— D'abord, ce n'est pas un garçon, mais un homme, un vrai, tu peux me croire.

— Tu n'as pas répondu à ma question.

— Oui, c'est sans doute un fantasme auquel j'ai cédé, mais c'était censé ne pas m'obséder ensuite !

— Qui aurait cru qu'un truc pareil t'arriverait ? renchérit Wren d'un air moqueur.

— C'est bon ! Nous vivons au XXIe siècle et, franchement, ça n'aurait pas dû se passer dans un bungalow rudimentaire, je devrais être en mesure de me pavaner au bras de l'homme le plus sexy de la terre, au lieu de me cacher.

— Rien ne t'empêche de militer pour ta cause en ligne : #Les fillesdéfendezvotresexualité !

— Très drôle ! fit Emerson en lui lançant un regard noir. Tu sais bien que je déteste ce qui m'arrive.

— Exact ! Pour une fille qui est toujours restée dans les clous, on peut dire que tu viens de commettre une transgression extrêmement scandaleuse.

— Et on est bien d'accord que tu emporteras ce secret dans ta tombe, ou bien je veillerai à ce que tu y ailles plus tôt que prévu…

Wren émit un petit sourire moqueur puis se redressa comme pour montrer à Emerson qu'elle mesurait cinq centimètres de plus qu'elle depuis qu'elle avait treize ans. Elle et sa sœur se ressemblaient – mêmes yeux bleus et chevelure noire – mais Wren avait une tout autre silhouette : sportive, elle était élancée et musclée, pratiquait la boxe et d'autres sports destinés à canaliser sa propre violence.

Sans cela, aimait-elle à dire, elle aurait tué Creed Cooper depuis fort longtemps. D'ailleurs, ajoutait-elle, sa maîtrise des arts martiaux lui permettrait aussi de le faire, si l'occasion se présentait.

C'était pour cette raison qu'Emerson trouvait hilarant de la menacer car Wren aurait été capable de la plaquer au sol en une seconde. Malgré tout, en tant qu'aînée de la fratrie, elle s'était assurée d'avoir de l'ascendant sur ses sœurs, et celles-ci la respectaient.

— Pas de problème. Je ne te créerai pas d'ennui avec papa, tu épouseras Donovan même si clairement, cet amant t'attire davantage. Cela dit, papa ne s'est jamais intéressé à mes petits amis.

— Sans doute parce que tu n'es pas l'aînée. Il veut que je donne l'exemple, j'imagine. Et puis ce qui compte à ses yeux, c'est que Donovan est celui qui servira le mieux ses intérêts.

— Donc tu vas l'épouser juste parce que papa le souhaite ?

— Tu t'aviserais peut-être de lui désobéir, dans le même cas ?

— En toute honnêteté, je ne crois pas que je pourrais épouser un homme qui ne m'attire pas du tout.

— Et si papa te présentait quelqu'un qu'il apprécie, qu'il

te poussait à sortir avec lui, tu ne ferais pas un petit effort pour que ça fonctionne entre vous ?

Wren détourna le regard.

— Je ne sais pas. Je pense que je me sentirais obligée d'essayer mais si, au bout de deux ans, ça ne marchait pas, que je n'étais toujours pas attirée par lui physiquement... Eh bien...

— Le mariage est avant tout un partenariat, trancha Emerson. Nos corps changent, nos désirs aussi. En revanche, il est important d'avoir des intérêts en commun avec son mari. On ne peut pas épouser le premier venu parce qu'il nous satisfait sexuellement.

— Je ne te suggérais pas d'épouser un employé du ranch, mais tu peux peut-être trouver un compromis, un homme avec qui tu aimes échanger et as aussi envie de coucher.

— Et qui convienne en plus à papa !

Emerson repensa à Holden : il n'incarnait pas franchement le compromis évoqué par sa sœur ! Il était bien trop excessif pour correspondre à ce terme.

— En tout cas, tu devrais peut-être attendre de trouver l'homme idéal, déclara Wren.

— Ou bien me conformer à ce qui me semble le plus approprié, renchérit Emerson. Mon mariage avec Donovan ne sera sans doute pas le plus réussi de la terre, mais on ne peut pas tout avoir. Regarde, toi et moi avons déjà une chance inouïe d'être nées dans une famille comme la nôtre.

Wren lui lança un regard triste.

— Je ne sais pas... Ta résignation me semble simplement... tragique.

— Et toi, alors, n'as-tu pas dit que tu désirais un homme mais que tu n'avais rien fait pour te rapprocher de lui ?

— Mon cas n'a rien à voir.

— Excuse-moi, mais d'après ce que je comprends, tu éprouves du désir pour un homme et tu ne peux pas t'afficher avec lui, cela ne me semble guère différent de ma situation.

— Non, je ne l'apprécie pas du tout, marmonna Wren. C'est tout le contraire.

Emerson en vacilla presque : il n'existait qu'un homme que Wren, à sa connaissance, détestait cordialement, en l'occurrence Creed Cooper. Pas étonnant que sa sœur n'ait pas envie d'aborder le sujet ! Si ces deux-là venaient à se toucher, il en résulterait d'une façon ou d'une autre une explosion. Pourquoi n'avait-elle donc pas deviné d'instinct qu'il s'agissait de lui ?

Sans doute parce qu'elle n'avait pas encore vécu une expérience aussi intense qu'avec Holden, quelques jours plus tôt.

— Dans ce cas, Wren, reprit-elle, tu comprends qu'il existe une différence entre désirer un homme et rester avec lui.

Puis elle baissa les yeux, hésita et poursuivit :

— Oui, je suis passionnément attirée par cet homme, l'alchimie qui passe entre nous est incroyable. Mais il ne pourra jamais s'agir d'autre chose ! Cependant, quand on a connu ce genre de frissons, eh bien... Enfin, tu vois ce que je veux dire !

Wren haussa les épaules.

— Non, je ne vois pas parce que, moi, je ne pourrais pas.

— Comme tu voudras, mais laisse-moi te dire que tu vis dans une maison de verre et que tu n'es donc pas en mesure de me donner des conseils.

— Mais non, ma situation est complètement différente ! Moi, je ne vais pas épouser un homme qui n'est pas fait pour moi.

— C'est le souhait de papa, je m'y conforme et je pense que tout finira bien car j'ai confiance en lui, il ne m'entraînerait jamais dans une voie sans issue. Il ne veut pas que je souffre ! Il m'a toujours soutenue.

Son père ne souhaitait assurément que son bonheur, elle le savait et ne devait pas en douter.

— Bien sûr, approuva Wren en l'enlaçant. Au moins, tu as de bons souvenirs, maintenant.

Emerson lui sourit.

— Oui, des souvenirs incroyables.

— Merci, mais épargne-moi les détails, la prévint sa sœur en lui tapotant l'épaule.

À cet instant, un flash lui revint : elle se revit attachée dans le lit de Holden, entièrement nue.

— Rassure-toi, ils sont sacrés.

— Ce qui compte, c'est que l'on soit sur la même longueur d'onde.

À nouveau, elle adressa un sourire à sa cadette.

— Rassure-toi, nous le sommes et en l'occurrence nous vérifions la liste pour ce soir. La réception doit se dérouler sans le moindre accroc.

— Bon, ne me porte pas malheur, s'il te plaît, dit Wren en touchant la table en bois.

— Franchement, Wren, loin de moi cette idée ! C'est ta réception, et elle sera parfaite.

8

Emerson nageait dans un paradis visuel, tout se déroulait à merveille et elle avait pris de nombreuses photos du décor fort étudié que sa sœur avait élaboré. Avec la permission des fiancés, elle pourrait même poster des photos d'eux et de leurs invités. Cette immersion festive lui permettait au moins de ne pas trop penser à sa relation avec Holden.

Sauf qu'il n'y avait pas de relation entre eux, réalité qu'elle avait de grosses difficultés à admettre, tant elle aurait aimé que ce soit le cas !

Pourtant, ainsi qu'elle l'avait affirmé à Wren, entretenir une telle idée était pure folie : le mariage ne se résumait pas à une bonne entente au lit ! Certes, Holden et elle étaient compatibles sous les draps – à cette seule pensée, d'ailleurs, son pouls s'affolait – mais cela ne signifiait pas qu'ils soient capables d'entretenir une relation, encore moins de se marier.

Ils n'avaient rien en commun.

Du moins le supposes-tu, en réalité tu n'en sais rien.

Certes, mais à en juger par le métier qu'il exerçait, elle pouvait tout de même tirer certaines conclusions.

Un serveur retint tout à coup son attention, et elle prit une coupe de champagne sur son plateau… Et ce fut alors qu'une suite d'événements survint simultanément et si rapidement qu'il lui fallut un peu de temps pour saisir ce qui venait de se passer !

Premièrement, elle vit un homme d'une beauté à couper le souffle traverser la salle.

Elle comprit alors qu'elle le connaissait, même s'il avait une tout autre allure dans son smoking noir et bien taillé. Une résistance s'opéra en elle face au nom que son cerveau voulait associer à cette apparition.

Enfin, elle crut que son cœur allait lâcher : c'était Holden qui venait de se matérialiser dans la grange où avaient lieu les fiançailles de leurs clients.

À présent, elle avait bel et bien établi les liens entre les trois événements… Sans pour autant parvenir à trouver un sens à la scène.

Pourquoi portait-il cette tenue ? Et surtout que faisait-il ici ?

Elle le vit prendre une coupe de champagne puis scruter la salle : il semblait différent, tout en étant le même. En effet, en dépit de sa tenue fort raffinée, il affichait toujours cet air d'indompté, un rien sauvage et âpre, même si en surface il se fondait aisément dans la foule qui l'entourait…

Encore que « se fondre » soit un terme erroné le concernant : de fait, il était bien mieux habillé que tout le monde.

Son costume avait dû coûter une fortune, tout comme ses chaussures, d'ailleurs, tout en lui exsudait le luxe. Pouvait-ce réellement être le même homme que celui sur lequel elle était tombée, torse nu, en train de couper du bois au crépuscule ? Celui qui l'avait attachée dans son bungalow au confort rudimentaire ? Celui qui avait usé de toutes les audaces avec elle ?

Ce fut alors que leurs regards se croisèrent.

Et qu'il lui sourit.

Elle en frissonna, et son cœur se serra car il lui avait adressé un bien curieux sourire, celui d'un inconnu, enfin du moins était-ce l'impression qu'elle avait eue. Cependant, c'était vers elle qu'il dirigeait à présent ses pas.

Immédiatement, elle se figea comme une biche piégée par un loup. Son cœur cognait comme un fou, au point d'assourdir le bruit de fond des conversations, autour d'elle.

— Précisément la femme que je cherchais, déclara-t-il.

Pourquoi avait-il l'air si différent ? Lors de leurs précédentes rencontres il avait montré beaucoup d'assurance, pas le moins du monde impressionné par sa position ou le fait qu'elle ait de l'argent. Et peut-être était-ce ce sur quoi elle se focalisait à présent.

Non, se ravisa-t-elle après l'avoir bien observé, il n'était pas différent, il semblait au contraire comme un poisson dans l'eau ici, pas du tout déplacé.

— Qu'est-ce que tu fais là ? Et où as-tu trouvé ce costume ?

— Me croiras-tu si je te dis que ma bonne fée m'a rendu visite ?

Sur cette note d'humour pince-sans-rire, il lui adressa un bref sourire.

— Non, répondit-elle dans un souffle, son pouls battant comme un fou à ses tempes.

— Croiras-tu plus facilement que les souris avec lesquelles je cohabite l'ont cousu pour moi sur mesure ?

— Encore moins. Tu ne sembles pas vraiment être un ami des rongeurs.

— Mon chou, sache que je ne suis en fait l'ami de personne. Et que je suis réellement désolé pour ce que je m'apprête à faire, mais si tu coopères, tout se passera bien mieux.

Elle jeta un coup d'œil autour d'elle, comme si un tiers détenait éventuellement des réponses à ce curieux échange. Mais il ne repéra personne susceptible de venir à sa rescousse.

— Que veux-tu dire, au juste ?

— Vois-tu, je n'ai pas été entièrement honnête avec toi.

— Pardon ?

Décidément, tout cela n'avait aucun sens. Elle balaya la salle du regard, inquiète que leur conversation n'ait attiré l'attention ! Elle avait en effet la sensation que tous les projecteurs étaient braqués sur eux ; mais force était de constater que, non, nul ne leur prêtait attention.

— Et si nous allions dehors ? proposa-t-il. J'ai rendez-vous avec ton père dans quelques minutes... À moins que d'ici là, tu acceptes de négocier avec moi.

— Quoi ? Tu as rendez-vous avec mon père ? Et que veux-tu donc négocier avec moi ?

Une pensée terrifiante l'envahit alors : il avait filmé leurs ébats et allait tenter d'extorquer de l'argent à sa famille. C'était un escroc, pas étonnant qu'il ait refusé qu'elle le photographie, le premier jour, lors de leur repérage.

Toutes ses accusations lui brûlaient la langue, mais elle ne pouvait pas les formuler, du moins pas dans ce lieu !

— Que veux-tu, au juste ? le questionna-t-elle.

Il ne répondit rien, un vrai roc. Vêtu d'un smoking ou d'un jean, l'homme qui se tenait devant elle était en réalité une véritable brute, animé d'intentions bien plus sombres qu'elle ne l'aurait cru.

— Que veux-tu ? répéta-t-elle.

Elle refusait de le suivre, se maudissant pour sa conduite insensée. Comment avait-elle pu se donner à cet homme ? Il était si évident qu'il n'était pas celui qu'il avait prétendu être...

Et naturellement il n'avait éprouvé aucun désir pour elle ! Le seul homme avec qui elle avait jamais eu envie de coucher s'était joué d'elle, pensa-t-elle, désespérée. C'était affreux...

— Me venger, répondit-il alors. Rien de plus. Et je suis désolé que tu sois pris au milieu de cette affaire.

— Tu nous as filmés, c'est ça ?

À nouveau, elle lança un coup d'œil alentour ; mais personne ne semblait avoir remarqué la présence de Holden.

— Non, répondit-il en relevant la commissure des lèvres. Il ne s'agit pas de toi, Emerson, que tu le croies ou non, tu n'es pas concernée. Mais en revanche l'attitude que je vais à présent adopter dépend de toi. Donc, il faut que tu me suives à l'extérieur pour que nous discutions.

Après quoi, il pivota sur ses talons et se dirigea vers la sortie, sans vérifier si elle lui emboîtait le pas, assuré visiblement qu'elle allait obtempérer. De fait, elle se glissa dans son sillage.

À l'extérieur régnait l'obscurité, comme lors de leur première rencontre, et quand il tourna la tête vers elle, elle eut une sensation de déjà-vu, et les impressions qui l'avaient alors enivrée rejaillirent en elle… Assez ! Tout cela n'avait plus aucune importance.

Elle le jaugea de pied en cap.

— Dis-moi ce qui se passe. Il est évident que tu n'es pas un employé du ranch.

— Ton père m'a officiellement engagé pour ce poste. Donc, je peux affirmer en toute honnêteté que je travaille pour lui et qu'il m'emploie pour le ranch.

— Mais qui d'autre es-tu ? Un paparazzi ?

L'hypothèse parut le scandaliser.

— Je ne suis pas un charognard qui gagne sa vie sur le malheur des autres.

— Qui es-tu, alors ? Et pourquoi es-tu ici ?

— Je suis ici pour détruire le vignoble.

Elle recula d'un pas : le venin que contenait sa voix était si épais qu'elle le sentait presque couler sous sa peau.

Il lui jeta un regard de défi avant de préciser :

— Cependant, si je vais mettre ou non mes projets à exécution dépend à présent de toi.

— Mais de quoi parles-tu donc ?

— Ton père, articula-t-il avec lenteur, a eu une liaison avec ma sœur.

— Ta sœur ? Je ne… Mon père n'a pas de liaison ! Ma mère et lui sont mariés depuis plus de trente ans. Et ta sœur doit avoir dans les…

— Elle est plus jeune que toi ! trancha Holden. Et d'une naïveté incroyable dont ton père a profité. Quand elle est tombée enceinte de lui, il lui a proposé de l'argent pour une IVG mais, devant son refus, il l'a quittée. Elle a finalement fait une fausse couche et, depuis, elle accumule les problèmes de santé. Elle a commis deux tentatives de suicide et a dû être hospitalisée. Ton père l'a complètement détruite.

— Non, c'est une erreur ! protesta Emerson. Mon père ne se comporterait jamais ainsi. Jamais il ne ferait de mal à...

— Écoute, je ne suis pas là pour discuter sémantique avec toi, en revanche, je te propose de m'accompagner, car je vais de ce pas voir ton père. J'ai rendez-vous avec lui, même s'il ignore pourquoi. Il te racontera par lui-même toute l'affaire.

— Mais quel rapport cela a-t-il avec moi ?

— Il n'y en avait aucun, jusqu'à ce que tu viennes me retrouver dans mon bungalow, l'autre soir. J'aurais aimé que tu partes, mais tu as insisté et alors... Et alors tu m'as appris une information très intéressante, sur la propriété. Sur la personne à qui elle reviendra bientôt en partie.

Emerson crut défaillir.

— À mon futur mari, murmura-t-elle.

— Exactement.

À cet instant, il plongea son regard dans le sien : ses prunelles noires étincelaient.

— Donc, deux choix se présentent à toi, enchaîna-t-il. Soit je rencontre ton père – tu es la bienvenue à notre rendez-vous – et je lui révèle que j'ai trouvé des piles d'accords de non-divulgation dans les fichiers de ses employées...

— Pardon ?

— Ton père a eu de nombreuses liaisons avec les femmes qui ont travaillé sur le domaine et quand j'ai mis la main sur les documents qui se trouvaient dans son bureau, j'ai pris contact avec plusieurs d'entre elles. La plupart ont refusé de me parler, mais certaines ont coopéré. Et confirmé l'évidence : il a obtenu leur silence par la coercition.

Il marqua une pause et reprit :

— Une grande partie de votre fortune provient du soutien des célébrités. Tu imagines la dégringolade des ventes si on se rend compte que ton père n'est pas celui qu'il prétend, mais un homme qui abuse de son pouvoir ? Qui manipule les femmes pour coucher avec elles ?

— Je ne te crois pas.

— Peu importe que tu me croies ou pas, Emerson. Ce qui compte, c'est que je détiens des preuves pour convaincre d'autres personnes de la véracité de mes propos. Une fois que l'affaire sera dévoilée, je t'assure que tu auras de grosses difficultés à écouler la moindre bouteille.

— Je ne comprends pas ce que cela te rapporte, dit-elle, la terreur courant littéralement dans ses veines.

Elle ne pouvait concevoir qu'il y ait une once de vérité dans ses propos mais, en l'occurrence, telle n'était pas la priorité, la question étant de savoir ce que Holden était résolu à faire.

— La vengeance, dit-il d'une voix basse et dure.

— La vengeance n'est pas une activité lucrative, rétorqua-t-elle.

— Nul besoin qu'elle me rapporte, mais je ne vais pas te mentir, l'idée d'assouvir ma soif de vengeance et de gagner en même temps de l'argent est très séduisante, et elle m'est venue après ton passage au bungalow. Posséder une partie de ce domaine au lieu de le détruire est, à la réflexion, plus satisfaisant. Explique-moi ce qui est prévu, comment ton mari obtiendra des parts en t'épousant.

— Une fois mariée, je dois en informer mes avocats pour qu'ils établissent les documents officiels.

À ces mots, il prit une expression déterminée.

— Dans ce cas, nous allons nous marier, toi et moi.

— Et si je refuse ?

— Je révèle l'affaire, et la marque Maxfield sera rayée de la carte. Mais si nous nous marions, nous continuerons à la faire prospérer puisque j'en serai actionnaire.

— Et le but est… ?

— Que ton père sache que je détiens en partie sa propriété. J'agirai ensuite en fonction de sa réaction, mais il n'aura hélas guère d'autre choix que celui d'accepter les faits. Je pourrais tout à fait mettre mes projets initiaux à exécution, avec toutes les preuves que j'ai accumulées en m'introduisant sur le domaine, mais ce serait détruire tout ce pour quoi toi et ta sœur avez si durement travaillé, et je n'ai pas spécialement envie que cela entraîne des victimes collatérales. En revanche, en devenant actionnaire de votre société, j'assure des dommages et intérêts à ma sœur et tiens la dragée haute à ton père, et c'est cela qui m'importe.

— Et Donovan, dans tout cela ?

— Lui, ce n'est pas mon problème ! La balle est dans ton camp, Emerson. Tu peux épouser Donovan et hériter de la ruine que je laisserai derrière moi en repartant, ou bien devenir ma femme.

— Qu'est-ce qui me prouve que tu dis la vérité ?

— Cherche le nom Soraya Jane, sur ton réseau social préféré.

— Je... Attends. Je sais qui elle est... Elle est suivie par des millions de personnes.

— Exact, confirma-t-il.

— Donc, Soraya Jane est ta sœur ?

— Je viens de te le dire.

— Et toi...

— Moi, je m'appelle Holden McCall, je ne suis pas connu sur les réseaux sociaux, ni nulle part d'ailleurs, mais je suis l'un des promoteurs les plus fortunés de cet État. Grâce à mon argent, ma sœur a noué des relations, elle a commencé sa carrière de mannequin, s'est mise à voyager.

— Elle a construit un empire en ligne, dit Emerson.

— Je sais, ce qu'elle a réalisé est incroyable, seulement, elle s'est égarée en chemin. À cause de ton père ! Il l'a détruite, et je ne peux l'accepter.

— Donc si je ne t'épouse pas, tu détruiras tout, c'est bien cela ? Par conséquent, la raison pour laquelle je me marierais avec Donovan ne pèse plus dans la balance ?

— Tu as tout saisi !

— Et il faut que nous fassions les transferts avant que mon père ne se rende compte de ce qui se passe.

Emerson résumait à voix haute ce que Holden attendait d'elle, mais elle ne savait plus que faire, ni penser. Il n'était pas exclu qu'il soit en train de bluffer, seulement, si ce n'était pas le cas, il détruirait le domaine ; or, il n'était pas question qu'elle prenne le risque d'attendre et qu'il soit trop tard pour sauver ce qu'elle chérissait le plus au monde.

— Bon, reprit-elle, que faisons-nous alors ?

— Je viens de te le dire, c'est à toi d'en décider.

— Très bien. Disons qu'on se marie. Et après ?

— De toute façon, tu t'apprêtais à épouser un homme que tu n'aimais pas, alors autant que ce soit moi.

Sauf que s'unir à lui était pire qu'épouser un homme qu'elle n'aimait pas !

Elle n'avait pas juste couché avec lui, elle s'était abandonnée à lui de la façon la plus intime qui soit, avait accepté qu'il l'attache et prenne entièrement possession de son corps.

Et maintenant elle devait sans délai se décider pour ou contre un mariage avec lui, alors qu'elle venait juste de découvrir qu'elle ne le connaissait pas du tout.

— C'est entendu, trancha-t-elle d'un ton précipité. Je vais t'épouser.

9

Le sentiment de victoire qui bouillait dans les veines de Holden ne l'avait pas quitté alors qu'ils montaient à bord de son jet privé. Après qu'il lui avait dévoilé son identité et ses projets, ils avaient quitté la réception et étaient actuellement en train de décoller de l'aérodrome local, direction Las Vegas. En outre, il trouvait amusant qu'ils soient l'un et l'autre vêtus comme pour assister à un mariage, alors qu'aucun n'avait prévu une telle issue !

— Les chapelles sont ouvertes vingt-quatre heures sur vingt-quatre, et il n'y a aucune attente, déclara-t-il en lui tendant une flûte de champagne.

Le jet était petit, mais bien approvisionné et très tranquille. S'il n'était pas particulièrement attaché à la débauche de confort que lui valait sa faramineuse fortune, il appréciait en revanche fortement d'être en mesure de se rendre là où il en avait envie quand il le souhaitait dans un avion privé.

— Tu as ton propre jet, constata-t-elle en avalant d'un trait son champagne. Cela en dit long sur ta fortune.

Elle n'en semblait ni impressionnée, ni irritée.

— Bonne déduction !

Elle secoua la tête, l'air incrédule.

— Je... Je ne sais pas quoi dire.

— Je ne t'ai pas demandé de dire quoi que ce soit.

— Non, tu m'as juste demandée en mariage.

— Et je t'ai aussi précisé que, sinon, je ruinerais ta famille.

— Exact. Faut-il être idiote pour oublier un tel détail ! dit-elle sur le ton de l'autodérision.

— Crois-moi ou non, mais je n'avais pas du tout l'intention de t'impliquer dans cette affaire.

— Mais cela t'arrange, n'est-ce pas ?

— Au départ, je n'y ai pas forcément vu un avantage.

— Ah bon ? Ne me dis pas que tu te sentais coupable alors que tu t'apprêtais à mettre ma famille sur la paille.

— Je te répète que je ne voulais pas t'entraîner dans cette affaire parce que, moi, je ne suis pas comme ton père. Et je n'avais absolument pas l'intention de prendre ma vengeance sur lui en couchant avec toi. Le sexe, entre nous, n'avait rien à voir. Je me suis juste rendu compte des possibilités qui s'offraient à moi après que tu m'as confié que ton futur mari aurait des parts dans le vignoble.

— Forcément. Parce que je suis une imbécile, et que je t'ai fait en toute naïveté des confidences sur l'oreiller.

— Désolé, mais cette information était trop énorme pour que je n'en tire pas parti. Et au final, ce sera bien mieux pour toute ta famille, non ?

— Sauf qu'en tant qu'actionnaire tu as le pouvoir de détruire le domaine.

— C'était mon intention première, mais à présent que je peux en tirer du bénéfice, pourquoi agirais-je ainsi ? Non seulement j'ai une part du vignoble Maxfield, mais j'ai aussi la fille !

— Et c'est la partie du scénario où tu sors un revolver que tu me braques sur la tempe ?

— Allons, les armes à feu, très peu pour moi ! Regarde, tu es dans un jet en train de boire du champagne. Tu n'encours aucun danger de ma part, et je ne t'ai pas forcée à monter dans l'avion.

— Mais, si, tu m'y as contrainte !

— Je t'ai donné deux choix.

— Aucun n'était satisfaisant.

— Bienvenue dans la vraie vie, princesse.

— Non, ce n'est pas ma vie, ça !

— Désormais, si.

Il inspecta longuement son profil de médaillon… Tête tournée vers le hublot, elle s'efforçait d'éviter son regard.

— Tu savais bien que le grand méchant loup allait finir par te manger, c'est ainsi que finit le conte.

— Arrange les choses à ta sauce pour qu'elles te soient supportables, mais laisse-moi te dire que tu n'es pas un loup, tu es juste odieux.

— Et ton père ?

Cette question parut étouffer son désir d'en découdre avec lui.

— Je ne sais pas si je dois te croire.

— Assez, cependant, pour convoler avec moi à Las Vegas parce que, si je t'ai dit la vérité…

— Tu aurais pu tout détruire, j'ai compris ! Je ne te crois pas mais, franchement, avais-je le choix ? Tu as raison : je m'apprêtais à épouser un homme que je n'aimais pas dans l'intérêt de ma famille, par loyauté envers son empire, ma dynastie, aussi pourquoi n'aurais-je pas franchi le pas avec toi qui représente une menace potentielle ?

— Mais moi, tu me hais, n'est-ce pas ?

— Exact ! De toutes mes forces.

Il sentit qu'elle se retenait d'aller plus loin, et ils demeurèrent silencieux jusqu'à ce que l'avion se pose dans le Nevada, une heure plus tard.

— Un sosie d'Elvis, ça te plairait ? demanda-t-il une fois qu'ils furent sur le Strip, au niveau de la petite chapelle blanche qu'il avait réservée avant l'atterrissage.

— Je n'ai même pas mon téléphone, soupira-t-elle sans répondre.

— Tu veux que je prenne des photos et que je les poste sur les réseaux sociaux ?

À ces mots, elle plissa les yeux :

— Non, j'aurais voulu t'assommer avec !

— Ce qui ne répond pas à ma question sur Elvis.

— Oh oui, s'il te plaît ! Un sosie d'Elvis. Sans quoi, notre mariage sera complètement raté.

— Épargne-moi ton ironie ! Nous aurons donc un sosie.

— Cours vite le chercher, sinon, ce voyage éclair à Las Vegas serait absurde !

La pointe d'hystérie qu'il perçut dans sa voix suggérait que ça l'était, de toute façon ; il allait toutefois prendre sa réponse au pied de la lettre, ne serait-ce que pour lui montrer qu'il ne plaisantait pas et qu'il n'était pas homme à se contenter de peu.

Le seul Elvis disponible à 22 h 30 un samedi soir semblait hélas directement sorti des années 1970 et, quand leur tour fut venu, il leur demanda :

— Voulez-vous que je chante *Burning love* ou *Can't Help Falling in Love*, à la fin de la cérémonie ?

— Choisissez celle que vous préférez, répondit Emerson, le visage fermé.

À n'en pas douter, elle estimait que, en poussant la parodie aussi loin, ce qui continuait à brûler entre eux s'éteindrait pour de bon, pensa-t-il alors. Oui, désormais, elle le haïssait, il le voyait clairement dans ses prunelles.

Mais il acceptait volontiers de relever le défi, tout comme il était heureux qu'ils échangent des serments devant un sosie d'Elvis, avec une femme vêtue de léopard comme témoin, car tout cela ne retirait rien au fait qu'il la désirait plus que jamais. Désespérément.

Et il ne pensait qu'au moment où il l'emmènerait dans la suite somptueuse qu'il avait réservée pour la prendre de cinquante façons différentes.

Elle n'imaginait pas qu'elle nourrissait les mêmes désirs

et, pourtant, c'était bien le cas, il en aurait mis sa main à couper. Sans doute pensait-elle être en mesure de noyer dans la colère l'excitation qu'il lui inspirait, mais ce ne serait pas possible, il était certain que non, et pour cause : lui aussi était consumé de rage, celle de ne pas être animé par le seul désir de vengeance !

— Vous pouvez embrasser la mariée, déclara Elvis.

À ces mots, elle lui lança un regard empli de défi. Mauvaise pioche ! Elle apprendrait rapidement qu'il ne reculait devant aucun.

Prenant son menton en coupe, il lui donna un bref baiser déterminé, et ce simple effleurement suffit à les faire tous deux haleter.

Dès qu'ils s'écartèrent l'un de l'autre, la musique résonna dans la petite chapelle, et Elvis se mit à chanter qu'il ne pouvait s'empêcher de tomber amoureux.

Ce qui n'était certainement pas son cas, se dit Holden. Certes, il ne pouvait pas s'empêcher de désirer Emerson, mais cela n'avait rien à voir avec l'amour.

Ils signèrent rapidement le document de mariage et, dès qu'ils furent remontés dans la voiture qui les avait attendus, il lui tendit son propre smartphone.

— Appelle ton avocat, dit-il.

— Il est presque minuit.

— Compte tenu de l'heure, il pensera que c'est une urgence. Il faut que tout soit prêt pour demain, afin que nous n'ayons plus qu'à apposer nos signatures.

— Elle me répondra, effectivement, rectifia-t-elle.

Puis elle enchaîna, au téléphone :

— Bonsoir, Julia. C'est Emerson. Voilà, je viens juste de me marier.

Il perçut la voix de son interlocutrice sans comprendre la réponse, puis Emerson reprit :

— Merci, Julia ! En fait, je souhaiterais transférer les parts de la société à mon mari dès que possible, afin d'être libérée sans attendre de ce type de tracasseries.

Et elle fournit toutes les indications nécessaires à son avocate, y compris l'identité du marié, avant de mettre fin à la communication.

— Elle nous faxera tous les documents pour demain matin.

— Sans vendre la mèche à ton père ?

— Non, c'est l'avocate de la famille, elle le connaît, et va rapidement comprendre que je me suis mariée en secret pour échapper à celui qu'il me destinait.

— Donc, c'est ton alliée ?

— Mon amie. Les gens qui ne se mentent pas deviennent amis.

— C'est blessant.

— Tiens, j'ignorais qu'on pouvait blesser du granit.

— Pourquoi obtempères-tu si facilement, dès que je te demande quelque chose ?

Ce fut alors qu'elle répondit d'une voix fluette et lasse :

— Parce que cela n'aurait aucun sens d'être venue ici, de t'avoir épousé si je ne me conformais pas au reste de tes désirs : tu ruineras ma famille si tu n'obtiens pas tout ce que tu veux. Donc, je te le donne. Protester maintenant, ce serait comme m'attacher à des rails, or, jouer les demoiselles en détresse, ce n'est pas vraiment mon style.

Rivant son regard bleu et déterminé au sien, elle ajouta :

— Comme on fait son lit, on se couche !

Leur chauffeur s'arrêta à cet instant devant un hôtel casino clinquant qui était loin de correspondre à ses goûts. Néanmoins, ce qu'il aimait, à Las Vegas, c'était la sexualité sous-jacente liée à tout le luxe tapageur de la ville. Les suites y coûtaient une fortune, elles étaient immenses, tout comme leurs salles de bains et leurs lits ; les hôtels disposaient même de clubs de sport pour les plus athlétiques.

Qu'importait le flacon, pourvu qu'on ait l'ivresse !

Ils descendirent de voiture, et il donna un pourboire au voiturier.

— Votre secrétaire a appelé, monsieur McCall, dit l'homme. Vous êtes déjà enregistrés et pouvez donc monter directement dans votre chambre. Nous vous avons envoyé un code par SMS.

Holden passa alors le bras sous celui d'Emerson et l'entraîna vers l'ascenseur.

— Tu n'espères tout de même pas que... Soit, nous serons dans une même suite mais...

— Tu n'espères tout de même pas pouvoir maîtriser tes pulsions alors que nous allons partager notre chambre, cette nuit ?

Tête haute, elle entra dans l'ascenseur et, une fois les portes refermées, elle le bouscula du plat de la main.

— Je te déteste ! dit-elle.

— Et tu me désires en même temps, renchérit-il. De sorte que tu me hais plus encore, mais cela ne change rien à la réalité.

— La réalité, c'est que je vais déchirer ton beau smoking dès que nous serons dans la suite ! prévint-elle d'une voix basse et féline. Le réduire en lambeaux.

— À condition que je puisse te rendre la pareille, répliqua-t-il, le désir parcourant ses veines.

— Tu seras sans doute un peu moins confiant quand je tiendrai dans la main la partie de ton anatomie à laquelle tu tiens le plus.

De manière insensée, cette menace aviva plus encore son excitation.

— Je prends le risque.

— Écoute, je ne comprends rien à tout cela.

Elle soupira et ajouta :

— Tu devrais complètement me dégoûter !

— Trop tard, tu t'es déjà compromise avec moi, trésor. Alors autant ne pas cracher dans la soupe car tu sais comme c'est intense, entre nous. Tu me désirais déjà quand je n'étais qu'un simple employé de ranch, donc pourquoi ne serait-ce pas le cas maintenant que tu sais que je suis un homme fortuné et résolu à savourer sa vengeance ?

— Tu m'as forcée à t'épouser.

— Je t'ai au contraire sauvée d'un fiancé aussi excitant qu'un long jour de pluie. Au moins, moi, tu me hais, alors que tu n'éprouvais rien du tout pour lui.

Elle était hérissée à point, quand il tapa le code pour entrer dans une suite conforme à ce qu'on imaginait dans un endroit aussi luxueux et tapageur.

— C'est affreux, ici, dit-elle en lançant son sac sur le lit.

— Et ?

— Et très confortable.

Sans transition, elle passa les mains derrière son dos et saisit sa fermeture Éclair… Quelques instants plus tard sa robe tombait à ses pieds.

— Je croyais que tu allais me laisser faire le travail, dit-il.

— Ce serait trop d'honneur pour ton ego ! Ensuite, tu risquerais de parler de scène de séduction ! Or, il s'agit juste de sexe entre nous et, oui, j'ai envie de coucher avec toi. Mais, à ta place, je n'en tirerais aucun orgueil, car je m'en déteste moi-même.

— Je t'en prie, laisse libre cours à cette haine de moi, surtout si elle signifie que tu vas finir par me couvrir le corps de ce charmant rouge à lèvres.

— Nous en arriverons là, ne crains rien. Au point où j'en suis ! Nous sommes mariés, tu auras sous peu une part du vignoble Maxfield, et nous avons déjà couché ensemble. Autant que j'ai un orgasme !

— Un ? Je te garantis que nous ferons mieux.

Elle était si désirable dans ses sous-vêtements en dentelle blanche, une vraie mariée que son époux aurait tout juste déshabillée. Le tout pimenté par ses escarpins couleur carmin aux talons vertigineux qu'elle n'avait pas ôtés.

Elle l'excitait énormément ainsi.

Mais il la préférait nue.

D'un pas décidé, elle s'approcha alors de lui... et mit sa menace à exécution en tirant sur sa chemise pour l'ouvrir : les boutons volèrent, et le tissu se déchira.

— J'espère qu'elle t'avait coûté cher, dit-elle en plaquant les mains sur son torse.

— Bien vu ! Elle était hors de prix mais, dommage pour toi, je pourrais en acheter dix pareilles que je ne verrais même pas la différence sur mon compte en banque.

Elle le considéra alors longuement : de toute évidence, elle venait enfin de comprendre quel était son statut social !

— Et dire que j'avais peur d'avoir profité de toi lors de la nuit dans ton bungalow.

— Cela en dit long sur toi et la manière dont tu considères les démunis, mon chou.

— Mais, non, ça n'a rien à voir ! Comme tu travailles pour mon père, indirectement, tu es aussi mon employé, puisque je suis actionnaire du vignoble. Je craignais donc d'abuser de toi en raison de ma position. Or, voilà où nous en sommes : tu n'attends qu'un prétexte pour me faire chanter.

— Tout à fait. La vie est si injuste, ma belle.

Sans répondre, elle le débarrassa de sa chemise puis défit son ceinturon...

— Tu veux t'en servir ? demanda-t-il en souriant.

— Pardon ?

— Pour m'attacher, si tu en as envie. Tu te sentiras peut-être mieux si tu as l'impression d'avoir le contrôle de la situation.

Un éclair qu'il n'aurait su définir brilla dans son regard clair.

— À quoi cela me servirait-il, à part faire tout le travail ?

Yeux rivés aux siens, elle leva les poignets et ajouta :

— En revanche, tu peux m'attacher, toi, et rassure-toi, je n'en garderai pas moins le contrôle de la situation.

Il obtempéra et lui lia étroitement les mains. Sans le lâcher du regard, elle se laissa tomber sur les genoux, devant lui.

10

Nul doute qu'elle avait perdu la tête, pensa Emerson. Son cœur cognait à tout rompre d'excitation, de rage et de honte mêlées.

Elle aurait dû lui opposer un non catégorique, ne pas l'autoriser à la toucher à nouveau. Mais sa colère la poussait à des jeux encore plus dangereux avec lui, sans qu'elle ne sache ce qu'elle devait en déduire d'elle-même.

Cet homme ne cessait de lui lancer des défis, de sa proposition de mariage à son Elvis de pacotille ! Cette suite elle-même était une provocation en soi, sans compter sa proposition de la laisser à la manœuvre, pour le bondage…

Il cherchait à la briser ? Grand bien lui fasse, car elle ne ploierait pas : elle était une Maxfield, Emerson Maxfield, et elle excellait dans tout ce qu'elle entreprenait, n'avait-il pas encore saisi ? Et si elle devait sauver sa dynastie en s'agenouillant devant Holden McCall, qu'à cela ne tienne !

— Tu crois vraiment que je vais te donner ce que tu attends ? dit-il tout à coup d'un ton provocateur.

Et alors même que son érection se dessinait nettement sous l'étoffe de son pantalon !

— Oui, répondit-elle, car je ne pense pas que tu sois assez fort pour me résister.

— Tu as sans doute raison, je ne résiste jamais à ce qu'on

m'offre. J'ai passé une trop grande partie de ma vie à nourrir des désirs inaccessibles ; désormais, je ne me refuse rien.

Sur ces mots, il défit sa braguette, son pantalon glissa à terre et, s'empoignant lui-même, il s'offrit à elle.

Comme elle avait les mains attachées, elle le laissait lui dicter ses mouvements, les yeux dardés sur lui : après tout, ce n'était qu'un jeu, et il l'amusait énormément, car il lui procurait en réalité une sensation de pouvoir.

Oui, le voir presque trembler tant il était avide qu'elle le prenne, à sa merci en somme, était des plus réjouissants, et tous deux le savaient. À l'extérieur de cette suite, il avait toute puissance mais, entre ces quatre murs, c'était elle qui avait le dessus.

Et elle en profita pour faire durer le plaisir, le titiller...

— Lève-toi ! dit-il soudain d'une voix rauque.

— Cela ne te plaît pas ? le questionna-t-elle sans bouger.

— Lève-toi, répéta-t-il. Je veux que tu t'assoies sur le lit.

Sans mot dire, elle se mit lentement debout et s'avança vers le lit, sentant son regard lui brûler les reins. Elle ignorait ce qui se passait au juste entre eux mais avait la sensation que cela les dépassait tous deux.

Que ses raisons soient justifiées ou non, il haïssait son père, et elle suspectait qu'il n'était pas franchement ravi d'être obsédée par la fille de son ennemi juré.

Ce qu'il convoitait en elle, eu égard au vignoble, n'avait rien à voir avec le fait qu'il désirait son corps : l'intensité qui émanait de lui ne pouvait être feinte !

Et, cerise sur le gâteau, ce désir n'était pas unilatéral !

Forte de cette pensée, elle bascula sur le dos.

Quand son regard de braise heurta le sien, elle y lut toutes les contradictions qui le taraudaient : il la désirait ardemment mais haïssait ce désir. Finalement, ce petit côté pervers était délicieux.

Qu'il était satisfaisant de voir combien elle le dominait !

Il te désapprouve, mais il ne peut s'empêcher de coucher avec toi.

Inconsciemment, elle se cambra : ce moment de triomphe était des plus excitant. Et il l'était d'autant plus qu'il était privé, secret… Elle pour qui les apparences comptaient énormément et qui avait été prête à épouser Donovan pour les sauver se retrouvait avec un homme juste pour le désir qui existait entre eux. Par ailleurs, le fait que Holden se méprise pour ce qu'il éprouvait renforçait son excitation !

Entièrement nu, il s'approcha d'elle, et elle se rendit alors compte qu'elle portait encore ses sous-vêtements et ses hauts talons !

— Avoue que je te plais, dans cette tenue ? murmura-t-elle.

— Ce qui me plaît, c'est de te prendre, de toutes les façons possibles, dit-il d'une voix rauque. Et d'ailleurs, y a-t-il un homme sur terre qui n'aimerait pas corrompre la fille de son ennemi ?

— Corrompre ? J'ai dû rater un épisode.

— La nuit va être longue, tu auras tout le temps pour le rattraper.

Sur ces mots, il s'allongea sur elle et, soulevant ses poings liés au-dessus de sa tête, attacha la ceinture à une colonne du lit, ce qui lui laissa peu de jeu.

— À ma merci, ajouta-t-il.

Et il prit effectivement tout son temps, commençant par baiser ses pieds avant de remonter tout le long de son corps, s'attardant sur son intimité qu'il dénuda, avant de titiller ses seins à travers la dentelle de son soutien-gorge qu'il finit également par jeter par terre. Après quoi, il se redressa, comme pour admirer le travail accompli.

— Aussi curieux que cela puisse paraître, j'ai envie de sentir tes mains sur mon corps, dit-il.

Alors, faisant mine de se livrer à une manœuvre laborieuse, il la détacha : son corps entier vibrait de désir pour lui. Fort heureusement, à Las Vegas, les tiroirs des tables de chevet regorgeaient de préservatifs.

Quelques instants plus tard, il la plaqua contre le matelas

en s'allongeant sur elle ; elle retraça alors d'un doigt la ligne de son visage.

— Partons pour une folle chevauchée, murmura-t-elle.

À ces mots, il poussa un grognement et, l'agrippant par les hanches, il la pénétra d'un coup.

Poussant une petite exclamation ravie, elle se cambra contre lui tandis qu'il allait et venait en elle, les conduisant vers des cimes de plaisir si vertigineuses qu'elle n'aurait jamais cru les escalader un jour.

Et, quand elle plongea les yeux dans les siens, elle y vit l'homme qu'elle avait connu lors de leur première nuit, Holden...

Peu importait son nom de famille, ce qui comptait, c'était la réalité du moment et le fait que leur désir était intact, en dépit des circonstances. Son intensité s'en était même renforcée, et elle était persuadée que ce qu'ils avaient partagé la première fois n'avait rien à voir avec une quelconque manipulation de la part de Holden.

Il lui procurait un tel sentiment de liberté, d'affranchissement...

Tout à coup, il pencha la tête et lui donna un ultime coup de reins avant que tout son corps ne se mette à trembler dans l'orgasme ; elle le suivit instantanément dans le précipice de blandices insensées, enfonçant les ongles dans sa chair et criant son nom à mesure que les vagues du plaisir la submergeaient.

Elle aurait pu mourir, en cet instant, puisqu'elle était au paradis...

Toutefois, une fois revenue des rives de la jouissance, elle sut qu'elle allait devoir affronter le fait qu'il était désormais son mari ainsi que la réalité qui en découlait, c'est-à-dire la réaction de son père.

Allons, était-ce vraiment l'heure de songer aux conséquences alors que tout son corps brûlait encore de plaisir ? Demain viendrait bien assez vite et, pour l'instant, elle n'avait aucune envie de vérifier son téléphone, d'avoir le moindre contact avec le monde extérieur, celui qu'elle avait laissé dans l'Oregon.

La seule communication qui comptait, c'était celle de leurs deux corps réunis. Demain viendraient les mots, les explications et vraisemblablement les récriminations, mais cette nuit leur appartenait.

Alors, repoussant le monde, Emerson se tourna vers Holden.

11

Lorsque Holden et sa toute nouvelle épouse furent dans l'avion pour l'Oregon, il constata que celle-ci affichait une mine renfrognée.

— Il est probable qu'il sache déjà ce qui s'est passé à l'heure où nous arriverons, dit-elle.

— Mais tu es certaine qu'il ne peut rien faire contre toi, à présent ?

Elle lui lança un regard où crépitait l'irritation : quel contraste avec la femme consentante qu'il avait tenue dans ses bras, cette nuit !

— Qu'est-ce que cela peut te faire ? Tu as obtenu ce que tu voulais, non ?

— Exact. Mais je ne veux pas que tu en souffres.

— Honnêtement, en quoi ce que je ressens peut-il bien t'intéresser ?

— Nous sommes mariés, Emerson.

— Certes, mais je ne me suis pas encore faite à l'idée. Selon toi, que va-t-il se passer, maintenant ?

— Eh bien, nous allons vivre comme des époux, non ?

— Tu m'as dit que tu ne croyais pas au mariage.

— Je t'ai également affirmé que j'étais un employé du ranch.

— As-tu déjà été marié ? demanda-t-elle en fronçant les sourcils.

— Non, mais cela changerait-il quoi que ce soit, si c'était le cas ?

— Sur le plan pratique, non, cela ne peut pas représenter un obstacle concernant tes parts dans le domaine mais, en réalité, ce ne serait pas tout à fait la même chose pour moi.

— Je te rassure, je ne suis pas divorcé et je n'ai pas d'enfant.

— Aussi incroyable que cela puisse paraître, cette pensée ne m'avait même pas effleuré l'esprit !

— Pas d'affolement, je n'en ai pas.

— Dieu merci !

— Et toi, tu aimerais en avoir ?

Cette simple idée aurait dû l'horrifier mais, de façon incompréhensible, l'image d'une Emerson s'arrondissant parce qu'elle portait son enfant ne le terrifia pas, bien au contraire.

— J'ai du mal à croire que tu me suggères de...

— Tu envisageais d'avoir des enfants, avec Donovan, n'est-ce pas ?

— Je... Oui.

— Donc, je ne vois pas en quoi ma question est outrageante.

— Tu crois donc que nous allons rester mariés ?

— Nous n'avons pas signé de contrat de mariage, Emerson, par conséquent, même si tu me quittes, je resterai détenteur de la moitié de tes parts.

— Cela vaut aussi pour toi : de toute évidence, tu es un homme extrêmement fortuné, donc la moitié de ce qui t'appartient est à moi.

— L'argent n'est que de l'argent, je sais comment en générer facilement. Je ne possède rien qui compte pour moi, alors que le vignoble et ses crus te sont aussi chers que la prunelle de tes yeux.

— Écoute, je te propose de reparler de la question des enfants une fois que j'aurai mesuré combien je te hais, dit-elle avec un soupir.

— Tu me hais tellement que tu t'es jetée sur moi au moins cinq fois, cette nuit.

— Sans doute mais, à la lumière crue du jour, tout cela me semble bien moins excitant. L'alchimie qui existe entre nous n'a rien à voir avec notre mariage.

— Bien au contraire, répondit-il d'un ton plus intense qu'il ne l'aurait voulu. Ce mariage prend précisément un sens en raison de notre attirance épidermique. Je n'allais certainement pas te laisser épouser un autre homme, Emerson, d'autant que ce fiancé n'a pas su profiter du temps qui lui était imparti. En deux ans, il ne t'a pas touchée une seule fois ? Il ne te mérite pas du tout, et ton père ne doit pas t'utiliser comme un pion.

— Mon père...

— N'est pas une bonne personne, trancha-t-il. Et c'est la vérité, que tu la crois ou non. Mais lorsque nous allons lui annoncer le lien qui nous unit, tu pourras te faire ta propre opinion.

— Merci, mais je n'ai pas besoin de ta permission pour savoir ce que je dois penser de lui, ou de quiconque d'ailleurs.

En dépit de ses protestations, le visage d'Emerson trahissait ses tourments intérieurs, et s'il avait été homme à éprouver de la culpabilité, il n'aurait sans doute pas été loin d'en ressentir, actuellement. Peu après, ils atterrirent et montèrent dans le pick-up qui était resté à la même place.

Elle considéra le véhicule puis déclara :

— C'est un miracle qu'il fonctionne encore.

Il le concédait, son pick-up avait un certain âge, mais ce détail mis à part, on ne pouvait rien lui reprocher.

— Il m'appartient.

— De qui en as-tu hérité ? ironisa-t-elle.

— Je l'ai acheté quand j'avais dix-huit ans, donc cela fait quinze ans que je le conduis.

— Tiens, je ne savais même pas quel âge tu avais ! Mais

comme je sais faire des additions, je suis maintenant au courant. J'en connais si peu sur toi, Holden

— Je te ferai volontiers un récapitulatif de ma vie, une fois que nous aurons vu ton père.

— J'ai hâte !

Elle portait encore sa robe de la veille, il avait pour sa part trouvé une nouvelle chemise dans une des boutiques de l'hôtel avant qu'ils ne partent, même si celle-ci était trop étroite au niveau des épaules, et pas assez cintrée à la taille. Quel tableau ils feraient quand ils entreraient par la grande porte, chez les Maxfield : lui dans un smoking qui n'avait plus rien d'impeccable, et elle dans une robe de cocktail froissée.

— Mon père est-il dans son bureau ? s'enquit Emerson lorsqu'une domestique s'avança vers eux.

— Oui, répondit cette dernière. Dois-je vous annoncer ?

— Non, il n'a pas le choix, déclara Holden. Il prendra le temps de nous voir.

Et saisissant Emerson par la main, il l'entraîna vers la pièce qu'il connaissait bien pour l'avoir déjà visitée à l'insu de tous ses occupants. Le marbre au sol lui parut alors bien prétentieux.

À bien y réfléchir, James Maxfield n'était pas très différent de lui : tous deux étaient partis de rien pour forger un empire. Le seul détail qui les séparait, c'était que Maxfield avait oublié en chemin d'où il venait. Contrairement à lui, Holden ne tiendrait jamais la dragée haute à quiconque était moins puissant que lui et ne conduirait jamais personne au désespoir.

James jouissait de sa puissance et de tout ce qui allait avec. Il…

Ah bon ? Et toi, que t'apprêtes-tu à faire en franchissant cette porte avec sa fille que tu as forcée à t'épouser ?

Repoussant cette petite voix intérieure, il pénétra d'un pas déterminé dans le bureau, sans prendre la peine de frapper, tenant toujours Emerson par la main.

James Maxfield leva les yeux, le dévisagea puis remarqua ensuite la présence d'Emerson.

— Ça veut dire quoi, ça ? les questionna-t-il sur un ton irrité.

— Il s'agit d'une OPA brutale, répondit Holden. Vous avez détruit la vie de ma sœur, aussi, je vais rendre la vôtre épouvantable. Et vous pouvez remercier votre fille de ne pas vous retrouver complètement sur la paille ! Croyez bien que ce n'est pas pour vous que je n'ai pas été radical, mais pour tous les membres innocents de votre famille qui ne méritent pas de tout perdre à cause de vos péchés.

— Et quels sont donc ces prétendus péchés ?

— Ma sœur, Soraya Jane.

Un silence palpable s'abattit alors sur la pièce.

Finalement, James reprit la parole.

— Quelles sont au juste vos intentions ?

— Je vous conseille de mieux surveiller votre bureau, à l'avenir. Je sais que vous estimez que cette demeure est privée et que, à ce titre, une sécurité renforcée ne s'impose pas, mais vous êtes si égocentrique que vous n'avez pas vu que vous aviez recruté une personne dont l'intention était de découvrir tous les secrets cachés chez vous. Mais sachez que, désormais, ils sont en ma possession ! Et grâce à Emerson, je possède aussi une part de votre vignoble. Vous pouvez contester ce mariage et cette part, mais cela ne vous portera pas chance. Même si je préférerais qu'il en aille autrement pour votre entourage, je n'hésiterai pas à appuyer sur le détonateur, si la situation l'impose.

James Maxfield ne cilla pas mais tourna son attention vers sa fille.

— Emerson, tu l'as donc laissé faire ? Accepté son chantage ?

— Avais-je le choix ? répondit-elle d'une voix où filtrait le désespoir. J'ai confiance en toi, papa, mais il avait prévu de nous ruiner. Ce mariage était l'unique façon de sauver ce que nous avons construit, car il s'apprêtait à mener une campagne violente contre toi et notre famille, à nous atteindre sur le plan professionnel et le plan privé. Je ne pouvais pas prendre un tel risque et j'ai donc agi comme ma conscience me le dictait ! Tu aurais fait la même chose, à ma place, j'en suis certaine.

— Tu étais censée épouser Donovan, répliqua James d'un ton glacial.

— Je sais ! s'écria Emerson, mais la donne a radicalement changé ! Holden…

— As-tu couché avec lui ?

Elle recula d'un pas, visiblement choquée que la question de son père.

— Je ne comprends pas ce que cela a à voir avec la situation.

— Cela remet en cause la sincérité de tes affirmations ! Tu prétends que cet homme t'a soumise à un chantage, mais si tu avais une liaison avec lui…

— As-tu couché avec sa sœur ? l'interrompit-elle alors. Et toutes ces femmes, dans tes dossiers… As-tu aussi… As-tu trompé maman ?

— Cela ne te regarde pas, Emerson, ce sont des choses que tu ne peux pas comprendre. Ma relation avec ta mère fonctionne, même si elle n'est pas conventionnelle.

— Donc, oui, tu l'as trompée !

Elle avait baissé la voix, celle-ci s'apparentant presque à un murmure.

— Mais sa sœur est plus jeune que moi ! poursuivit-elle.

— Emerson…

À cet instant, Holden avança d'un pas vers le bureau de James.

— Les hommes comme vous pensent toujours qu'ils sont à l'abri des retombées de leurs méfaits. Vous croyez que vous pouvez abuser des femmes jeunes désespérées, et que personne ne se dressera sur votre chemin. Hélas, je suis là, devant vous. Votre empire va désormais servir mes intérêts, et votre fille est à moi, elle aussi. Et si vous m'y poussez, je vous jure que je vous ruinerai, et que tout le monde connaîtra votre vrai visage. À votre avis, combien de gens viendront célébrer leurs mariages ou réceptions chez vous, après ? Et qu'en sera-t-il de vos crus, connus dans le monde entier ? Vous pensez vraiment que les gens auront envie de déguster un merlot de vos cépages si votre nom est associé au harcèlement sexuel qu'a subi une jeune femme qui pourrait être votre fille, aux abus dont elle a été victime, à la façon dont elle a été détruite ?

Un silence tendu et dur comme un roc succéda à la tirade.

— Nos vins, c'est ce qui m'importe le plus, reprit alors James à l'attention de sa fille. J'ai fait tout ce qui était en mon pouvoir pour qu'ils prospèrent, tout comme ta mère. Notre vie privée ne regarde que nous.

— Et ce contrat confidentiel bidon que vous avez contraint ma sœur à signer, ainsi que de nombreuses autres femmes ? reprit Holden sans l'écouter. Soraya a dû être internée à cause de vous. Elle a peut-être signé des papiers, mais pas moi. Il se trouve, grâce à mon mariage avec Emerson, que je n'ai pas besoin de dévoiler au monde tous vos crimes pour avoir le contrôle de votre empire. Mais croyez-moi, dans les années qui viennent, je vais transformer votre vie personnelle en enfer.

Se penchant en avant, il plaqua les mains sur le bureau de Maxfield.

— Emerson était votre pion, poursuivit-il. Vous alliez l'utiliser pour allier votre domaine à celui d'un autre homme. Mais désormais votre fille est mienne !

— Emerson est ici, déclara tout à coup celle-ci d'une voix vibrant d'émotion. Et franchement, vous me répugnez autant l'un que l'autre. Je n'appartiens ni à l'un, ni à l'autre. Papa, j'ai épousé Holden pour sauver le vignoble, tout en ayant la conviction que ses accusations étaient fausses. Ne le sont-elles donc pas ?

— J'ai effectivement eu une liaison, admit James, mais il semblerait que, toi aussi, tu ais pris cette liberté, il est donc un peu fort que tu viennes me faire la morale !

— Je ne suis pas mariée à Donovan et je n'ai jamais prétendu l'aimer. En outre, il sait que…

— Ta mère est également au courant, l'interrompit James. Les arrangements au sein d'un couple ne se discutent pas avec les enfants. De toute évidence, tu partages les mêmes opinions que les miennes concernant les relations homme-femme, alors épargne-moi tes leçons.

— Ce n'est pas du tout la même chose, rétorqua Emerson avant de se tourner vers Holden et de poursuivre : Et quant à toi, je t'ai épousé car tu représentais un moindre mal, mais cela ne signifie nullement que je suis à toi. Tu m'as menti tu as prétendu être une personne que tu n'étais pas, au fond, tu n'es pas différent de lui.

Et sur ces mots, elle se précipita hors de la pièce, laissant Holden en tête à tête avec James.

— On dirait que la victoire sonne creux, commenta James.

— Même si elle divorce, une partie du vignoble m'est acquise, le prévint Holden. Nous n'avons pas signé d'accord prénuptial, ce à quoi vous auriez naturellement veillé si elle avait épousé ce gentil garçon de la côte Est.

— Qu'avez-vous au juste l'intention de faire, maintenant ?

— Je n'ai pas encore pris ma décision. Et ce que j'apprécie, c'est que j'ai tout mon temps pour faire mon choix. Considérez-moi comme une épée de Damoclès, un jour ou l'autre, vous comprendrez que le fil a été coupé, la question est de savoir quand.

— Mais concernant Emerson qu'entendez-vous faire ?

— La question est déjà réglée, elle est ma femme, elle est à moi.

Il avait prononcé ces paroles avec conviction, sans tenir compte des protestations de l'intéressée avant qu'elle ne quitte le bureau en trombe. Pourquoi fallait-il que la sincérité de ces mots résonne si profondément en lui ?

Dubitatif, il sortit du bureau et découvrit Emerson qui l'attendait sur le balcon, mains fermement agrippées à la balustrade, surveillant l'entrée.

— Il faut qu'on parle, dit-il.

Elle effectua une virevolte.

— Non, je ne veux pas discuter. Mais tu peux continuer la conversation avec mon père, vous sembliez tous les deux adorer ce dialogue.

— Adorer est un peu exagéré.

— Tu m'as dupée, se récria-t-elle.

— Je ne te connais pas, Emerson. Et vice versa. Nous ne nous sommes même pas fait de promesses. Ce n'est pas moi qui t'aie dupée, mais ton père.

Elle parut dévastée par ses paroles mais demeura silencieuse.

— Je veux que tu viennes vivre avec moi, enchaîna-t-il.

— Pourquoi ferais-je une chose pareille ?

— Parce que nous sommes mariés. Et que, ça, c'est la réalité.

— Cela signifie-t-il que tu m'aimes ? riposta-t-elle d'un ton cinglant.

— Non, mais entre l'amour et le mensonge, il y a de nombreux jalons. Et tu le sais bien.

— Je vis ici. Je travaille ici. Je ne peux pas m'en aller.

— Il se trouve que j'ai acheté une propriété sur la montagne voisine. C'est pratique, non ? Tu n'aurais pas à partir. J'ai par ailleurs un autre ranch à Jackson Creek, où j'aimerais me rendre de temps à autre, il m'arrive aussi de voyager, mais il n'y a aucune raison pour que ma demeure principale ne soit pas ici, à Gold Valley.

— Excuse-moi, mais je ne comprends pas la partie de ton plan complètement fou où nous sommes censés jouer au couple heureux, toi et moi.

— Le vignoble t'appartient un peu plus qu'avant, à présent.

Je n'ai pas d'autres solutions que de m'en remettre à toi pour une grande partie de son fonctionnement.

— Donc, tu ne vas pas finalement contribuer à sa ruine ?

— Si telle était mon intention, je n'aurais pas fait en sorte de posséder une part de l'héritage de ton père. Or, cette pensée m'apaise.

Il marqua une pause puis ajouta en matière de conclusion :

— Bien ! On y va ?

12

Emerson considéra le vestibule pavé de marbre de la demeure Maxfield et, pour la première fois de sa vie, elle ne se sentit pas chez elle.

L'homme qui se trouvait dans le bureau, derrière elle, était désormais un étranger. Celui qui était planté devant elle était son mari, en dépit des étranges circonstances qui les avaient unis, et les paroles qu'il venait de prononcer ne cessaient de résonner en boucle dans sa tête.

« Ce n'est pas moi qui t'aie dupée, mais ton père. »

— Allons-y, déclara-t-elle pour couper court à ses réflexions tourmentées.

Quelques instants plus tard, elle montait dans sa camionnette, encore vêtue de la robe qu'elle portait à la réception de la veille. La maison de Holden était toute proche de la propriété familiale, bâtisse moderne et design construite à flanc de colline, de sorte que l'on jouissait d'une vue imprenable, de toutes les fenêtres.

— Parle-moi de ta sœur, lui demanda-t-elle tandis qu'ils remontaient à pied l'allée de la maison.

Elle se sentait lasse et vaincue.

— C'est ma demi-sœur, dit Holden en se dirigeant à longues enjambées vers la porte d'entrée.

Il tapa un code et s'effaça : elle pénétra alors dans un salon entièrement meublé.

— Je me suis déjà chargé de la décoration, dit-il. J'ai tout préparé pour nous deux.

Sans qu'elle ne comprenne pourquoi, ce « pour nous deux » lui apporta un certain réconfort. Certes, elle était terriblement blessée qu'il lui ait menti sur son identité, qu'il l'ait contrainte à l'épouser et, pourtant, elle le désirait !

De toute façon, son ancienne vie ne lui convenait plus, parce qu'elle reposait sur des mensonges bien plus terribles.

— Ma mère n'a jamais eu beaucoup de chance avec les hommes, poursuivit Holden d'une voix rauque. J'ai dû prendre soin d'elle, car soit ses compagnons abusaient directement d'elle, soit ils la manipulaient. Elle n'était pas très forte. Soraya est née quand j'avais huit ans, elle était si adorable, jamais la vie ne m'avait fait un tel présent. Mais son arrivée fut aussi synonyme de difficultés plus grandes encore. Car c'est moi qui me suis en grande partie occupé d'elle. Je la préparais le matin quand elle était en âge d'aller à l'école, veillait à ses devoirs, bref, je prenais soin des deux… Quand j'ai commencé à gagner de l'argent, elles n'ont plus manqué de rien.

À cet instant, il détourna le regard, et elle vit un muscle de sa mâchoire se contracter.

— Lorsque Soraya est devenue influenceuse et s'est retrouvée à son tour à la tête d'une petite fortune, elle a rencontré ton père, poursuivit-il. Il ne faut pas être un grand penseur pour comprendre qu'elle était en quête d'une figure paternelle. Et naturellement il en a joué ! Quand elle est tombée enceinte, il l'a persuadé d'avorter, ce qu'elle a refusé même si, finalement, elle a perdu le bébé et, par la même occasion, perdu la tête.

Entendre à nouveau cette histoire tout en sachant désormais qu'elle était vraie, résonna d'une tout autre façon en elle. Horrifiée, elle s'assit sur le canapé, l'estomac noué.

Elle repensa à son père, pour qui elle n'avait pas hésité à épouser un étranger, afin de le protéger mais aussi d'épargner le vignoble et toute sa famille… À présent, elle n'était plus certaine d'avoir eu raison d'opter pour cette voie, de le couvrir par le mariage.

Sourcils froncés, Holden poursuivit :

— Je l'ai bien sûr remise aux mains des meilleurs spécialistes, espérant qu'elle redeviendrait elle-même. J'ai dû aussi rassurer ma mère.

— Tu as continué à prendre soin d'elles, car tu les aimes, déclara Emerson.

— Qui l'aurait fait, sinon ? Ma mère ne vient pas d'une famille aimante. Certes, avec l'âge, elle est devenue un peu acariâtre, mais on est responsable de ses proches quand ils ne peuvent s'assumer seuls.

Emerson poussa un long soupir.

— Tu vois, j'aime mon père, j'aime ma mère, et c'est pour cette raison que le fait que celle-ci désapprouve mon métier me blesse. C'est aussi pourquoi la trahison de mon père me... Bref, j'ignorais quelle était sa vraie nature, je ne le pensais pas capable d'infliger de telles ignominies aux femmes comme ta sœur. Cela me meurtrit de le savoir, et tu as raison, c'est lui qui m'a dupée. Jamais plus je ne pourrai le regarder de la même façon. Tout est brisé entre nous et, selon moi, de façon définitive.

— Nous verrons bien, dit-il. En venant ici, c'est lui que je voulais anéantir, car il a détruit Soraya. Et je ne pense pas qu'elle guérira un jour.

Mains dans les poches, il s'approcha d'Emerson, un triste sourire aux lèvres.

— Je suis désolé que tu aies été mêlée à cette affaire, car je n'ai aucun intérêt à te briser, mais ce que je sais, c'est qu'une fois cassées les choses ne retrouvent pas leur état initial, elles doivent en revanche nous permettre d'avancer.

— J'hallucine ou tu es en train de me donner un conseil sur l'existence en général ? Franchement, tu ne manques pas d'air pour un homme qui m'a forcée à l'épouser.

Il était si absurdement beau et il l'attirait au point que c'en était ridicule. Non, cela n'allait pas du tout, mais comment échapper à l'emprise sexuelle qu'il exerçait sur elle ?

En outre, les liens qui l'unissaient à sa famille étant atteints dans leur essence même, elle se sentait liée à lui malgré elle.

— Libre à toi de suivre ou non ce conseil, dit-il, cela ne lui retire rien de sa véracité. Que je le dénonce ou pas, ton père est un prédateur. Tu aurais pu ne jamais t'en apercevoir, mais je ne trouve pas très saine l'idée de vivre dans l'illusion.

Il avait raison, et elle en frissonna.

— C'est juste que j'avais une confiance absolue en lui. Au point d'accepter d'épouser l'homme qu'il avait choisi pour moi. J'aurais été capable de tout pour lui. Grâce à lui, j'ai connu une enfance merveilleuse, il a fait de moi celle que je suis, et je ne vois pas comment je vais pouvoir concilier ce beau passé avec l'image affreuse de lui que je viens juste de découvrir.

— Ce que je sais, c'est que ton père est un grand manipulateur, car il a su te donner une confiance absolue, mais ô combien non méritée, en lui, et il a agi de la même façon avec ma sœur. Si une personne avait eu la même confiance en moi que toi en ton père, je me serais bien gardé de tout gâcher comme lui.

Ces mots firent tilt en elle : elle comprit subitement que sa tristesse venait moins de la trahison de son père que de celle de son nouveau mari !

— Moi, j'ai cru en toi de cette façon.

— Pardon ?

— J'ai cru en Holden Brown, employé de ranch. J'ignore ce que tu penses de moi, ou des femmes qui se comportent comme moi, mais coucher avec toi a compté pour moi. Je t'ai laissé me pénétrer et, cela, je ne l'avais permis qu'à deux hommes avant toi. Pour moi, le sexe est très intime, et je n'ai jamais couché avec un homme pour une nuit sans lendemain. Mais, toi, je ne sais pas… Tu m'inspirais confiance, je pensais que tu m'avais raconté la vérité sur toi, et je croyais à ce que mon corps me renvoyait comme vibration. Et maintenant, tout cela s'est transformé en un magma poisseux, affreux... Je me demande si je pourrai avoir à nouveau confiance en moi : entre toi et mon père, cette faculté a été gravement mise à l'épreuve.

— Je ne t'ai pas menti, Emerson, dit-il d'un ton où la dureté le disputait à la fureur. Pas sur le désir que tu m'inspirais. Ce qui s'est passé dans mon lit, entre toi et moi, n'avait rien d'un mensonge. Je te le jure, je ne t'ai pas séduite pour me venger de ton père, c'est même tout le contraire ! Quand j'ai été embauchée ici, je m'étais juré de ne jamais t'approcher, tu représentais pour moi un territoire interdit, car je ne voulais certainement pas reproduire le comportement de ton père. Te mentir et abuser de toi. Lors de notre première rencontre dans les vignes, j'ai voulu me persuader que tu me dégoûtais en raison du sang qui coulait dans tes veines, mais j'ai eu beau m'accrocher à cette idée, ça ne marchait pas. Tu n'es pas ton père. Et ce qui existe entre nous n'a rien à voir avec lui mais est très réel.

— Notre mariage était pourtant une façon de te venger de lui.

— C'est vrai, mais il n'aurait pas été suivi d'une nuit de noces si je ne t'avais pas désirée.

— Puis-je vraiment te croire ?

Pourquoi lui avait-elle posé cette curieuse question ? Elle devait alors avoir l'air si vulnérable aux yeux de Holden, mais il fallait bien qu'elle se raccroche à quelque chose : plus rien ne faisait sens dans ce monde et, en cet instant, elle avait l'impression de ne plus avoir de racines... En outre, comment allait-elle annoncer tout cela à Wren et Cricket ? Sans parler de sa mère, car si toutes deux n'entretenaient pas une relation facile, elle n'en ressentait pas moins une vive empathie pour celle-ci.

Tout comme envers la jeune femme que son père avait meurtrie. Et toutes ces autres inconnues. Combien d'autres

Soraya avaient croisé le chemin de son père ? Rien qu'à cette idée, son cœur se serrait douloureusement… Elle avait la sensation que le sol se fissurait sous ses pieds…

Assez, il lui fallait se ressaisir de toute urgence !

Au fond, si Holden disait vrai et que l'alchimie entre eux était réelle, pourquoi ne miserait-elle pas sur son couple ? Elle avait désespérément besoin de croire en quelque chose ou quelqu'un !

— Écoute, Holden… Si… Si je m'implique dans notre mariage, dans ce qui existe entre nous, si nous collaborons à la prospérité du vignoble pour qu'il devienne le nôtre, sans oublier Wren et Cricket, promets-moi de ton côté de toujours être honnête avec moi. Et de m'être fidèle. Car si je suis prête à m'en remettre à toi, c'est que je ne sais plus qui croire. Pour l'instant, je suis furieuse contre toi, mais si tu es sincère avec moi quand tu prétends me désirer, et que tout ce que tu as raconté sur mon père est vrai, alors tu es ce qui m'est advenu de plus réel et honnête dans ma vie et je… j'ai envie de parier sur nous. Mais jure-moi s'il te plaît que tu ne me mens pas.

— Je le jure, dit-il, les yeux plissés, aussi noirs que de l'obsidienne, insondables.

Elle y vit alors une détermination qui la réconforta, une chose solide et concrète à quoi se rattraper ; or, elle était impérieusement en quête d'impressions de ce type.

Les jambes un peu chancelantes, elle se leva du canapé et s'avança vers lui.

— Emmène-moi dans ton lit ! lui dit-elle. Car c'est ce qui me semble indiqué.

— N'est-ce pas plutôt la seule chose qui fasse sens ? renchérit-il d'une voix rauque, en caressant du pouce le contour de son visage.

— Sens ? Non, je ne crois pas puisque je devrais te haïr mais que je ne le peux pas. Peut-être est-ce parce que je n'ai plus assez d'énergie, je me sens si triste… Mais entre les draps, avec toi, je sens que c'est... réel. C'est le seul adjectif qui me vienne à l'esprit.

— Ça l'est, lui assura-t-il en lui prenant la main pour la poser sur son torse.

Son cœur battait à tout rompre, constata-t-elle et, immédiatement, un sentiment de puissance l'envahit : oui, cette attirance qui les liait était un élément tangible et indéniable.

Il la porta jusqu'à son lit, et chacun promit à l'autre de chérir son corps : alors, au milieu de tout ce qu'elle avait perdu, son désir pour Holden lui sembla étinceler comme un diamant dans la nuit. Toutes les licences étaient permises, dans ses bras, et elle retiendrait pour toujours au fond de son cœur les promesses non formulées, entre eux.

Au fil des heures, elle se rendait compte qu'en réalité elle n'éprouvait aucune haine pour son nouveau mari, tout en refusant de qualifier le sentiment qui pointait en elle.

N'avait-elle pas tout le reste de sa vie pour le trouver ?

13

Holden éprouva une satisfaction presque pernicieuse lorsqu'il inscrivit les vignobles Maxfield comme nouvelle acquisition de sa holding. Il avait l'intention de créer une nouvelle cuvée de vin au nom de Soraya : ne méritait-elle pas d'être attachée de façon indélébile au domaine ?

Elle avait été marquée à vie par son tourmenteur, aussi n'était-il pas question que celui-ci s'en sorte sans être lui aussi atteint pour toujours par l'expérience.

Il avait désormais l'impression d'avoir obtenu une certaine justice et se retrouvait du même coup en possession d'une épouse.

La situation lui procurait une bien curieuse impression, même si à ses yeux son mariage avec Emerson représentait un des avantages de l'arrangement.

Les paroles qu'elle avait prononcées à son arrivée chez lui ne cessaient de résonner en lui : « puis-je vraiment te croire ? »

Il se rendit compte qu'il avait terriblement envie qu'elle lui fasse confiance, sans comprendre trop pourquoi, de la même façon que la raison pour laquelle il avait tenu à ne pas l'entraîner dans un terrible marasme lui échappait.

Pourquoi avait-il choisi de l'épouser au lieu de rayer tout simplement Maxfield de la carte ? Non, il préférait ne pas trop creuser et se dire que ce mariage représentait une méthode bien plus sophistiquée pour tenir la dragée haute à James

Maxfield. La torture de ce dernier durerait ainsi bien plus longtemps, il ne saurait jamais de quoi son nouveau gendre détenteur de parts dans sa société serait capable, et cela était des plus réjouissants. Oui, il ne tirait pas seulement satisfaction de la situation en raison d'Emerson.

Même si chaque nuit passée entre ses bras le liait de plus en plus intimement à elle, et s'il avait appris avec grand plaisir qu'elle avait annoncé la nouvelle de son mariage à son ex-fiancé, quelques jours auparavant.

Donovan en avait été bouleversé, non pas d'avoir perdu Emerson, mais de voir filer l'opportunité de gagner sa part dans la dynastie Maxfield ! Ce qui signifiait, aux yeux de Holden, que ce crétin ne méritait absolument pas Emerson. Bien sûr, il ne pouvait affirmer que lui-même en était plus digne mais, indéniablement, il la désirait, et voilà tout ce qui comptait pour lui.

En outre, c'était bien plus que ce que son ex-fiancé avait jamais ressenti pour elle !

Et maintenant il se devait d'appeler Soraya pour lui apprendre ce qui s'était passé : n'était-elle pas la première concernée ?

Il était l'une des rares personnes autorisées à lui téléphoner. En concertation avec les responsables de l'établissement qui l'accueillait actuellement, il avait tout mis en œuvre pour la protéger de façon raisonnée du monde extérieur, sans pour autant la couper totalement des réseaux sociaux ; néanmoins, sa mère, les thérapeutes et lui surveillaient étroitement, en toute discrétion, l'usage qu'elle en faisait.

Il était clair qu'une personne comme Soraya, qui avait construit un empire virtuel sur Internet, ne pouvait en être coupée brutalement, sans quoi, elle aurait eu la sensation d'être plongée dans les ténèbres.

Pourtant, une bonne partie de sa dépression venait précisément de l'omniprésence des internautes dans son existence.

Il avait donc fallu trouver un équilibre, et elle consultait désormais bien moins ses réseaux sociaux qu'à son arrivée à l'hôpital.

Il composa le numéro, et on lui répondit au bout de deux sonneries.

— Allô, bonjour, Holden McCall à l'appareil. Pourrais-je parler à Soraya ?

— Votre sœur vient juste de sortir de son cours d'art, lui répondit l'infirmière. Elle va arriver d'un instant à l'autre.

Un cours d'art ? Cela ne lui serait pas venu spontanément à l'idée pour Soraya, mais son sens de la mode était sans doute une forme d'art, songea-t-il. Tout comme la façon dont elle mettait sa vie en scène, sur les réseaux. À bien y réfléchir, elle était si populaire en ligne que sa vie en était devenue de l'art. Et l'idée que ce soit un domaine qu'elle soit désormais susceptible d'explorer le réconforta.

— Holden ? entendit-il quelques instants plus tard.

La voix de Soraya était plus calme, constata-t-il d'emblée, ce qui contribua aussi à le rassurer.

— Oui, c'est moi, dit-il.

— Il y a longtemps que tu ne m'as pas appelée !

Ce ton à la fois pétulant, enfantin et un rien accusateur lui rappela celle qu'elle était autrefois, et il y vit un signe des plus positif.

— Je suis désolé, j'ai été fort occupé, ces derniers temps. Mais j'ai une nouvelle à t'annoncer et je pense que tu vas être heureuse de l'apprendre.

— Heureuse ? Je ne sais plus si je sais ce que c'est d'être heureuse.

Elle avait parlé très vite, et pourtant il avait cru entendre une sorte de désabusement amusé, dans ses propos. Il était si difficile de saisir ce qu'elle ressentait vraiment.

Ne rebondissant pas sur sa réflexion, ni sur les effets que celle-ci avait eus sur lui, il annonça :

— Je me suis marié.

— Holden, je suis si heureuse pour toi ! s'écria-t-elle en

toute sincérité. Tu es donc tombé amoureux ? Ah, l'amour ! C'est si beau… Quand ce n'est pas tragique, bien sûr.

Il déglutit avec difficulté.

— Non, il ne s'agit pas d'amour. J'ai épousé la fille de James Maxfield.

Elle poussa un petit cri, et il regretta aussi ce qu'il venait de dire.

— Pourquoi ?

— Parce que désormais je possède une part des vignobles Maxfield, et tu sais quoi ? Je vais fabriquer un vin qui portera ton nom. Ainsi, il ne pourra pas t'oublier, ni ce qu'il t'a fait.

Un long silence s'ensuivit, puis Soraya déclara :

— Et dire que c'est moi qui suis enfermée parce que je suis folle, paraît-il !

— Pardon ?

— Tu t'es entendu ? Tu as l'air… Enfin, Holden tu as épousé une femme que tu n'aimes pas ! Si ce n'est pas de la folie, alors je ne comprends plus rien à rien.

— Mon but était de rétablir la justice. Il était impossible qu'il s'en sorte sans y laisser de plume.

— Mais c'est un homme qui se fiche de tout, Holden !

— Plus vraiment. Sa fille connaît désormais son vrai visage, il a perdu une part majeure de son propre vignoble, tout comme l'alliance qu'il comptait former avec l'époux qu'il destinait à Emerson.

— Et les victoires que tu as remportées t'ont coûté ton bonheur !

— Je ne serais jamais tombé amoureux, Soraya, ce n'est pas dans ma nature.

— C'est aussi ce que je prétendais. Je pensais n'aimer que l'argent jusqu'à ce que je me rende compte que je me trompais.

Un nouveau silence s'ensuivit…

— Je pensais que cela te ferait plaisir, reprit-il. C'est pour toi que j'ai agi ainsi.

— Mais je ne t'ai rien demandé !

— C'est vrai, j'ai...

— Tu as fait comme bon te semblait, trancha-t-elle.

— J'imagine, oui.

La réaction de sa sœur l'avait pris de court et, pour la première fois depuis qu'il s'était lancé dans cette entreprise de vengeance, il se questionna sur son bien-fondé.

— Holden, où est mon bébé ? Personne ne veut me répondre, ici.

Le souffle violent de la fureur et du chagrin zébra alors tout son être : et dire qu'il avait cru qu'elle allait mieux !

— Ma chérie, reprit-il avec douceur, tu as perdu le bébé, tu te souviens ?

Son mutisme l'accabla affreusement. Elle finit par répondre :

— Oui, je crois, je suis désolée, c'est idiot. J'ai l'impression que c'est irréel. Moi-même, parfois, je me sens irréelle.

À cet instant, il comprit une bonne chose : peu importait la réaction de Soraya, qu'elle approuve ou non sa vengeance, il ne regrettait rien. Il avait agi pour elle, cette sœur qui était toujours sujette à glisser dans une profonde tristesse et à revivre la perte d'un bébé, encore et encore. Au moins, cette fois, elle avait accepté sa réponse sans hurler, mais en évoquant Maxfield avec elle, il avait remué le couteau dans la plaie.

— Prends soin de toi, lui dit-il.

— Oui, répondit-elle.

Il était soulagé qu'elle soit entre de bonnes mains, dans cette clinique au personnel bienveillant, car il n'était pas certain qu'elle soit capable de veiller sur elle-même.

Qui plus était, il était persuadé d'avoir agi au mieux. Et cela n'avait rien à voir avec Emerson ou ce qu'il éprouvait pour elle mais visait James : il lui avait rendu la monnaie de sa pièce et refusait d'en éprouver la moindre culpabilité.

Jusque-là, Emerson avait été fort discrète avec Wren concernant sa brusque disparition de la réception, cependant l'heure était venue de tout expliquer à sa sœur. À Cricket aussi, d'ailleurs, mais il lui était si difficile de rassembler son courage…

Et pour cause ! En leur livrant des explications, elle devrait aussi leur révéler les agissements secrets de leur père, et ses méfaits allaient les anéantir. En outre, Holden et elle possédant à eux deux une majorité relative des parts du vignoble, si ses deux sœurs s'alliaient à eux, ils détiendraient ensemble tout pouvoir sur le domaine, ce qui représentait le but de son mari, elle en avait conscience…

Et tout cela l'angoissait affreusement !

Oui, mais voilà, anxieuse ou pas, il était impératif qu'elle mette ses sœurs au courant, aussi les invita-t-elle à déjeuner dans un restaurant de Gold Valley.

Quand elle pénétra chez Bellissima, la maîtresse d'hôtel s'avança tout de suite vers elle et lui proposa sa table habituelle.

L'offre en matière de restaurants était plutôt restreinte, dans cette petite ville de l'Oregon, mais sa famille entretenait une bonne relation avec leurs propriétaires puisqu'ils les fournissaient en vin, ce qui leur garantissait toujours une place, et la meilleure, même sans réservation.

Assise à une table, elle parcourait le menu, un goût amer dans la bouche. Cricket et Wren arrivèrent quelques minutes après.

— Si tu prends une vraie pause déjeuner, c'est qu'il y a un problème, déclara immédiatement Wren.

— J'ai à vous parler, renchérit Emerson. Et j'ai pensé qu'il serait plus sympathique de discuter autour d'un repas.

Elle poussa alors la corbeille de pain vers ses sœurs, comme un délicieux calumet de la paix.

Wren écarquilla les yeux.

— Ce doit être une affaire épouvantable si tu nous proposes des glucides en milieu de journée.

— Pour ma part, j'en ingère quand j'en ai envie, décréta Cricket, en s'asseyant la première, imitée par Wren.

— Bon, les filles, on ne s'est pas vraiment parlé depuis. .

— Depuis que tu as défié papa et que tu t'es éclipsée avec un type que personne ne connaît ? suggéra Wren.

— Oui, exact.

— Ce type, c'est celui dont tu m'avais parlé ? reprit cette dernière.

— Quel type ? s'enquit Cricket.

— Elle a trompé Donovan un soir avec un homme, et j'imagine que c'est avec lui qu'elle nous a faussé compagnie lors de la soirée pour convoler à Las Vegas.

— Pardon ? s'étrangla Cricket.

— Je suis désolée, mais ce que je vais vous annoncer va bien plus vous choquer que mon aventure d'un soir avec un inconnu et mon mariage express à Vegas.

Cricket cligna les yeux.

— Vas-y, on t'écoute.

— D'abord, oui, c'est bien le même homme.

— Waouh ! s'écria Wren. Je ne t'aurais jamais prise pour une romantique, Emerson. Il faut croire que je me suis trompée.

— Non. Cela n'a rien à voir avec du romantisme.

Curieusement, ces mots sonnèrent faux à ses propres oreilles. Elle retint un soupir : ses sentiments étaient un vrai imbroglio qu'elle était incapable de démêler.

— Et ensuite, que s'est-il passé ?

— C'est ce dont je veux précisément vous parler, dit-elle. Autant vous prévenir, c'est une sale histoire, c'est pourquoi, j'ai préféré de pas en discuter avec vous à la maison. Encore que je ne sois pas certaine à présent que vous inviter dans un espace public ait été un choix judicieux.

— Tu as ta propre maison, maintenant, souligna Cricket.

— Oui, et Holden aussi y habite. Bref, vous allez rapidement tout comprendre.

Et avant que la serveuse ne leur apporte la carte des menus,

Emerson déballa tout : sur leur père, la sœur de Holden, et l'ultimatum qui avait conduit à leur mariage.

— Donc tu as tout simplement obtempéré ? l'interrogea Wren.

— Tout simplement ? répéta-t-elle. Mais, enfin, je ne savais pas ce qu'il comptait faire de notre domaine si je ne lui obéissais pas. Et puis j'ignorais au juste ce que papa avait fait... Jusqu'à ce que je lui parle. Enfin, que Holden et moi allions le trouver. Figurez-vous qu'il n'a rien nié. Il a affirmé que maman et lui avaient convenu d'un arrangement qui ne nous regardait absolument pas. J'ai tout de même des doutes. Ma seule option pour les dissiper, c'est d'interroger maman, au risque de la blesser. Voilà où j'en suis. Ce que je sais, c'est que papa a meurtri quelqu'un, une personne plus jeune que moi et que mon nouveau mari aime énormément.

— Mais cet homme est devenu ton mari parce qu'il voulait se venger, souligna Cricket.

— Euh... C'est un peu plus compliqué, en fait. Enfin, je l'espère.

— Tu n'es quand même pas amoureuse de lui ? demanda Wren.

Esquivant la question, elle enchaîna :

— J'aime papa et je souhaiterais tant ne pas croire à tout cela, mais comment nier une vérité si criante ?

À cet instant, Cricket baissa les yeux.

— J'aimerais affirmer que je suis surprise, déclara-t-elle. Mais vous me connaissez, j'ai toujours de la distance avec tout ce qui m'entoure. Papa vous chérit, il vous accorde toute son attention alors que, moi, je suis un peu l'oubliée de la famille, ainsi que maman, d'ailleurs. Mais quand on le considère avec un certain recul, je crois qu'on peut discerner quelques fissures chez lui, derrière la façade.

— Moi, je suis sous le choc ! s'exclama Wren. J'ai consacré ma vie au vignoble, à soutenir papa, et je... je n'arrive juste pas à croire que l'homme qui m'encourage depuis toujours, me traite avec bonté, puisse se comporter ainsi avec une femme. Enfin, beaucoup d'autres femmes, on dirait.

— Les personnes, les sentiments, tout cela, c'est compliqué, commença Emerson avec lenteur. Et ma relation avec Holden en est un parfait exemple.

— Tu l'aimes, c'est sûr, affirma Wren.

L'aimait-elle, cet homme qui avait voulu ruiner sa famille ?

— Je ne sais pas, répondit-elle. J'ai des sentiments pour lui, c'est certain. Car tu as raison, je n'aurais pas accepté son chantage au mariage si, au fond de moi, je n'avais pas... En fait, ce n'est pas juste un mariage sur le papier.

Et, en prononçant ces paroles, elle se sentit rougir, ce qui était idiot car elle n'était pas inhibée en la matière, habituellement.

— Je suis désolée si je vous parais confuse... Bon, entre Holden et moi, tout se passe vraiment bien au lit.

— Je ne suis pas la bonne personne à qui s'adresser, pour ces choses-là, décréta Cricket en prenant un bout de pain avant de mordre rageusement dedans.

— Ne me regarde pas ainsi, renchérit Wren. Nous avons déjà discuté de mes propres dilemmes honteux.

Cricket jeta un coup d'œil interrogateur à Wren mais ne posa aucune question.

— Bon, l'objet de ce déjeuner n'était pas uniquement de parler de moi ou de mes sentiments. Ni de papa d'ailleurs. Je veux que l'on discute de ce que l'on va faire, car si on s'allie toutes les trois, on peut contrôler toutes les décisions concernant le vignoble. On a même la majorité sans compter la voix de mon mari. On peut protéger le vignoble, garder ses actions sous surveillance et développer notre propre marque. Tu as raison, Cricket, tu as été trop longtemps tenue à l'écart, et tu mérites mieux.

— En fait, je n'ai pas tellement envie de m'impliquer pour le vignoble, j'ai déjà un travail.

— Ah bon ?

— Oui, chez Sugar Cup.

— Tu prépares du café ?

— Tout à fait, affirma-t-elle avec fierté. Je veux faire tout autre chose que fabriquer du vin. Mais en ce qui concerne les alliances au sein de la société Maxfield, je suis à 100 % avec vous. Considérez-moi comme une partenaire silencieuse et tenez mon soutien pour acquis.

— C'est entendu pour moi, dit Wren. Mais n'oublie pas que ton mari garde la capacité de nous nuire si l'envie lui prend.

— Cela me semble peu probable, il est lui aussi associé, à présent, et il a le sens des affaires.

— Visiblement, puisqu'il n'est pas simplement associé, mais qu'il fait aussi partie de la famille.

— Je sais, soupira Emerson, mais que peut-on y faire, à présent ?

— Il est clair que tu l'aimes, déclara Cricket en ouvrant de grands yeux. Jamais je n'aurais soupçonné ce côté sentimental en toi.

— Mais moi aussi, Cricket, j'ai un cœur, figure-toi ! Et je peux tomber amoureuse.

— Sans doute, mais je te rappelle que tu allais épouser un homme que tu n'aimais pas ! Donc j'en avais déduit que les affaires de cœur ne t'intéressaient pas. Or, je constate que tu t'es éprise d'un homme qui met en danger ce à quoi tu tiens le plus au monde. Enfin, il est sans doute plus sexy que ce Donovan aussi excitant qu'un gâteau rassis.

— Tu exagères au sujet de ce pauvre Donovan.

— Au contraire, je le flatte car un gâteau rassis, on peut le manger lorsqu'on a vraiment faim, alors que pour rien au monde tu n'aurais dévoré Donovan.

— Assez, Wren !

— Tu sais pourtant que je dis vrai.

— Écoute, ce qui compte, c'est que nous soyons toutes les trois sur la même longueur d'onde. Peu importe ce qui arrive, si nous nous serrons les coudes, nous serons les plus fortes.

— Exact ! acquiesça Wren tandis que Cricket opinait du chef.

— J'ai cru que le sol s'ouvrait sous mes pieds, quand j'ai appris, pour papa, déclara Emerson. Que plus jamais je n'aurais l'impression d'être chez moi, au domaine, que je n'avais plus de racine, que je partais à la dérive... Mais désormais nous formons une équipe, toutes les trois, nous représentons la marque Maxfield, le nom des Maxfield. Autant que lui.

— J'approuve, dit Wren.

— J'approuve, renchérit Cricket en écho.

Et cet accord redonna à Emerson l'impression de reprendre son destin en main, d'affirmer son identité.

Certes, il n'en restait pas moins que son père n'était pas celui qu'elle s'était toujours représenté et que leur relation était fondée sur des bases fallacieuses.

Quant à celle qu'elle entretenait avec Holden...

À vrai dire, elle essayait toujours de la cerner, mais elle possédait au moins une certitude : le lien qui l'unissait à ses sœurs était bel et bien réel et assez fort pour résister à la tempête.

Elle devrait se résoudre à discuter cartes sur table avec sa mère, et peut-être que cette conversation apporterait aussi son lot de surprises, car elle avait compris que les apparences ne valaient rien : seule importait la vérité.

Tout de même, pour une personne qui contrôlait l'image publique du vignoble, elle aurait dû avoir une meilleure intuition. Mais elle avait sans doute cru que, comme elle était douée pour manipuler les apparences, on ne pouvait pas la tromper.

Pour l'heure, elle ne croyait plus qu'en deux choses : sa relation avec ses sœurs, et la fiévreuse attirance physique entre Holden et elle. C'étaient les deux seuls repères dans sa vie qui avaient un sens et de l'authenticité.

Et peut-être aussi les sentiments que cela t'inspire...

Oui, peut-être, le problème étant qu'elle ne pouvait être

certaine que ceux-ci étaient réciproques. Et pour l'instant elle était bien trop terrifiée à l'idée de subir de nouvelles blessures ; elle était déjà à vif, affreusement meurtrie, et ignorait si elle pourrait encaisser d'autres déconvenues.

Mais elle avait au moins une valeur sûre à laquelle se raccrocher, en l'occurrence sa relation avec ses sœurs.

14

Les semaines qui suivirent parurent étranges à Emerson, en raison de la sérénité qui les caractérisèrent et qu'elle n'aurait pas cru possible. Sa vie avait radicalement changé, et elle était surprise de constater que ce changement était positif.

Certes, perdre le respect qu'elle avait toujours porté à son père ne l'était pas particulièrement. En revanche, sa nouvelle collaboration étroite avec ses sœurs l'était sans conteste. Elle avait toujours été proche de Wren mais toutes deux ne parvenaient pas à nouer un contact plus intime avec Cricket, or, c'était désormais le cas.

Les trois formaient une équipe, dont leur benjamine n'était plus exclue.

Ce fut une prouesse de lancer une nouvelle variété de vins dans la foulée du label sélectionné, qu'elles venaient juste de sortir. Mais l'unique demande de Holden, jusque-là, avait consisté à lancer une gamme de vins portant le nom de sa sœur.

En vérité, Emerson trouvait l'idée formidable. Soraya était une influenceuse de renom – même si elle n'était plus présente publiquement pour l'instant – et par ailleurs, son visage était synonyme de jeunesse. Aussi sa réputation permit-elle à Emerson d'orienter les vins Maxfield vers une nouvelle clientèle, cette jeunesse dorée qui adorait poster des photos de ses moindres faits et gestes. Elle proposa trois noms, pour la nouvelle gamme : Tempranillo Tantrum, Chardonnay et No Way Rosé.

Cricket en leva les yeux au ciel, s'estimant décalée par rapport aux gens de son âge, elle qui détestait les réseaux sociaux et les *posts* afférents. Wren, même si elle n'était pas une grande fan des réseaux sociaux, percevait au moins leur nécessité pour la publicité de leurs vins. Quant à Emerson, elle se réjouissait follement de leur nouvelle campagne ! Et toutes les trois adoraient travailler ensemble.

Cricket, fidèle à sa parole, ne s'impliqua pas particulièrement, étant donné qu'elle était encore à l'essai au Sugar Cup. Emerson ne comprenait pas très bien pourquoi ce domaine l'intéressait, mais elle concevait tout à fait que sa jeune sœur tienne à acquérir une certaine indépendance.

Il était si difficile d'être une Maxfield.

Néanmoins, il était également fort exaltant de mener à bien des projets qui n'avaient pas l'approbation de leur père. Évidemment, il fallait aussi tenir compte de l'avis de Holden, dans une certaine mesure, mais elle travaillait dans un esprit bien différent de naguère, et il lui faisait entière confiance.

Les prototypes pour la gamme Soraya, ainsi que la breloque qu'elle avait choisie pour recouvrir le goulot de chaque bouteille de façon raffinée, sortirent des ateliers plus tôt que prévu, et elle était follement excitée de les montrer à Holden.

Elle n'aurait su expliquer au juste la raison de son état, sans doute la joie de partager avec lui ce qu'elle avait créé, de lui prouver qu'elle avait envie de lui faire plaisir...

D'ailleurs, pas simplement pour cette gamme, mais aussi de manière générale, s'aperçut-elle. En fait, elle souhaitait le rendre heureux. Mais n'était-ce pas une gageure, avec un homme comme lui ? À cette pensée, elle éprouva le brûlant désir de tenter sa chance.

Son mari était un homme étrange, à la fois intense et sombre, mais il possédait une forte capacité à aimer. Elle en voulait pour preuve ce qu'il avait accompli pour sa sœur, et pour sa mère, naturellement. Il n'était pas capable d'un simple geste généreux, il était entier sur toute la ligne.

Il avait protégé sa mère de nombreux compagnons néfastes, s'était assuré que sa sœur ne manquait pas l'école et, le moment venu, leur avait acheté à chacune une maison.

Elle avait effectué de discrètes recherches sur Internet et avait pu constater qu'il était coutumier des donations aux associations qui venaient en aide aux plus démunis.

Toutefois, il dissimulait sa générosité derrière une façade un peu rude, la marque des grands pudiques.

De la salle de dégustation où elle se trouvait, elle vit soudain son chapeau de cow-boy se profiler derrière la fenêtre. Et, quand il entra, elle sentit son cœur battre un peu plus fort.

— J'ai trois produits à te montrer, annonça-t-elle et j'espère vraiment qu'ils vont te plaire.

Elle brandit une première bouteille – le Tempranillo Tantrum – avec pour breloque un porc-épic en argent.

— Parce que les porcs-épics sont grincheux, dit-elle.

— Ah bon ?

— Essaie d'en provoquer un et tu verras bien. Pour ma part, je ne m'y aventurerais pas.

— C'est très beau, dit-il en passant son doigt sur l'aluminium brillant de l'étiquette.

— Même s'ils ne l'achètent pas, les gens la prendront en photo, la posteront sur Internet, la partageront.

Il considéra les deux autres : l'une avait une breloque en forme de licorne or rosé, et l'autre de renard en platine. Et au-dessus de chaque nom figurait celui de Soraya.

— Elle va adorer, dit-il d'un ton soudain radouci.

— Comment va-t-elle ?

— La dernière fois que je lui ai parlé, elle était un peu moins confuse.

— Sait-on pourquoi ses souvenirs sont parfois erronés ?

Il lui avait en effet raconté que sa sœur ne se rappelait quelquefois plus sa fausse couche tardive et qu'elle lui téléphonait parfois, affolée, pour lui demander de s'occuper du bébé qu'elle n'avait pas.

Emerson en avait eu le cœur brisé. Sans doute de nombreuses jeunes femmes auraient pu surmonter facilement un tel drame, mais Soraya n'en faisait pas partie, et il avait fallu que son père jette précisément son dévolu sur une personne vulnérable et, bien que connaissant sa fragilité, il n'avait pas pour autant pris en compte sa détresse...

De fait, plus elle en apprenait sur la sœur de Holden, moins elle pensait que son père pourrait se racheter.

— Son cerveau la protège dans une certaine mesure du traumatisme lié à la fausse couche car, chaque fois qu'on lui redit ce qui s'est passé, elle revit littéralement le cauchemar.

— En tout cas, j'espère que cela lui fera plaisir, dit-elle en désignant le vin. Et qu'elle se sentira... Qu'elle aura l'impression d'y avoir contribué car elle fait partie de la famille maintenant. Comme toi. Mes sœurs et moi sommes soucieuses de son sort. Il faut qu'elle sache que les gens ne sont pas indifférents.

— Vous avez accompli un travail remarquable, dit-il d'une voix sincère et enrouée. Je n'aurais jamais été capable d'imaginer une bouteille susceptible de lui plaire autant... Elle va adorer.

— J'en suis ravie. J'aimerais tellement la rencontrer, un jour. Quand elle se sentira prête...

— Je suis certain que l'on peut arranger ça, dit-il.

Après cet échange, elle ne cessa de ressasser ses sentiments.

Elle se rendit compte qu'elle était en train de changer, qu'elle ne nourrissait plus les mêmes buts qu'avant.

Elle commençait même à apprécier la vie avec Holden. En fait, c'était un euphémisme, car l'alchimie qui existait entre eux était indéniable, et ce qui se passait sous la couette était si singulier. Jamais elle n'avait connu une telle expérience, avant, mais c'étaient des moments comme celui qui venait de se produire qui la surprenait le plus.

Oui, Holden lui plaisait, d'ailleurs, pour être honnête, il faisait plus que lui plaire, et elle ressentait le besoin de lui montrer qu'en réalité elle attendait davantage de leur relation. Bien sûr, ce n'était pas le mariage, puisqu'ils étaient déjà unis. Qu'était-ce, alors ? Elle réfléchissait encore à la façon dont elle pouvait faire évoluer la situation entre Holden et elle, quand elle retrouva sa sœur, en fin d'après-midi.

— As-tu déjà été amoureuse ? lui demanda-t-elle tout de go.

Wren braqua les yeux sur elle, inclinant brusquement la tête de côté.

— Non, répondit sa sœur. Tu ne penses pas que tu t'en serais aperçue, si ç'avait été le cas ?

— Je ne sais pas. On n'aborde pas vraiment ce genre de sujets, toi et moi. On parle en général du travail. Toi-même tu ne sais pas si j'ai déjà été amoureuse ou pas.

— Holden mis à part ? Tu as déjà eu des petits amis, mais jamais tu n'as été amoureuse avant lui.

— Je ne t'ai rien confié !

— Admets pourtant que tu es amoureuse, affirma Wren. C'est d'ailleurs, j'imagine, la raison pour laquelle tu m'as demandé si moi je l'étais.

— Exact, répondit Emerson. Oui, je suis amoureuse de Holden, et il faut que je trouve une façon de lui avouer. Mais comment dire à un homme qu'on veut plus de lui que le mariage ?

— En lui avouant tout simplement qu'on l'aime.

— Non, ça ne suffit pas. Tout le monde peut prononcer ces mots, cela ne garantit en rien leur sincérité. Il faut qu'il comprenne que les sentiments qu'il m'inspire ont changé.

— Je ne sais pas trop... Enfin, en général, les hommes n'ont pas trop besoin de mots mais de...

— Tu veux dire de sexe ? Entre nous, tout se passe bien de ce côté-là, merci. Très bien, même.

— Ravie de l'apprendre, renchérit sa sœur. Alors qu'est-ce qui pourrait malgré tout manquer à vos rapports ?

Emerson s'était déjà posé la question.

— Eh bien, notre nuit de noces n'a pas été très conventionnelle, si je puis dire.

Déchirer la chemise du marié et se retrouver attachée au lit avec une ceinture de cuir n'était pas forcément la façon dont on pouvait envisager une nuit de noces même si, pour sa part, elle ne s'en plaignait pas.

Cette nuit-là, ils avaient d'abord été furieux l'un contre l'autre, puis cette colère s'était muée en passion et, depuis, ils avaient fait l'amour de façon diverse et variée, car l'idée de s'ennuyer au lit lui était insupportable, en compagnie d'un homme avec qui elle était si compatible et envers qui elle n'éprouvait pas la moindre inhibition, sans qu'elle ne sache au juste pourquoi.

Toutefois, il était vrai qu'ils n'avaient pas eu une vraie nuit de noces, où ils se seraient véritablement donnés l'un à l'autre conformément aux vœux qu'ils avaient échangés.

Voilà, elle venait de trouver ! Elle devait lui faire sentir son amour avec son corps, puis l'exprimer par des mots.

— Il se peut que j'aille faire un tour en ville, déclara-t-elle soudain.

— Pourquoi ?

— Pour acheter des sous-vêtements nuptiaux.

— Je serais ravie d'écourter cette journée de travail pour t'accompagner.

— On forme vraiment une formidable équipe, toi et moi, approuva-t-elle.

Une fois de retour à la maison, ce soir-là, Emerson était ravie de ses emplettes et impatiente d'accueillir son mari. Il ne lui restait plus qu'à espérer qu'il comprendrait le message qu'elle voulait lui transmettre... et serait sur la même longueur d'onde qu'elle !

Quand Holden rentra à la maison, ce soir-là, l'obscurité

était déjà tombée. En général, Emerson rentrait avant lui : curieusement, il avait découvert que son nouveau challenge pour le vignoble lui plaisait énormément, ce qui ne devait pas pour autant le conduire à négliger ses propres affaires. En d'autres termes, ses journées étaient longues.

Pénétrant dans la maison, il repéra des taches rouges sur le sol ; pris de panique, il sentit sa gorge se nouer... Et se rendit bien vite compte que ce n'était pas du sang, mais des pétales de roses.

Une traînée menait du salon à l'escalier et se répandait également sur les marches. Il suivit le sillage qui le conduisit, après le palier baigné dans une lumière tamisée, jusqu'à la chambre qu'il partageait avec Emerson – ou pour être exact jusqu'au lit sur le rebord duquel elle l'attendait.

Sa gorge s'assécha d'un coup, et tout son sang prit la direction du sud... Elle portait... Qu'était-ce au juste ? On aurait dit une combinaison de mariée, mais entièrement faite de dentelle transparente, de sorte que l'on pouvait apercevoir son corps sublime, en dessous. Les bretelles étaient fines, le décolleté plongeant, et sa poitrine avantageuse semblait sur le point de s'échapper de l'étoffe diaphane.

Elle incarnait la tentation dans la version la plus glorieuse qu'il ait jamais vue.

— Que signifie tout cela ?

— Eh bien... Je suis allée en ville pour faire quelques emplettes.

— Je vois...

— C'est une sorte de cadeau en rapport avec notre mariage, dit-elle. Enfin, notre nuit de noces.

— Mais nous en avons eu une. Je m'en souviens parfaitement.

— Oui, mais pas comme celle-ci. D'ailleurs...

Se penchant alors vers lui, elle lui tendit une boîte en velours.

— Il nous manquait quelque chose.

Elle ouvrit l'écrin et, à l'intérieur, il distingua deux anneaux en platine, l'un plus petit que l'autre.

— Ce sont des alliances, précisa-t-elle. Une pour toi, et une pour moi.

— Et que me vaut cet honneur ?

En réalité, il était pris au dépourvu et ne savait trop que penser de cette initiative.

Les semaines précédentes, tout s'était bien passé entre eux, c'était indéniable, mais en l'occurrence il avait l'impression qu'elle le demandait en mariage, ce qui était franchement très étrange.

— J'ai envie qu'on les porte, reprit-elle.

Et elle enfila le plus petit avant de lui tendre l'autre.

— Je ne suis pas très bijou, tu sais.

— C'est normal que tu n'aies jamais porté d'alliance, puisque tu n'as jamais été marié, mais maintenant si. Je sais que tout a commencé de façon un peu curieuse entre nous, mais au fond... Notre couple marche plutôt bien, non ?

Elle avait réalisé un travail remarquable pour cette nouvelle gamme portant le nom de sa sœur, songea-t-il. Elle avait rendu un véritable hommage à Soraya en saisissant l'essence même de celle-ci et en la retranscrivant dans ces bouteilles si soignées. Il était conscient que ce n'était pas le fruit du hasard : connaissant Emerson, elle avait dû effectuer de longues recherches sur sa sœur, et quand elle lui avait demandé de ses nouvelles, il avait compris d'instinct qu'elle s'intéressait réellement à elle.

Seulement, son empathie était presque excessive, tout comme ses regrets concernant la blessure que portait Soraya dans sa chair. Et voilà qu'à présent elle lui présentait des alliances ! Elle voulait réellement s'unir à lui.

Et, au fond, pourquoi pas ? Elle est ta femme. Elle devrait porter ton alliance.

— Merci, dit-il en saisissant la bague.

Et il la passa prestement à son doigt.

Il lui sembla alors que ses épaules s'affaissaient : avait-elle attendu une autre réaction de sa part ? Il venait pourtant d'accepter son alliance, donc, il n'avait commis aucun impair, se dit-il.

— Holden, par cet anneau, je te prends comme époux, dit-elle, pour le meilleur et pour le pire, dans la richesse et la pauvreté, jusqu'à ce que la mort nous sépare.

À ces mots, un frisson lui parcourut le dos.

— Nous avons déjà prononcé nos serments, lui rappela-t-il.

— Je l'ai fait parce que j'y étais contrainte, que j'avais l'impression de ne pas avoir d'autre choix, mais maintenant je prononce ces mots car je les pense vraiment. Si tout devait disparaître, je veux dire le vignoble, le domaine, je souhaite malgré tout que l'on demeure un couple dans la vie, pas simplement pour les affaires. Je veux qu'entre nous il s'agisse de bien plus que de mon père ou de ta sœur, que notre mariage soit pour nous. Et je tiens à l'officialiser physiquement.

Son déshabillé était fermé par quelques nœuds, au niveau du ventre. Elle défit le premier, lui offrant sa poitrine en spectacle. Puis le suivant, et encore un et, cette fois, ce fut sa culotte ultra mini qu'elle lui révéla. Le fin vêtement tomba alors à ses pieds, et elle entreprit de le déshabiller.

Elle s'y prit doucement, sans hâte.

Jusque-là, elle lui avait toujours arraché ses vêtements, parfois même au sens propre du terme, elle avait accepté qu'il lui ligote les mains, elle s'était conformée à tous ses jeux érotiques, avait capitulé devant lui car, lorsque ses poings étaient liés, elle était à sa merci.

Mais aujourd'hui tout était différent. Il se sentait...

Il avait la sensation qu'elle le possédait !

Par la façon dont elle l'effleura, dont elle fit passer son pull par-dessus sa tête, dont ses doigts agiles détachèrent son ceinturon...

Et d'ailleurs il fut bientôt entièrement nu, alors qu'elle

portait encore sa culotte ! Pourtant, il percevait une nette générosité chez elle, oui, tel était le mot qui lui passa par la tête, sans qu'il ne sache bien pourquoi.

Sans doute parce qu'elle lui donnait à voir son âme, et bien plus que lorsqu'elle s'offrait physiquement à lui, sans rien lui demander en retour. Ce fut alors qu'elle s'allongea sur le lit et, roulant sur ses cuisses le minuscule tissu qui la séparait de la nudité, elle lui révéla le triangle si tentateur de son pubis…

Poussant malgré lui un grognement, il recouvrit son corps du sien puis captura sa bouche pour lui donner un baiser fiévreux.

Elle accepta gentiment qu'il mêle sa langue à la sienne, toujours avec cette même générosité…

Une femme s'était-elle déjà offerte à lui de cette façon ? Non, jamais, il en était certain ! On avait toujours tout attendu de lui, sans jamais songer à lui donner en retour. Or, ce soir, il ne s'agissait plus juste d'alchimie entre eux, mais de dons, d'échanges.

Oui, ils étaient au-delà d'un rapport d'ordre physique, car le sexe ne requérait ni engagement, ni alliance…

Il s'en sentit alors touché jusqu'au plus profond de son être, toutefois, ne sachant que dire, ne voulant pas s'attarder sur ce qu'il ressentait, il se contenta de l'embrasser car, en la matière, il savait s'y prendre. Oui, il était champion pour susciter un désir brûlant en elle, pour lui donner des orgasmes aussi forts que nombreux.

Et quand il pensait au gouffre d'émotions qu'elle venait d'ouvrir en lui, le souffle lui manquait presque. Aussi préféra-t-il cesser de réfléchir pour se réfugier entre ses cuisses, la pénétrer, et l'entendre hurler son prénom… Puis le regard d'Emerson chercha le sien et, du doigt, elle lui caressa la joue.

— Je t'aime, dit-elle.

Ces mots lui firent l'effet d'une flèche en plein cœur.

— Emerson…

S'agrippant à lui, elle enroula ses jambes autour de son corps et répéta :

— Je t'aime.

Puis elle se mit à le bercer, tout en l'accueillant plus profondément en elle.

Saisi de panique, il eut brusquement envie de lui échapper, mais le désir qu'elle lui inspirait était bien trop fort.

« Je t'aime », lui avait-elle dit.

Lui avait-on déjà fait une telle déclaration ? Non, il ne pensait pas. Bon sang, il aurait dû se ressaisir, mettre un terme à tout cela… Mais il se sentait impuissant face au besoin insensé qu'il éprouvait de rester uni à elle. Il ne s'agissait même pas de jouir, non, autre chose était en jeu qu'il ne parvenait pas à nommer, à définir.

Vraiment ? questionna alors une petite voix en lui.

Il n'y prit pas garde, préférant ignorer la sensation qui brûlait tout son être, les mots qu'elle avait prononcés. Mais jusqu'à quand, puisqu'elle ne cessait de les répéter… Ce fut alors qu'il se rendit compte qu'une force en lui avait une folle envie de les entendre, et qu'il était en train de se renier lui-même…

Baissant les yeux, il se heurta à ses prunelles et eut la conviction qu'elle voyait clair en lui, c'est-à-dire qu'elle percevait un vide cruel dans ses yeux comparé à ce qu'il distinguait dans les siens.

Il poussa à nouveau un grognement puis baissa la tête, pourchassant le désir qui se formait en lui ; il se mit à lui donner des coups de reins de plus en plus forts pour atteindre au plus vite l'issue qui lui ferait tout oublier.

Ce qu'il était.

Ce qu'elle lui avait dit.

Ce qu'il voulait.

Ce qu'il ne pouvait avoir.

Et quand elle fut à nouveau sur le point de jouir, lui aussi d'ailleurs, il commit l'erreur de la regarder au moment où le plaisir la saisit.

Depuis le début, il éprouvait du désir pour elle. Et peu importait aussi ce que le mariage lui apporterait, tout ce qui comptait, c'était elle, uniquement elle. Et ce, dès le départ.

La première fois qu'il l'avait vue, inaccessible, il avait pensé qu'il aurait dû la haïr car le sang des Maxfield coulait dans ses veines, puis il avait voulu se convaincre qu'elle lui permettrait d'atteindre son objectif et que, par le mariage, il atteindrait son pire ennemi.

Ce qu'il avait pu être égoïste !

Il l'avait manipulée, s'était servi d'elle, avait exercé un odieux chantage sur elle. Au fond, il n'était pas très différent de son père… Et voici qu'elle lui avait avoué qu'elle l'aimait, alors qu'il était un homme qui ignorait tout de l'amour.

Il ne méritait pas ce qu'elle lui donnait, toute sa mansuétude, et il était encore moins digne d'elle, car il n'avait rien à lui offrir en retour.

Il frémit, vaincu par l'orgasme qui le priva du même coup de ses pensées, inondé qu'il était par le plaisir ; les regrets, la culpabilité s'envolèrent alors, et seule demeura l'incroyable bonheur d'être en elle…

Quand tous deux revinrent des rives du plaisir, elle le regarda à nouveau et murmura encore :

— Je t'aime.

Ce fut à ce moment qu'il se détacha d'elle.

15

Bien que consciente de commettre une erreur, Emerson n'avait pas pu se retenir de lui faire sa déclaration d'amour : elle l'aimait vraiment, de toutes ses forces, et elle avait voulu le lui prouver avec son corps, ses vœux, les alliances... Mais visiblement, cela n'avait pas suffi à le convaincre.

Elle savait d'avance que les mots seuls ne suffiraient pas à le convaincre mais, sans eux, les actes ne signifiaient rien non plus. Elle ressentait une telle fêlure en elle et éprouvait en même temps un réel besoin d'authenticité car, jusqu'à présent, elle ne s'était préoccupée que de la surface, de l'extérieur, et pour cause : c'était tout ce qui importait à son père, et c'était d'ailleurs en quoi consistait son propre métier, vendre une image, celle de leur marque.

Or, elle se rendait compte à présent que ce qui comptait n'était pas la façade, mais ce qu'elle ressentait au plus profond d'elle-même, et qu'elle n'avait nul besoin d'être toujours obsédée par la performance pour être aimée. Il suffisait qu'elle soit elle-même, qu'elle écoute ce qu'elle ressentait en profondeur : une marque n'avait pas de sens sans substance. Une belle bouteille de vin ne garantissait pas la qualité de son contenu.

De la même façon, un mariage ne servait à rien s'il ne reposait pas sur l'amour et l'engagement.

Elle s'apercevait que, de toute sa vie, elle n'avait pas prêté attention à la profondeur des relations qu'elle entretenait avec autrui. Elle commençait juste à forger de réels liens avec ses sœurs et avait aussi besoin que ce soit le cas avec Holden.

Et tant pis si elle prenait de risque qu'on la désapprouve, si elle mettait son cœur à nu : elle devait le faire ! Elle n'était pas dupe, elle avait bien vu que Holden n'avait pas accueilli favorablement sa déclaration. Depuis qu'elle lui avait avoué son amour, il s'était refermé sur lui-même, elle le connaissait assez pour s'en rendre compte.

— Je ne sais quelle réponse tu attends de moi, dit-il enfin.

— En général, les gens aiment entendre : « Moi aussi, je t'aime », bien que je suppose que je n'aurai pas cette faveur, répliqua-t-elle. Mais rassure-toi, je n'attends pas que tu me dises quoi que ce soit, je voulais juste que tu saches ce que j'éprouvais pour toi. À quel point mes sentiments pour toi ont changé depuis notre première rencontre.

— Pourquoi ?

— Parce que... Eh bien, tu es entré dans ma vie et tu as tout chamboulé. Tu m'as révélé tant de choses qui étaient tapies dans de sombres recoins depuis si longtemps. Certaines découvertes ont été douloureuses, je l'admets, mais ce qui importe c'est que tu m'as permis de comprendre ce que j'attends vraiment de la vie. Je pensais que, tant que tout semblait rouler, alors l'existence était parfaite. Mais tu as détruit cette vision de la vie, tu as pulvérisé toutes mes illusions, celles que je nourrissais aussi sur moi. En te rencontrant, en étant fortement attirée par toi, j'ai donné malgré moi un coup de pied dans la fourmilière. Je croyais avant toi pouvoir épouser un homme pour qui je n'avais jamais éprouvé le moindre désir. Et tout à coup tu as surgi dans ma vie, et ce que j'ai ressenti pour toi lors de notre première rencontre dans les vignes était bien plus fort que ce que m'avait inspiré Donovan pendant deux ans. Alors tu es devenu une sorte d'obsession pour moi. Et puis on a couché ensemble et, là encore, tu m'as donné à voir des choses dont je ne soupçonnais même pas l'existence. Tu m'as permis d'être une femme sans fard, et j'ai désormais l'impression que je suis moi-même lorsque je suis dans tes bras, dans ton lit. C'est complètement fou, je sais, et fascinant aussi. Je me fiche de ce que pensent les autres depuis que je t'ai trouvé.

— C'est moi qui t'ai trouvée, chérie. Je suis venu ici pour me venger de ton père, ce n'est pas le destin, tout était calculé.

— Oui, c'est ainsi que notre histoire a commencé, et tu as raison, il ne s'agit en rien de destin, car je ne crois pas que Dieu ait quelque chose à voir dans le sort malheureux que ta sœur a subi. Ce dont je suis en revanche convaincue, c'est que l'on peut tirer du positif de tout ce qui a été brisé, car sans cet espoir, je ne vois pas très bien quel avenir peut exister entre toi et moi.

— Certaines valeurs sont bien réelles dans la vie, en l'occurrence l'argent, pas les émotions. Grâce à notre mariage, nous contribuerons à la prospérité du vignoble, et engrangerons une fortune, c'est tout ce qui compte. On n'a pas besoin de ce truc dont tu parles.

— Sauf que ce truc est partout, renchérit-elle. Oui, l'amour était la pièce manquante dans mon existence et, à présent, je l'ai trouvé. Je t'aime, Holden, de toute mon âme, c'est la réalité, ce que je ressens pour toi. Et cela dépasse le domaine de la raison, de la rationalité, et élargit le champ des possibles. Car cet amour modifie aussi le regard que je porte sur moi-même.

— Es-tu bien certaine que tu n'es pas juste en quête de l'approbation d'une autre personne, ayant perdu ta relation avec ton père ?

— Je ne cherche pas un nouveau père en toi Holden, j'ai l'esprit parfaitement clair, n'essaie pas de me faire croire que je suis confuse !

— L'amour, ce n'est pas pour moi, dit-il alors d'une voix glacée.

— Tu sais, je m'attendais un peu à cette réponse. Tu es

donc si désespéré pour imaginer que je te croie ? Pour t'en persuader toi-même ? Tu serais aussi incapable d'admettre que tu as entrepris tout cela parce que tu aimes ta sœur.

— Nous n'avons pas été élevés dans le même univers, Emerson. Tu penses en termes de famille heureuse et de partage. Mais je n'ai jamais connu cela avec ma mère et ma sœur. J'ai juste pris soin d'elles, et ça ne fonctionnait que dans un sens.

— Tu les aimes, insista-t-elle, et le fait qu'elles étaient égoïstes n'a rien à voir avec toi ou ce que tu es capable de donner. Pourquoi n'essaies-tu pas d'établir un autre type de relation avec autrui ? Pourquoi devrais-je rechercher ton approbation et, toi, devrais-tu être mon sauveur ? Ne peut-on donc pas se donner de l'amour ? Moi, c'est ce que je veux, et je pense que nos corps le savent aussi.

— Les corps ne savent rien, ils sont juste en quête de plaisir, ce qui n'a rien à voir avec l'amour. Et il ne sert à rien que tu te tortures avec tout cela.

— Mais… Comment faire autrement ? C'est un fait, je suis torturée par tout cela, par nous. Mais surtout par ce que l'on pourrait être.

— Toi et moi sommes deux personnes différentes, « nous » n'existe pas. OK, nous sommes mariés, et j'ai bien l'intention de faire en sorte que cette union fonctionne, mais tu dois rester réaliste sur l'homme que je suis.

— Non, je refuse d'être réaliste ! Le pragmatisme n'a jamais embelli ma vie, le bonheur l'a en revanche inondé quand je suis sortie de ma zone de confort. Or, je ne veux pas être piégée dans une relation unilatérale, où je doive toujours tenter de creuser ma place.

— Je te comprends, mais rien ne t'y oblige.

— Si ! Nous formons un couple. Nous…

— Emerson, tu veux que je t'aime, mais je ne le peux pas. Je suis désolé, c'est ainsi.

Levant la main, il lui caressa la joue de ses doigts calleux et ajouta :

— Chérie, c'est gentil de me dire que je ne suis pas comme ton père, mais tu te trompes. Rassure-toi, je ne vais pas te forcer à signer une clause de confidentialité, juste te demander une chose : assure-toi, pour ma sœur, que la gamme Soraya se vende. Mais sache aussi que je te donne ma part du vignoble.

— Pardon ?

— Oui, ce n'est pas la mienne, je te la rends.

— Tu préfères y renoncer plutôt que d'essayer de m'aimer ?

— Écoute, mon but n'a jamais été de te blesser, que tu le crois ou non. Je n'éprouve pas des sentiments assez forts envers toi pour avoir envie de te faire du mal.

Ces mots lui percèrent le cœur telle une flèche empoisonnée : elle n'avait jamais entendu si grande cruauté de sa bouche. Elle aurait préféré qu'il lui dise qu'il la haïssait, qu'il menace à nouveau de détruire la propriété ! Mais, non, elle se heurtait à un mur d'impassibilité et d'indifférence

Elle ne pouvait pas se battre contre, donner des coups dans le vide : s'il se mettait hors-jeu, que lui restait-il à faire ? Rien.

— Donc, si je comprends bien, reprit-elle, tu as débarqué ici comme un ouragan, prêt à tout détruire sur ton passage, et finalement tu… libères ta proie ?

— Ma proie, ce n'est pas toi. Ton père est neutralisé, tes sœurs et toi contrôlez désormais le domaine Maxfield, je n'ai aucune raison de te détruire.

— Te prendrais-tu à présent pour un chevalier au grand cœur ? Moi j'appelle cela de la lâcheté.

— Les lâches ne cherchent pas à rendre justice à leurs sœurs !

— Les lâches fuient quand on leur demande des choses qui les effraient, et c'est ce que tu es en train de faire, Holden ! Tu as beau jeu d'affirmer que tu ne crains rien, il est vrai que tu peux être très dur, mais toute cette dureté te sert juste à te protéger. Et j'aimerais comprendre pourquoi et pouvoir t'aider.

— Ça te passera. Tout ce que tu crois pouvoir me donner aujourd'hui, tu l'auras oublié demain, comme tout le monde.

— Comment peux-tu faire ainsi abstraction de tout sentiment ?

— Parce que je n'y crois pas. Je crois aux choses visibles, à ce que l'on peut acheter.

— Et moi, je crois en nous.

— Tu t'es trompée de cible, trésor.

Une bouffée de douleur envahit alors tout son être.

— Au fond, s'écria-t-elle, tu n'es pas le grand méchant loup ! Au moins, lui, il a eu le courage de manger le petit chaperon rouge. Toi, tu ne l'as pas.

— Tu devrais m'en être reconnaissante.

— Tu me brises le cœur et tu voudrais en plus ma gratitude ? J'espère qu'un jour tu te rendras compte que tu as aussi brisé le tien, que nous nous aimions, mais que cet amour te terrorisait. Et que tu te demanderas pourquoi il a été plus facile pour toi de traverser tout un État, mû par la rage, que de traverser une simple pièce pour dire à une femme que tu l'aimais.

Sur ces mots, elle ramassa ses vêtements épars, s'efforçant de rester le plus digne possible, de ne pas se mettre à trembler ni de s'effondrer. Au fond d'elle-même, elle espérait encore que ce grand cow-boy grincheux allait comprendre, la prendre dans ses bras et la retenir. Mais il n'en fit rien ! Il la laissa rassembler ses affaires, franchir le seuil de la chambre, puis quitter sa maison. Sortir de sa vie.

Quand elle se retrouva à l'extérieur de ce foyer qu'elle avait cru sien auprès d'un homme qu'elle en était venue à aimer, elle se sentit à nouveau incertaine quant à son avenir.

Sauf que, cette fois, à l'inverse des révélations sur son père qui l'avaient complètement déboussolée, elle savait tout à fait qui elle était.

Holden l'avait transformée : il lui avait montré sa capacité à éprouver un plaisir profond, à désirer, à aimer. À ne plus être cette femme creuse qui lui était, au fond, étrangère.

Aussi, quoi qu'il arrive, cette expérience lui aurait été bénéfique, même si elle en payait le prix fort : celui de se retrouver le cœur en miettes.

Emerson savait qu'elle ne pourrait éviter plus longtemps une discussion avec sa mère, et ce pour différentes raisons. Pour commencer, elle devait réintégrer le domicile familial ; deuxièmement, elle voulait faire une proposition à son père mais elle avait auparavant besoin de consulter sa mère.

Prenant une profonde inspiration, elle entra dans le boudoir où elle savait que sa mère se trouvait, à cette heure-ci. Elle y prenait toujours son thé, en compagnie d'un livre.

— Bonjour, lui dit-elle. Puis-je te parler ?

— Bien sûr, répondit sa mère en posant son roman. Je ne m'attendais pas à te voir ici aujourd'hui.

— Eh bien, en fait, je suis revenue vivre à la maison, parce que mon mariage connaît une mauvaise passe. En réalité, mon époux ne veut plus que l'on reste mariés.

— Voilà qui me surprend.

— Ah bon ? Je l'ai épousé sur une impulsion et franchement, pas pour de bonnes raisons.

— J'avais pourtant l'impression qu'il te plaisait.

— C'est vrai, mais il ne partage pas mes sentiments, aussi, je ne vois pas ce que je peux faire dans un cas pareil.

— Nous sommes tous confrontés à des choix, bien qu'il me semble que tu aies enfin trouvé le courage de vivre ta vie.

— Le courage ? répéta-t-elle en fronçant les sourcils

— Emerson, il faut que tu comprennes une bonne chose : si j'ai toujours été réticente face à ton engagement sur le vignoble, c'est parce que je ne voulais pas que tu sois la chose de ton père.

— Mais de quoi parles-tu ?

— Ah, tu le sais bien ! Ses agissements, je les connais depuis des années, il ne m'a jamais été fidèle, mais là n'est pas la question. Ce qui est problématique, c'est la façon dont il profite des gens.

— Comment ? Tu étais au courant depuis toujours ?

— Oui, et mon grand dilemme c'était que, si je le quittais, je risquais aussi de ne plus jamais vous voir, c'est pourquoi j'ai préféré m'abstenir. Et puis autant être franche avec toi : je redoutais aussi la pauvreté. J'ai été conduite à prendre des décisions que je regrette à présent car, au fond, je vous ai vu grandir sous son emprise. J'ai vu, impuissante, la façon dont il a su tisser une intimité avec toi et Wren, ce que je n'ai pour ma part pas été capable de faire.

— C'est juste que... Bref, j'ai toujours eu l'impression que je ne pourrais jamais rien faire qui te satisferait.

— Et j'en suis désolée. En réalité, je cherchais juste à t'éloigner de l'influence de ton père, pour que tu sois capable d'exister sans lui, de ne pas être dépendante financièrement de lui, de ce domaine, comme moi. L'idée de retomber dans l'indigence qui avait été la mienne, avant mon mariage, m'était insupportable, j'étais piégée ici, cernée de toutes parts. J'ai renoncé à tant de choses pour lui...

À cet instant, ses yeux se brouillèrent, puis elle passa la main sur son front, repoussant sa chevelure noire en arrière.

— J'étais amoureuse d'un autre homme, poursuivit-elle. Suite à un malentendu entre nous, nous avons rompu. Puis ton père a commencé à manifester de l'intérêt pour moi, parce que mon ancien amoureux était son rival. Je me suis dit que je pourrais profiter de la situation pour récupérer celui-ci, mais tout a finalement dégénéré. Bref, voilà sur quoi j'ai construit ma vie, et je voulais réellement que mes filles s'en forgent une bien différente. Or, il s'est mis à te harceler pour que tu épouses Donovan... Aussi, quand tu es revenue de Las Vegas mariée à Holden, j'espérais que tu avais échappé à ton sort.

Emerson demeura silencieuse, tentant d'assimiler toutes les informations qu'elle venait d'apprendre... Et tout à coup, elle vit clair et comprit pourquoi sa mère n'avait jamais approuvé que sa fille se voue corps et âme au domaine Maxfield.

— J'aime Holden, dit-elle à brûle-pourpoint. Mais lui, eh bien, il prétend qu'il ne m'aime pas.

— C'est ce qui m'était arrivé avec l'homme que j'aimais. Alors je lui en ai voulu et je l'ai quitté pour ton père. J'ai toujours regretté ma décision parce que je n'ai jamais aimé ton père comme mon premier amant. Mais il était trop tard, je me suis raccrochée à ma fierté, je refusais l'idée de devoir le supplier de me reprendre. Comme je m'en veux aujourd'hui de n'avoir pas recouru à tous les stratagèmes possibles pour vivre avec lui... Non, j'ai préféré m'en remettre à mon entêtement, au mépris. J'ai aussi choisi la sécurité financière mais, sans amour, ce domaine s'est vite apparenté pour moi à un mausolée, une crypte pour les rêves évanouis.

Sa mère eut un triste sourire et balaya du regard le magnifique salon qui l'entourait et qui parut soudain bien sombre à Emerson.

— Ce que je ne regretterai jamais, c'est de vous avoir eues, vous, mes filles, mais notre éloignement me peine. Je sais que j'en suis responsable.

— Non, je le suis aussi, renchérit Emerson. Nous n'avions jamais discuté à cœur ouvert avant.

— Que pouvais-je te dire, étant donné que tu étais toute dévouée à ton père ? Je voulais naturellement te protéger, mais sans pour autant altérer l'amour que tu lui portais. Car quoi que l'on puisse lui reprocher, il aime ses filles. C'est un imposteur, c'est certain, mais ce qu'il ressent pour vous est authentique.

— Je crois bien que la sincérité de ses sentiments m'est désormais égale.

— Oui, je te comprends et ne t'en blâme pas.

— En fait, je veux racheter ses parts pour qu'il ne possède

plus rien du vignoble. Holden m'a donné les siennes, puisqu'il ne veut plus être mon mari, et désormais je souhaite gérer le domaine avec Wren et Cricket. Et il y aura bien sûr une place pour toi, maman. Mais pas pour lui.

— Il ne sera jamais d'accord.

— Dans ce cas, je le dénoncerai, car il est hors de question que je le laisse continuer à user de son pouvoir pour abuser des femmes. Il faut que l'injustice cesse, même si notre nom doit en pâtir !

À ces mots, sa mère lui sourit.

— Finalement, tu as du cran, ma fille ! Bien plus que ta mère.

— Pour ce qui concerne ces affaires-là, oui, mais quand il s'agit de Holden…

— Ce n'est pas ton orgueil qui te tiendra chaud la nuit, Emerson. Et l'on ne peut pas échanger un homme contre un autre, tu peux me croire. Surtout, il est insupportable de voir celui qu'on a aimé fonder un foyer avec une autre, on se durcit, on s'aigrit. S'il te plaît, ne commets pas la même erreur que moi.

— Maman, qui était donc cet homme ?

— Cela n'a plus d'importance, cette histoire remonte à tant d'années. Il ne se souvient sans doute plus de moi.

— Permets-moi d'en douter.

— Tu as raison, il doit se rappeler ce que je lui ai infligé.

Emerson soupira puis enchaîna :

— J'aime Holden, maman, et je ne sais pas ce que je vais faire sans lui, ce qui est stupide, car j'ai vécu vingt-neuf ans sans lui. On pourrait en déduire que ce n'est pas très grave.

— Quand on brûle d'un tel amour pour un homme, on lui abandonne toujours une partie de soi-même, répliqua sa mère, et cette personne l'aura toujours. Ce n'est pas le temps qui importe, mais la puissance de ce qu'on a vécu.

— Tout cela ne me dit pas ce que je vais faire…

— Espérer que lui aussi t'a donné un peu de lui-même

et que, en dépit de ce qu'il affirme, il t'aime autant que tu l'aimes. Tu es une jeune femme très forte, Emerson, tu t'es révoltée contre ton père, car cela te semblait juste. Agis en fonction de ce qui te paraît légitime pour toi.

Elle hocha lentement la tête.

— Très bien…

Ce fut alors que regardant autour d'elle, elle sentit monter un rire irrépressible en elle.

— Que se passe-t-il ? demanda sa mère.

— C'est juste que… Il y a peu, lors du lancement du label sélectionné, je me disais que la vie était affreusement rasoir, que j'allais épouser un homme qui l'était tout autant, et que mon avenir le serait aussi… Et aujourd'hui je donnerais presque de l'argent pour être de nouveau dans cet état d'ennui profond car, au moins, je n'aurais pas le cœur brisé.

— Détrompe-toi, reprit sa mère, même si l'amour fait mal, c'est ce qui permet de tenir toute une vie. Ton cœur se rappellera toujours que l'amour existe et, grâce à cela le monde te semblera bien moins désespéré. Mais tu n'en es pas là. Il faut reprendre le combat, Emerson. Quelle qu'en soit l'issue.

— Oui, je sais, dit-elle avec douceur.

D'ailleurs, c'était à cause de Holden que cette conversation avait eu lieu, à cause de lui qu'elle avait décidé d'évincer complètement son père de la propriété.

Aussi ne voulait-elle pas être la raison de leur divorce : elle n'allait pas renoncer à lui aussi facilement qu'il le croyait.

Il fallait juste qu'elle change de stratégie et se fiche du qu'en-dira-t-on !

16

Holden n'était pas homme à se remettre en question : il agissait avec détermination et accomplissait ce qui devait l'être. Toutefois, sa dernière conversation avec Emerson le hantait, et il ne cessait de se la passer en boucle. Plus difficile encore, elle résonnait dans son torse, créant un tiraillement fort douloureux dans la région du cœur chaque fois qu'il reprenait sa respiration. C'était comme si… Et zut ! Il n'aurait même pas su décrire ce à quoi cela ressemblait. Il avait en tout cas l'impression qu'une partie de son être avait été amputée, et cela n'avait rien à voir avec la vengeance.

Aujourd'hui, il se trouvait à l'institut où vivait sa sœur pour lui rendre visite, car tel lui semblait son devoir. Il lui devait en effet des excuses.

Ayant traversé le jardin paysager, il se retrouva à la réception.

— Je suis venu voir Soraya Jane, déclara-t-il.

Dans cet établissement de luxe, les patients logeaient dans des suites, et celle de sa sœur était située au premier étage, avec vue sur l'océan. Quand il y pénétra, celle-ci était assise sur son lit, cheveux détachés.

— Qu'il est bon de te voir, dit-il.

— Holden !

Elle lui sourit mais ne se leva pas pour l'enlacer.

Ils n'avaient pas ce genre de relation.

— Je suis venu te voir, car je te dois des excuses.

— Des excuses ? Voilà qui ne te ressemble pas.

— Je sais.

— Que s'est-il passé ?

— J'ai fait quelque chose et je me suis rendu compte ensuite que c'était davantage susceptible de te meurtrir que de t'aider. J'en suis désolé.

— Tu ne me meurtriras jamais, Holden, lui répondit-elle. Tu cherches juste à m'aider et tu es bien le seul.

Il considéra sa sœur, si fragile et amère, et il prit subitement conscience que ses problèmes allaient bien au-delà de James Maxfield : la vie l'avait blessée de mille manières, ne cessant de lui infliger des coups. De surcroît, elle avait raison, seul lui se préoccupait d'elle et, soit dit en passant, comme il était l'aîné, personne ne s'était jamais soucié de lui.

Toujours était-il que la seule fois où Soraya avait tenté d'aimer, l'initiative s'était retournée contre elle, aussi n'était-il guère surprenant que cette relation l'ait si terriblement atteinte.

— J'ai renoncé au complot que j'avais ourdi par vengeance, annonça-t-il. Emerson et moi allons divorcer.

— Et je constate que tu n'en as pas l'air très heureux, renchérit-elle.

— Tu as raison, car j'ai blessé quelqu'un sans le vouloir.

— De qui parles-tu, au juste ? D'elle ou de moi ?

Il demeura un instant silencieux.

— Je ne voulais pas vous faire de mal, ni à elle, ni à toi, finit-il par dire.

— L'as-tu vraiment épousée pour te venger de son père ?

— Non, pas uniquement pour cette raison.

— Tu sembles si malheureux.

— C'est vrai, mais je ne suis pas certain que ma tristesse soit liée à tout cela.

— C'est lié à l'amour, déclara-t-elle alors. C'est comme ça, l'amour. Ça rend triste, fou, je sais de quoi il en retourne.

— Tu n'es pas folle ! se récria-t-il vivement. Ne parle pas ainsi de toi, ne te considère pas comme telle.

— Regarde où je suis.

— Ce n'est pas un échec, et cela n'a rien à voir avec… Soraya, il n'y a aucune honte à avoir un problème, aucune honte à avoir besoin d'aide.

— Ah bon ? Regarde pourtant ce qui nous arrive : tu m'as aidée, et cela a fichu ta vie en l'air.

— Mais je ne suis pas amoureux.

— Vraiment ? Tu as pourtant un air que je connais bien, celui d'une personne au cœur piétiné.

Encore une fois, il garda le silence quelques secondes puis prit une profonde respiration : il entendit clairement les battements réguliers de son cœur.

— Non, dit-il, mon cœur est intact.

— Je parlais au sens figuré. Des sentiments. Est-ce que tu l'aimes ?

— Je ne sais pas ce qu'est l'amour. D'ailleurs, comment toi et moi pourrions-nous savoir à quoi ressemble le véritable amour, celui qui apporte le bonheur ? Regarde ce qui t'est arrivé avec Maxfield, tu croyais l'aimer, je le pensais moi aussi, et pourtant… Le passé nous a maltraités, comment sommes-nous censés reconnaître l'amour ?

— Cela ne me paraît pas très compliqué à identifier, tu sais. Si ça paraît réel, alors ça l'est. Quand tu te sens heureux en compagnie d'une autre personne, tu as envie de passer tout ton temps avec elle. Et tu as très peur de la perdre, car sans elle, tout te semble dénué d'intérêt.

À ces mots, il pensa à Emerson, au regard qu'elle lui avait lancé… Pouvait-il se fier aux paroles de sa sœur ? Ce dont il était sûr, c'était qu'Emerson lui donnait envie d'être meilleur, d'être mû par autre chose que gagner de l'argent et remporter du succès en affaires. Elle remuait une sensation enfouie très profondément en lui, qu'il ne parvenait pas à saisir.

— Elle m'a dit qu'elle m'aimait, déclara-t-il alors d'une voix rauque, surpris par son propre aveu.

— Et tu l'as quittée ?

— Je l'avais forcée à m'épouser, je ne pouvais pas...

— Elle t'aime ! s'écria Soraya. De toute évidence, ce mariage n'avait rien d'une obligation pour elle.

— J'ai tiré profit de la situation...

— Tu sais, si tu crains de léser les femmes, il serait utile que tu les écoutes aussi quand elles te disent clairement ce qu'elles veulent. Et estimer que tu sais mieux qu'une femme ce qu'elle éprouve pour toi, ce n'est pas très judicieux. Cela revient à lui dire ce qu'elle doit faire, ce qu'il est acceptable pour elle de désirer ou pas.

— Je...

À dire vrai, Soraya le prenait au dépourvu : il ne s'était pas attendu à une telle repartie de sa part.

— Puisqu'elle t'aime, pourquoi persistes-tu à vouloir divorcer ?

— Je...

Il se rappela alors les paroles d'Emerson, quand elle l'avait traité de lâche.

— Parce que j'ai peur de ne pas savoir comment on se comporte quand on est amoureux, finit-il par avouer.

Et il s'aperçut que c'était la première fois qu'il disait vraiment ce qu'il pensait de la situation. Pourtant, il n'avait pas voulu mentir, il ne s'était juste pas aperçu qu'il n'était pas honnête, mais à présent c'était clair comme du cristal !

— Rappelle-toi comme nous avons été élevés ! poursuivit-il. Je ne connais absolument rien à l'amour.

— Et pourtant, tu es le seul à m'aimer ! Et si je suis dans cet institut aujourd'hui, c'est grâce à toi.

— Oui, et c'est bien la preuve que je ne sais pas comment m'y prendre ! C'est moi qui t'ai poussée à devenir mannequin, et c'est à cause de moi que tu as rencontré Maxfield, donc...

— Tu ne m'as pas comprise ! Je suis dans un établissement de luxe grâce à toi, on s'occupe de moi comme d'une princesse grâce à toi ! Et c'est toi aussi qui as pris soin de maman Sans compter toutes ces associations auxquelles tu verses des dons.

Tu sais, je mesure tout à fait mon égoïsme, et je sais aussi que parfois je ne suis pas… lucide. Mais quand je vais bien, alors je me rends compte de tout ce que tu as fait pour moi. Seulement, toi, personne ne t'a jamais rien donné en retour.

Elle reprit sa respiration et poursuivit :

— Tu sais, Holden, tu te trompes en pensant que tu ne sais pas aimer, moi je crois plutôt que tu ignores ce que c'est que d'être aimé. Et que tu ne sais pas quoi faire de cet amour.

Il la regarda, stupéfait de l'avis qu'elle portait sur lui… Au fond, il n'était peut-être pas un homme aussi impitoyable et indifférent qu'il le pensait.

— Je ne te reproche pas de te protéger mais, en l'occurrence, tu fais l'inverse, tu es en train de te meurtrir.

— Tu n'as peut-être pas tort, concéda-t-il, la voix enrouée. Oui, il se pourrait même que tu aies raison.

— Est-ce que tu l'aimes ?

— Oui, répondit-il.

Et cette fois, il sentit clairement sa gorge se nouer.

— Alors rien d'autre n'a d'importance ! s'exclama Soraya. Peu importe qui est son père, si tu as peur ou non. Seul compte l'amour que tu lui portes.

— Regarde où l'amour t'a conduite ! Tu ne penses pas que j'ai toutes les bonnes raisons d'en avoir peur ?

— Effectivement, tu as raison, c'est effrayant. L'amour peut tout détruire sur son passage, mais pas obligatoirement non plus… Ça peut aussi être merveilleux. Et alors pourquoi t'en priverais-tu ?

À cet instant, il sentit la détermination et la certitude renaître en lui : assez des « Et si… ? ». Il était tout à fait capable de mener à bout un projet, quand il l'avait décidé. Ainsi qu'Emerson l'avait souligné, il avait traversé tout un État pour se venger.

Il pouvait à n'en pas douter tout mettre en œuvre pour que l'amour dure toujours entre Emerson et lui, c'était certes un pari bien plus risqué que la colère, mais bien plus enthousiasmant aussi.

Et il était prêt à le prendre.

— Merci, dit-il alors à sa sœur.

— Non, c'est moi qui te remercie, dit-elle. Pour tout. Même pour cette vengeance.

— Tu sais, Emerson a fabriqué une nouvelle gamme pour toi, lui apprit-il. Elle est remarquable.

Soraya lui sourit.

— C'est vrai ?

— Bien sûr !

— Comme j'ai hâte de fêter l'événement avec vous deux.

— Et moi donc !

Et maintenant il ne lui restait plus qu'à aller retrouver Emerson, s'assurer qu'elle veuille bien lancer la gamme avec lui, et demeurer à ses côtés pour le restant de sa vie.

Appuyée à la balustrade du balcon sur lequel donnait sa chambre, Emerson contemplait le vignoble. Il était à elle maintenant, ainsi qu'à Wren et Cricket. Son père avait accepté son accord, et sa mère avait pris la décision de rester ; c'était James qui irait s'installer ailleurs. Le déménagement créerait évidemment quelques remous, il était difficile de les éviter, mais il se retirait de l'exploitation du vignoble.

De toute façon, Emerson représentait depuis si longtemps les vins Maxfield que la transition passerait quasi inaperçue.

Le clair de lune baignait le domaine d'une lumière argentée, et elle soupira d'aise, heureuse d'admirer un si beau spectacle.

Son cœur saignait toujours, bien sûr, à cause de Holden, mais sa mère avait raison : l'amour était un miracle et y avoir goûté prêtait une autre saveur au monde, en renforçait la beauté, même si cela faisait mal et que…

Tiens donc ! N'était-ce pas une silhouette qui se mouvait entre les rangs de vigne ? Elle retint son souffle.

C'était la silhouette d'un cow-boy. Et pas n'importe lequel : le sien !

Elle hésita puis céda à son impulsion : même si c'était parfaitement insensé, elle irait à sa rencontre, elle ne pouvait rester plus longtemps immobile sur son balcon.

Volant quasiment en bas des marches, elle se dirigea droit sur lui, une fois à l'extérieur.

— Que fais-tu ici ? demanda-t-elle aussitôt.

— Je sais que je ne figure pas sur la liste des invités, répondit-il.

— Non. D'ailleurs, tu étais censé avoir levé le camp avant le coucher du soleil.

— Désolé, je sais, le soleil est couché.

— Holden...

— Écoute, voilà : je me demandais si par hasard tu n'aurais pas besoin d'un employé, pour le ranch.

— Pardon ?

— Le domaine est à toi, et je veux qu'il reste en ta possession et en celle de tes sœurs. Je n'en mérite assurément pas une miette. Mais je me disais juste que... La période où ça a le mieux marché entre nous, c'était quand je travaillais ici. Quand il s'agissait juste de toi et moi, sans toutes les manipulations qui sont ensuite venues se greffer. Donc, je pourrais peut-être t'offrir mes services.

— Tes services ? Mais... Je suppose que tu es toujours un riche promoteur ?

— Exact, cela dit, il se trouve aussi que je t'aime et, en fait, j'espérais que tu étais toujours amoureuse de moi.

Aussitôt, son cœur se mit à cogner comme un fou dans sa poitrine. Elle cligna vivement les yeux.

— Oui, répondit-elle bien vite, je t'aime toujours, et tout ce dont j'ai besoin, c'est de toi, rien d'autre.

— Je ressens exactement la même chose pour toi, renchérit-il. Je te veux toi, comme tu es. Quand j'ai abandonné mes envies de vengeance, je n'avais plus aucun prétexte pour rester ici, et cela m'a affreusement effrayé. Parce que je ne pensais pas être le genre d'homme à avoir envie de s'attarder, de rester pour toujours auprès d'une femme. M'en rendre compte m'a encore plus effrayé. Or, je déteste avoir peur.

— Qui aime avoir peur, franchement ? Je suis si heureuse que tu sois malgré tout revenu. Car si ça n'avait pas été le cas, eh bien… Avant de te connaître, je me disais que, quand tout semblait bien aller, alors cela suffisait, mais tu m'as dévoilé un tout autre monde.

— Et moi, si je ne t'avais pas rencontrée, je n'aurais jamais rien connu d'autre que l'argent et la colère. Et crois-moi, comparé à toi, ce sont vraiment des idéaux dépourvus de saveur.

— Tu m'as montré que j'avais un cœur, renchérit-elle. Grâce à toi, j'ai compris quels étaient mes véritables désirs.

— Et vice versa, enchaîna-t-il. J'ai eu tort de proclamer qu'une fois cassées les choses n'étaient pas réparables. Elles le sont toujours. Quand j'ai annoncé à ma sœur la vengeance que je fomentais en venant ici, elle n'était pas heureuse. Ce n'était pas ce qu'elle attendait de moi. Ce qu'elle voulait, c'était de l'amour, du soutien, pas une vengeance qui détruit tout sur son passage, mais un amour qui permet au contraire de construire.

Il reprit sa respiration puis lui dit d'une voix plus basse, plus intense :

— Je t'aime, Emerson, et je veux construire mon existence avec toi. Pour toujours.

— Moi aussi, Holden !

Et sur ces mots, elle se jeta dans ses bras, noua les mains autour de son cou et l'embrassa.

— Moi aussi, répéta-t-elle tout contre sa bouche.

Et Emerson eut la certitude absolue, alors que son beau et fort mari la tenait dans ses bras, que plus jamais elle ne trouverait la vie assommante.

Car elle était désormais convaincue que ce n'était pas une

réception, le lancement d'une cuvée ou une campagne réussie qui lui apporterait le bonheur ou constituerait son identité.

Non, cela viendrait désormais d'elle-même.

Et la femme qu'elle était aimait Holden McCall, et ce qui les attendait ne l'inquiétait nullement : ensemble, ils relèveraient tous les défis.

Elle se souvint alors du sentiment de dérive qu'elle éprouvait au plus profond d'elle-même avant lui, cette impression de n'avoir nulle part où aller.

Comme si elle était détachée de tout.

Désormais, elle s'était trouvée, son cœur était bel et bien vivant, et c'était pour lui qu'il battait.

Plus jamais elle ne se demanderait où était sa place sur cette terre, car celle-ci était auprès de Holden où qu'il aille.

Et pour toujours.

FIONA BRAND

Scandaleux échange

Traduction française de
YVES CRAPEZ

PASSIONS

HARLEQUIN

Titre original :
TWIN SCANDALS

Ce roman a déjà été publié en 2020.

1

Ben remit les clés de sa jeep Cherokee au portier du nouvel hôtel Messena, à Miami Beach, où une suite lui était réservée.

Muni de son passe magnétique, il traversa le hall luxueux meublé de confortables fauteuils où les clients sirotaient leur champagne et bavardaient tout en grignotant petits fours et canapés.

Une voix aiguë l'interpella.

— Ben Sabin !

Sally Parker, l'une des chroniqueuses les plus redoutées, toujours à l'affût d'un potin, le filmait avec son portable et il fut bien contraint de lui adresser un sourire auquel la journaliste répondit par une mimique ironique.

— Je suis pressé, marmonna-t-il, désireux d'échapper à cette tigresse de l'info.

— Les jumelles Messena sont dans les parages, Ben, mais vous étiez sans doute au courant puisque toute la presse a célébré leur installation à Miami, il y a de ça trois mois...

Sophie et Francesca Messena étaient deux beautés qui se ressemblaient comme deux gouttes d'eau et dont l'une lui avait fait don de son corps, un an plus tôt.

— Eh bien, oui, répondit-il, embarrassé.

Un an plus tôt, à Dolphin Bay, en Nouvelle-Zélande, l'un des fiefs des richissimes Messena, Sophie et lui avaient fait l'amour toute la nuit et l'expérience l'avait durablement marqué.

Si la gent féminine ne lui inspirait pas une telle méfiance, sans doute aurait-il succombé au charme de la belle Sophie et, qui sait, lui aurait-il proposé d'être sa femme.

Sophie !

Il avait quitté son lit à l'aube pour ne plus revenir, mais en lui laissant toutefois un mot d'adieu la remerciant pour cette « agréable nuit », une façon discrète de prendre le large sans avoir de comptes à rendre.

Lui, un mufle ?

C'était à voir...

Il avait neuf ans quand son père, un magnat texan du pétrole, ruiné par la récession et de mauvais placements, avait été largué par une épouse cupide et sans cœur. De Darcy Sabin, sa mère, seule lui restait aujourd'hui l'image des feux arrière d'une Buick décapotable se fondant dans la nuit.

Un an après, son père se suicidait...

À force de travail et d'efforts, il avait bâti à son tour un empire dans le BTP et rencontré une femme – riche héritière – qu'il comptait épouser. Un contrecoup financier lui avait fait perdre une bonne partie de sa fortune, et sa fiancée, dépitée, s'était empressée de boucler son sac pour ne plus revenir. Seul, sans argent, il s'était résigné à devenir simple employé au service de magnats du bâtiment et de l'hôtellerie, le dernier en date étant Nick Messena.

Un an plus tôt, l'héritage de son oncle Wallace composé de puits de pétrole et d'immeubles, avait fait de lui un milliardaire.

Aujourd'hui, grâce soit rendue à l'oncle Wallace, il pouvait jouer dans la même cour que les Messena, cette famille méditerranéenne huppée et, qui sait, peut-être même prouver à Sophie qu'elle avait eu tort de le considérer comme un sous-fifre, un sans-le-sou.

Sa mémoire lui rendit avec précision l'image de cette jeune

femme élancée, dont la démarche, à la fois aguichante et souple, imprégnait encore sa rétine.

Dix-huit mois durant, alors qu'il travaillait pour Nick et arpentait la Nouvelle-Zélande en quête de terrains où édifier de futurs hôtels de luxe, Sophie et lui avaient échangé des regards troublés.

Sophie !

Il avait eu envie d'elle et elle, de lui, mais n'était-ce pas son potentiel financier, ses placements futurs, qui intéressaient la jeune femme ? Le soir de leur premier baiser, prélude à leur première nuit d'amour, Sophie n'avait-elle pas demandé, d'un ton innocent, s'il comptait investir dans les affaires de Nick Messena ?

Son départ précipité, à l'aube, se justifiait par le fait qu'il devait prendre l'avion pour les États-Unis afin d'y régler la succession de son oncle, mais la véritable raison de cette fuite, c'étaient bien plutôt ses craintes de ne pas être à la hauteur des espérances de Sophie.

Autant alors trancher dans le vif, ce qu'il s'était résigné à faire.

Le lendemain, un article fielleux diffusé sur les réseaux sociaux signalait que la belle Sophie l'avait déjà remplacé par un autre prétendant.

— Eh bien, Ben, vous ne dites rien ? insista Sally tout en l'accompagnant jusqu'aux ascenseurs.

— Parce que je n'ai rien à vous dire.

Mais la chroniqueuse n'était pas femme à renoncer.

— N'avez-vous pas déclaré à un confrère que les jumelles Messena, autant Sophie que Francesca, étaient, je vous cite, « deux écervelées gâtées pourries » ?

Hélas, il avait bien prononcé ces mots, cédant à un accès de mauvaise humeur, alors même que Nick Messena et lui avaient projeté de construire un nouveau centre touristico-commercial au sud de Miami, dans les Keys.

— Mes mots ont dépassé ma pensée, répliqua-t-il.

Sally lui adressa un petit sourire ironique.

— Vous avez aussi déclaré que « jamais un homme sain d'esprit ne prendrait le risque de sortir avec l'une ou l'autre des jumelles Messena ».

Ancien militaire des Forces Spéciales, il savait, quand les circonstances l'exigeaient, maîtriser son tempérament fougueux.

— Sans doute ai-je exagéré...

— Croyez-vous ? insista Sally.

Un jour, dans le taxi qui le conduisait avec Hannah Cole, son assistante et directrice commerciale, vers l'aéroport, il avait éprouvé le besoin de critiquer les sœurs Messena, moins par conviction que par attachement à Sophie, par regret de l'avoir sans doute perdue à jamais.

Rapporté à la presse – peut-être par son assistante –, le commentaire peu flatteur avait circulé sur les réseaux sociaux.

— Qui était en priorité visé par vos propos, Sophie ou Francesca ? demanda Sally.

— Excusez-moi mais je suis pressé, répondit-il en entrant dans l'ascenseur.

— Vous ne voulez pas répondre ?

— Non. Et dites-moi, Sally, auriez-vous l'intention de me filer longtemps à la trace ?

La journaliste lui adressa son plus charmant sourire.

— Un an plus tôt, vous avez été largué en bonne et due forme par Sophie Messena. Aujourd'hui, vous voilà riche et sur le point de conclure un accord avec Nick Messena.

— Et alors ?

— Sophie réside elle aussi à Miami et vous serez amené à la rencontrer.

— Allez au diable !

Son doigt pressa le bouton correspondant à l'étage des bureaux de Nick Messena et le visage de Sally s'effaça derrière les portes de l'ascenseur.

Quelle peste !

Mais impossible de nier ses propos peu flatteurs à l'encontre des jumelles Messena.

— Vous êtes *presque* en retard, Ben, déclara Hannah Cole en venant à sa rencontre, dans le couloir richement moquetté.

Il avait fait la connaissance de cette femme efficace et dévouée à l'époque où elle était chargée des relations publiques de feu son oncle Malcolm.

Sa fidélité n'avait d'égale que sa fiabilité et, depuis le décès de son oncle, Hannah Cole travaillait pour lui, son seul travers étant de se montrer, parfois, trop bavarde.

— Cette Sally pot-de-colle m'a alpagué devant les ascenseurs à propos des jumelles Messena.

Hannah haussa les épaules.

— Je ne suis pas directement responsable de cette indiscrétion passée, Ben.

Il soupçonnait aujourd'hui le chauffeur qui les conduisait à l'aéroport d'avoir entendu leur conversation, puis d'être allé la raconter à qui de droit. En échange d'une bonne pincée de dollars, sans doute.

— N'en parlons plus, dit-il, peu désireux d'évoquer ce sujet douloureux.

Sophie appartenait au passé. Il ne l'avait pas revue depuis un an mais, l'avait-il pour autant oubliée ?

La belle brune aux longs cils, aux pommettes hautes, aux fesses superbes, restait ancrée dans sa mémoire et il la revoyait comme si c'était hier, endormie dans ce lit, ses longs cheveux éparpillés sur l'oreiller, alors que l'aube se levait.

Considérée par certains comme une riche héritière gâtée et capricieuse, elle gérait l'implantation des enseignes de prêt-à-porter appartenant aux Messena dans divers centres commerciaux et, en d'autres circonstances, il aurait pu vouloir d'elle comme épouse, car les caractères forts n'étaient pas pour lui déplaire.

Hannah lui prit le bras.

— Sophie est à Miami, Ben, alors prudence.

— Je sais ! Sally m'a mis au courant.

— Vous auriez pu choisir un autre moment pour signer ce contrat avec Nick Messena. Le passé risque d'interférer et ça serait dommage...

— Je n'avais pas le choix.

Le futur complexe touristique à Sail Fish Key était une trop belle opportunité pour qu'il renonce à en diriger la construction.

Hannah fit la moue.

— Si vous comptez renouer avec Sophie Messena, Nick serait bien capable de se passer de vous, quitte à perdre des millions de dollars, alors soyez prudent. Et maintenant, ne faites pas attendre plus longtemps votre futur partenaire.

Son assistante le guida jusqu'au bureau directorial de Nick qui se leva et l'accueillit chaleureusement.

— Entre ! Nous avons à discuter...

Grand, brun et musclé comme l'étaient ses trois frères Gabriel, Kyle et Damian, dignes fils de leur mère, leur *mama* Luisa, l'homme en imposait autant par sa force physique que par son regard acéré.

— Désolé de mon retard, dit-il.

— Pas grave.

Comme à Dolphin Bay, en Nouvelle-Zélande, des tableaux représentant l'île de Medinos, berceau de la famille Messena, ornaient les murs du bureau, preuve de l'attachement du clan à ses racines méditerranéennes.

Très machos, Nick et ses frères avaient l'honneur chevillé au corps et si, un an plus tôt, Sophie n'avait pas pris l'initiative de lui trouver très vite un remplaçant, quitte à paraître volage, il se serait retrouvé en fâcheuse posture. En s'affichant avec d'autres, Sophie avait dissuadé ses frères de s'attaquer à lui. Par la suite, elle avait été assez adroite pour multiplier les déclarations faisant état de son envie de trouver l'homme idéal sans pour autant vivre la moindre aventure avec ses prétendants successifs.

En somme, il lui devait une fière chandelle mais, s'il avait des regrets concernant Sophie, se voyait-il pour autant l'époux d'une femme calculatrice, obsédée par l'argent et le pouvoir ?

Nick lui présenta un grand brun au regard dominateur.

— Au fait, Ben, tu connais John Atraeus ?

— Bien sûr, répondit-il en serrant la main de l'entrepreneur apparenté de façon lointaine aux Messena et qui, désormais, était un partenaire en affaires de Nick.

La conversation se poursuivit sur la terrasse qui dominait le littoral et la mention par John Atraeus de Francesca, la jumelle de Sophie, suscita chez lui comme une vague jalousie.

Seuls d'infimes détails différenciaient les jumelles, Sophie ayant un je-ne-sais-quoi de plus que sa sœur qui la rendait particulièrement attachante.

Invité le soir même à la réception donnée par Nick, il ne pourrait qu'y croiser Sophie, l'occasion peut-être, pour mieux l'oublier, de refaire une dernière fois l'amour avec elle.

Jamais Sophie n'aurait cru avoir assez de courage pour se confronter un jour à Ben, mais c'était pourtant bien ce qu'elle s'apprêtait à faire ce soir.

Comment aurait-elle jamais oublié ce bel homme viril au visage carré d'ex-militaire, au regard bleu intense…

Salaud, va !

Tout en s'efforçant de cacher une légère claudication, séquelle d'un accident survenu un an plus tôt en Nouvelle-Zélande, elle gagna la réception en ruminant ses souvenirs.

Cette nuit-là, sachant que Ben allait quitter la Nouvelle-Zélande pour une durée indéterminée, elle s'était donnée à lui avec la fougue d'une novice, ce qu'il avait peut-être remarqué. Ou peut-être pas. Le lendemain matin, sur la table de la chambre, un mot bref, sans âme : « Merci pour une nuit agréable ».

— Sophie ! Je te cherchais partout !

Son flirt d'aujourd'hui, un certain Tobias, agent de change que son frère Gabriel lui avait fait connaître, semblait si heureux de la voir qu'elle s'efforça de faire bonne figure. En vérité, Tobias ne l'avait intéressée que parce qu'il était amoureux de Francesca, sa sœur jumelle. Dès cet instant, elle avait décidé de séduire ce garçon par ailleurs beau, gentil et bien éduqué.

À présent, outre son désir de rivaliser avec Francesca, elle entendait *aussi* se venger de Ben.

— Sophie, tout va bien ?

Elle éprouva pour Tobias une vague reconnaissance en prévision du rôle qu'elle entendait lui faire jouer à son insu.

— Oui, très bien, répondit-elle pour meubler la conversation.

Tobias l'enlaça si maladroitement que ses vertèbres douloureuses se rappelèrent à son bon souvenir.

— Attention, voyons !

Survenu trois semaines après le départ de Ben, son accident de la route, qui avait failli lui coûter la vie, lui laissait des séquelles gênantes. Ah, guérir de ses sentiments pour Ben comme elle espérait voir se ressouder ses vertèbres ! Oublier l'indélicat personnage...

— Quel monde ! fit Tobias, un peu déconcerté par sa réaction.

— Du monde ? Ah oui ! Mon frère voit grand.

Industriels, affairistes, journalistes se pressaient par dizaines dans le hall du luxueux hôtel, mais Ben, lui, brillait par son absence.

Une nuque carrée, des cheveux courts attirèrent son attention mais non, l'homme avait des épaules étroites et ne pouvait être Ben.

— Tout va bien, Sophie ? Que puis-je faire pour toi ? demanda Tobias.

Un vrai petit caniche !

— Oh ! mais rien.

— Tu veux danser ?

L'orchestre jouait un air que Ben et elle avaient maintes fois écouté, en Nouvelle-Zélande, sous la pergola de la villa familiale.

— Plus tard, s'il te plaît. Mon dos me fait mal.

Titiller la jalousie de Ben en s'affichant dans les bras d'un autre homme et, si possible, quand l'orchestre jouerait un slow langoureux, faisait partie de sa stratégie punitive.

— Comme tu voudras.

En attendant, elle s'obligea à prendre son cavalier par le bras et à parader devant les journalistes, ce qui était la meilleure façon d'apparaître dès le lendemain dans les pages mondaines comme le nouveau couple en vue. Mais quand donc parviendrait-elle à oublier, et pour de bon, ce renégat de Ben Sabin !

Tandis que Tobias allait saluer un couple âgé de ses relations, elle réclama un verre d'eau au garçon.

— Alors, on noie son chagrin ? susurra la voix mielleuse d'une blonde qui lui ressemblait comme deux gouttes d'eau.

— Toi ! Mais qu'as-tu fait à tes cheveux ?

— Britney Blonde Bombshell. C'est le nom de ma nouvelle couleur, répondit Francesca en réclamant une coupe de champagne au serveur.

— Eh bien, c'est réussi ! dit-elle un brin moqueuse.

Depuis leur rupture, Ben s'affichait sur les réseaux sociaux au bras de femmes plus blondes que blondes et elle s'était sentie doublement trahie par ce parti pris.

— Tu n'aimes pas les blondes, sœurette ? Je te parais vulgaire ? s'enquit Francesca avec un plissement de nez.

— En ce qui me concerne, je préfère ma couleur naturelle. C'est-à-dire aile de corbeau.

Jumelles et pourtant, si différentes l'une de l'autre.

Francesca l'extravertie, libre de ses choix, de ses envies, un brin superficielle, presque l'opposé de la femme romantique et secrète qu'elle était dans son for intérieur même si, depuis un an, elle s'affichait avec de nombreux cavaliers.

Sa jumelle virevolta pour faire danser les pans de sa superbe robe d'un rouge vif.

— Qu'en dis-tu ?

— Eh bien...

— Libère-toi, Sophie ! Moi, par exemple, j'ai voulu changer de couleur de cheveux et je l'ai fait. J'avais envie d'une robe rouge et je l'ai achetée.

Contrairement à elle, toujours vêtue de façon ultra-classique.

— Tu as sans doute raison, Francesca. Peut-être gagnerais-je à me laisser aller. Cette robe ne manque pas d'audace.

Après s'être examinée, Francesca prit le temps de la regarder.

— Ta robe blanche te va à merveille. Le style classique... Peut-être devrais-je t'imiter ?

— Surtout pas !

Quand, à six ans, les jumelles avaient éprouvé le besoin de différencier leurs goûts, il avait été convenu qu'elle porterait du blanc et des couleurs claires et sa sœur, toujours des couleurs vives. Par la suite, leurs personnalités respectives s'étaient affirmées, Francesca tendant à l'excès, au risque, et elle, au repli sur soi, à la prudence.

Sa sœur avait de nombreux amis. La réussite professionnelle lui importait peu et plutôt que de diriger, comme elle, une société de prêt-à-porter, Francesca décidait des collections à venir, car elle possédait d'indéniables dons de styliste.

— Ouf, j'avais soif ! déclara Francesca en vidant sa seconde coupe de champagne. Dans le fond, pourquoi n'aurais-je pas le droit de porter du blanc ? Si je me marie, ma robe sera de cette couleur, non ?

Jusqu'à présent, sa sœur flirtait, s'éprenait de tel ou tel homme, puis s'affichait, le mois suivant, avec un autre prétendant, toujours prête à justifier une rupture par des circonstances extérieures, assez élégante aussi pour ne jamais mettre en cause son partenaire, or, depuis quelque temps, elle semblait bien seule...

— Tu envisages de te marier ?

Francesca rougit.

— Pas du tout. Et puis, la personne à laquelle je pense ne me l'a encore jamais proposé.

Des propos pour le moins contradictoires. La curiosité de Sophie fut éveillée.

— Aurais-tu rencontré quelqu'un ?

Francesca fit la moue.

— Je ne suis encore sûre de rien, mais j'ai l'intuition que, ce soir, un homme digne de ce nom pourrait enfin entrer dans ma vie.

Quelques années plus tôt, Francesca, en pleurs, avait réveillé leur mère au milieu de la nuit : « Il va arriver malheur à papa. Je le sens ! » Cette nuit-là, leur père était en déplacement. Un peu plus tard, un appel de la police les informait que leur père était mort dans un accident de la route.

Depuis lors, Sophie prenait au sérieux les intuitions de sa jumelle.

Francesca regarda Tobias qui, laissé pour compte, était allé s'accouder au bar.

— Jusqu'à présent, Miami ne m'a pas porté chance et, à part Tobias, je n'ai pas fait de rencontres qui vaillent. Au fait, m'en voudrais-tu si je t'empruntais ton cavalier, le temps d'une danse ?

— Non, pas du tout.

Elle se moquait bien de Tobias.

Tandis que Francesca entraînait l'intéressé sur la piste, l'apparition d'un homme grand, au visage carré et à l'expression virile, lui fit oublier son plan initial et la jeta dans un tourbillon d'émotions et de souvenirs.

Ben ! Lui, enfin, après un an d'attente.

Il n'est pas revenu pour toi, idiote, mais pour Nick.

Et si elle se trompait ? S'il était revenu *d'abord* pour elle, pour la revoir ?

Avant qu'elle ait pu décider ce qu'il convenait – ou non – de faire, Ben fut accaparé par une jeune blonde à la peau dorée qu'il semblait bien connaître et qui s'accrocha à son bras.

Quel âge pouvait avoir cette beauté ? Vingt, vingt-deux ans peut-être ? Sophie en avait déjà vingt-huit et Ben, trente et un, ce qui ne semblait pas le dissuader de s'afficher avec des tendrons. Et voilà qu'il faisait danser la jolie blonde, à quelques pas de sa sœur et de Tobias !

Un an déjà qu'il l'avait aimée puis quittée sans la moindre explication, sans lui laisser d'espoir. Elle avait encaissé l'affront – très mal en fait – et tenté de se reconstruire sans pour autant renoncer à renouer un jour avec Ben.

Restaurant romantique, clair de lune, voilà ce qu'elle aurait voulu comme décor pour leurs retrouvailles, avec de la part de Ben d'abord des excuses, puis des regrets et, enfin, une déclaration d'intention en bonne et due forme. Rien de tel à espérer, désormais.

Déçue, humiliée, elle s'obligea à détourner la tête de Ben et de sa cavalière au sourire resplendissant.

— Champagne ? lui demanda le barman quand elle s'approcha du buffet.

Vite, reprendre ses esprits.

— Oui, merci.

Les bulles explosèrent dans sa gorge trop sèche et des larmes de dépit – d'amour ? – lui montèrent aux yeux.

Lui faire ça, un an à peine après cette fabuleuse nuit d'amour emplie de soupirs, de caresses. Elle s'était livrée tout entière, était devenue femme avec ce félon de Ben et pour quel résultat ? Au matin, son tout premier amant avait disparu, laissant une note qualifiant leur nuit d'« agréable ».

« Agréables », leurs baisers, les étreintes et les soupirs, sa langueur quand, cuisses ouvertes, elle avait accueilli son sexe en elle ?

Ben !

Elle avait cru en lui, en sa sincérité, cru qu'il était prêt à l'aimer, et seul un reste de prudence l'avait empêchée d'avouer à Ben, avant l'amour, qu'elle était encore vierge. La suite devait prouver qu'elle avait eu raison de se méfier.

Seigneur, comme ce champagne lui tournait la tête !

Depuis sa première rencontre avec Ben, elle, la riche héritière Messena, n'avait cessé d'aimer cet homme alors simple employé en charge du futur complexe hôtelier de Dolphin Bay. Ben et ses yeux si bleus. Ben et son arrogance de mâle heureusement compensée par de soudaines attentions et des mots gentils.

— Une autre ! ordonna-t-elle au barman en lui désignant sa coupe vide.

Le champagne lui ferait-il oublier Ben, ces dix-huit mois de flirt discret, de caresses furtives, jusqu'à ce premier et délicieux baiser sous un kauri, ce conifère typique de la Nouvelle-Zélande ? Leur fabuleuse nuit d'amour ?

La fuite de Ben à l'aube, ce mot bref et, trois semaines plus tard, l'accident sur une route escarpée de l'île qui avait failli lui coûter la vie et qui lui laissait le dos douloureux et les vertèbres en miettes.

Aujourd'hui, revoir Ben au bras d'une jeune et jolie blonde n'avait en soi rien de surprenant puisque, sur les réseaux sociaux, c'était avec ce type de femmes qu'il s'affichait depuis leur nuit.

Ben est à moi !

L'envie de gifler la blonde et de prendre sa place dans les bras de l'indélicat la démangeait.

— Encore un peu de champagne ? demanda le barman.

Elle secoua la tête, car boire ne réglerait rien et risquait fort d'entrouvrir un peu plus la boîte de Pandore où se nichaient tant d'émotions et d'espérances. De jalousie, aussi.

Vouloir effacer Ben de sa mémoire et de son cœur était vain puisque le simple fait de le revoir, surtout accompagné, avait pour effet de réactiver la passion qu'elle éprouvait toujours pour lui.

— Finalement, je reprendrai bien une coupe, dit-elle au barman qui la resservit aussitôt.

Le verre dans sa main droite, elle fendit la foule des danseurs et chercha Ben des yeux.

À présent, il était seul, sans sa blonde juvénile, et, le portable à l'oreille, il téléphonait, sans doute à une autre de ses conquêtes, encore plus blonde que la précédente. Devrait-elle lui jeter son champagne à la figure, au risque d'asperger l'un ou l'autre des couples de danseurs alentour ?

Elle avança vers Ben en le fusillant du regard.

— Sophie…

Même voix rauque et sensuelle, celle qui lui avait susurré à l'oreille tant de mots coquins, un an plus tôt.

— Tu savais que nous nous rencontrerions ce soir, n'est-ce pas ?

— Oui.

Et tu n'as pas hésité à t'afficher avec une autre femme ! Jamais elle ne s'était sentie autant humiliée.

— Comment vas-tu ? ajouta Ben, son portable toujours à l'oreille.

Il lui revint en mémoire son réveil solitaire, le mot griffonné la remerciant pour une nuit « agréable ». Agréable, vraiment ? Dans la seconde qui suivit, elle renversa sa coupe sur la tête de l'indélicat, arrosant du même coup son smartphone flambant neuf.

— Avec les compliments d'une femme tout ce qu'il y a d'« agréable ». Et comme tu viens de le constater, ce n'était pas un « demi-verre » de champagne, loin de là…

Une allusion à la récente déclaration de Ben expliquant à une journaliste ne pouvoir donner à une femme qui voudrait de lui qu'un « demi-verre de bonheur ».

2

Dans le brouhaha qui s'ensuivit, Sophie prit conscience d'avoir été filmée par les nombreux portables braqués sur Ben et elle.

Idiote, triple idiote !

Désormais, tout Miami serait au courant de ses retrouvailles avec Ben Sabin, l'homme qu'elle avait prétendument quitté avec pertes et fracas un an plus tôt ou du moins était-ce ce qu'elle avait colporté aux médias afin de préserver sa dignité.

Piteuse, elle se réfugia sur la terrasse qui dominait Ocean Drive, la longue avenue du bord de mer. Sous ses yeux, une Ford trop pressée faillit percuter un camion, lui rappelant son accident survenu onze mois plus tôt, sur une route de corniche, en Nouvelle-Zélande.

Pensait-elle alors toujours à Ben, parti trois semaines plus tôt ? Son SUV avait fait une embardée. L'airbag avait joué son rôle autant que la ceinture de sécurité et, après deux tonneaux, elle avait repris péniblement ses esprits.

Un peu plus, et les branches de l'arbre que le SUV avait percuté l'auraient défigurée.

D'une main qui tremblait, elle avait voulu appeler sa mère, secouriste confirmée, mais, fausse manipulation ou intention cachée, c'était le numéro de Ben qu'elle avait composé.

— Sophie ? C'est toi ? Pourquoi appelles-tu ? Quelque chose ne va pas ?

Ben lui parlait depuis Miami, à des milliers de kilomètres de là, mais il aurait tout aussi bien pu se trouver à ses côtés tant sa voix était claire.

— Non, tout va bien, avait-elle répondu.

Et même si tout allait mal pour elle, en particulier dans son cœur blessé, qu'aurait-il pu ou voulu faire pour l'aider ?

Après un silence, la voix aimée avait repris :

— Bébé ? Tu me parais bizarre...

« Bébé » !

Le tendre surnom qu'il lui avait donné pendant leur nuit d'amour. Partir comme il l'avait fait était sans doute plus grave que l'accident.

— Tu es aux États-Unis, moi en Nouvelle-Zélande. Et puis, je n'ai besoin de rien et surtout pas de toi.

Elle regrettait de ne pas avoir effacé son numéro de son répertoire.

— Tu as une drôle de voix... Es-tu sûre que tout va bien ? avait repris Ben d'un ton inquiet.

Non, tout va mal.

— Beaucoup d'eau aura coulé sous les ponts avant que tu entendes encore parler de moi.

Ayant coupé la communication, elle avait trouvé la force d'appeler sa mère et, peu après, un hélicoptère la transportait aux urgences. Les radios avaient montré que ses vertèbres étaient atteintes, au moins autant que son moral.

Durant sa convalescence, Ben avait continué de hanter ses pensées et, un an après, elle continuait d'éprouver pour lui ce sentiment tenace qui fait des femmes, même les plus fortes en apparence, des proies vulnérables.

Oh ! bien sûr, la conduite passée de Ben avait été inqualifiable mais la sienne, tout à l'heure, n'avait été guère plus brillante.

Et si tu allais te coucher ? Nick ne lui avait-il pas réservé une suite confortable où elle pourrait oublier le passé... et le présent ?

Un sixième sens (tiens, comme Francesca ?) la fit se retourner.

Lui !

Ben en personne...

— Je dois te parler.

Il mettait à sécher au vent, sur la rambarde de la terrasse, sa veste encore humide de champagne. En chemise, il était encore plus beau, plus musclé que dans son souvenir.

— Nous n'avons rien de plus à nous dire, s'entendit-elle articuler avec peine.

Il chercha son regard.

— Bon, d'accord, je l'avais mérité.

Sa toison pectorale transparaissait sous la chemise et la pensée que cette jolie blonde effrontée avait sans doute embrassé ce torse, caressé ce ventre musclé, la mit en rage.

— Ta blondasse va s'impatienter si tu la fais languir.

— De qui parles-tu ?

— De ta cavalière ! Cette effrontée qui se pendait à ton bras, tout à l'heure, et qui avait disparu quand je t'ai baptisé au champagne.

Ben se mit à rire.

— Il s'agissait d'Ellie, la fille de mon assistante Hannah Cole, et je n'ai dansé avec elle que pour faire plaisir à sa mère. Ellie doit se fiancer prochainement avec un informaticien.

Ces informations la soulagèrent mais, au fond, pourquoi se soucierait-elle de l'entourage de Ben, des éventuelles conquêtes d'un homme qui, en toute logique, n'aurait plus dû compter à ses yeux. Un renégat, un traître, autant de mots à graver sur la tombe de ses désillusions.

— Je me moque bien de savoir qui tu fréquentes ou non, fit-elle, farouche.

Le regard de Ben se focalisa sur sa bouche et elle ressentit le même choc qu'un an plus tôt, quand, ce fameux soir, il l'avait prise dans ses bras, embrassée, désirée...

Par la suite, elle s'était affichée avec des hommes, sur les réseaux sociaux, mais ce que le public ignorait sans doute, c'était qu'il n'y avait rien eu entre ses compagnons d'un soir et elle.

— Tu as toujours de l'importance à mes yeux, Sophie, déclara-t-il, apparemment sincère, et si j'apprenais qu'un homme t'a fait du tort, alors gare à lui.

— Ma vie privée ne te regarde plus.

— Oh que si. N'avons-nous pas certains souvenirs en commun, toi et moi ?

C'était vrai, hélas.

Dix-huit mois durant, Ben avait partagé le quotidien des Messena à Dolphin Bay, en Nouvelle-Zélande, et sa famille n'avait jamais manqué d'inviter ce Texan solitaire aux anniversaires, à Noël, à Pâques, et même à des mariages ou à des baptêmes.

Elle, pourtant si méfiante à l'égard des hommes et de leur façon de prendre le pouvoir sur une femme, avait été sensible à son charme viril, au point de le considérer comme un mari potentiel, jusqu'à cette fameuse nuit d'amour qui avait si bien commencé et si mal fini.

Accoudé à la rambarde, Ben la regarda avec une émotion non feinte.

— Aurais-tu perdu la mémoire ?

— Qui sait !

— Depuis mon départ de Nouvelle-Zélande, reprit-il, j'ai pu observer sur les réseaux sociaux que tu n'étais jamais à court de partenaires.

C'était vrai même si, dans son esprit, le but recherché était de donner le change. Quelques jours à peine après que Ben se fut envolé pour les États-Unis, une photo d'elle au bras d'un homme d'affaires d'Auckland avait fait l'objet de nombreux commentaires. Dans les faits, son cavalier et elle en étaient restés au stade de l'amitié.

Par la suite, elle avait multiplié les apparitions avec tel ou tel garçon en vue, la plupart du temps d'anciennes flammes de sa sœur Francesca, et ce, dans le but de prouver au reste du monde – enfin, surtout à Ben – qu'elle était guérie et ne souffrait pas d'avoir été jetée par l'indélicat comme on jetterait une vieille chaussette.

— Même si c'était le cas, aurais-tu ton mot à dire ? rétorqua-t-elle en espérant, secrètement, que Ben répondrait par l'affirmative.

— Bien sûr que non, ma chère. Au fait, comment s'appelle ce grand type avec qui tu étais en discussion, tout à l'heure, dans le lobby ?

— Le blond ?

— Oui, il me semble bien l'avoir déjà vu quelque part.

Et pour cause, puisqu'il s'agissait d'un des ex de sa sœur avec lequel Francesca s'était maintes fois affichée sur les réseaux sociaux.

— Ce type, comme tu dis, s'appelle Tobias.

— Tobias Hunt, de la société de sécurité Hunt ?

Elle ignorait jusqu'à son nom de famille, Francesca ne lui ayant communiqué qu'un prénom et un numéro de téléphone.

— Comment le saurais-je ? Tobias et moi venons à peine de faire connaissance.

Ses amies trouvaient Tobias beau et séduisant, mais elle ne ressentait rien pour ce dernier et n'avait pas l'intention de le revoir, ce qu'elle se garda de dire à Ben.

— Rien de sérieux entre vous ?

— Rien jusqu'à présent, puisque tu veux tout savoir.

Les yeux bleus qui la scrutaient se teintèrent d'un éclat dominateur.

— Compte tenu de ce que nous avons vécu ensemble, Sophie, il est légitime que je m'intéresse à ta vie privée.

Ah bon ? Ben n'avait pas apprécié de la voir parader avec Tobias, pas plus qu'elle n'avait apprécié de le voir danser avec cette blondinette, preuve s'il lui en fallait une qu'il était jaloux et donc, qu'il devait encore éprouver quelque chose pour elle.

Mais qu'il parle, alors ! Qu'il s'excuse de s'être conduit en mufle, un an plus tôt, en laissant derrière lui un mot griffonné à la hâte comme si elle avait été sa prostituée d'un soir.

— Et qu'avons-nous vécu, d'après toi ? Une nuit dans le même lit et, au matin, plus rien, plus personne ?

Ben parut ennuyé.

— Mon intention n'était pas de coucher avec toi, Sophie, crois-le bien.

Et super mufle avec ça !

— Ah bon, merci ! Est-ce un drone qui m'a fait l'amour ? Un robot peut-être ? Non, n'est-ce pas ? Aurais-tu couché avec moi par erreur !

Ben soupira.

— Bien sûr que non. Enfin, tu savais que, le lendemain, je prenais l'avion pour les États-Unis et, en principe, sans intention de revenir en Nouvelle-Zélande. Le moment était donc mal choisi pour te proposer une relation durable.

Les propos qu'il lui tenait instillèrent le doute dans son esprit. Ben avait-il eu pour elle des vrais sentiments et, s'il était resté en Nouvelle-Zélande, tous deux se seraient-ils fréquentés au grand jour ?

— Nieras-tu que nous étions attirés l'un par l'autre depuis notre première rencontre ? demanda-t-elle à l'indélicat.

— Je n'ai jamais prétendu le contraire.

— Cette chimie de désir, entre nous…

— Je l'ai ressentie aussi, bébé, mais tu attendais de moi que je m'engage et ça, je ne m'en sentais pas capable.

Le fameux demi-verre ! Un sourire lui vint aux lèvres.

— Dommage ! Nous aurions fait l'amour plus tôt…

— Tes frères ne plaisantent pas avec l'honneur, bébé. Nick aurait exigé un mariage en bonne et due forme.

Bébé ! Qu'elle était donc vulnérable dès lors qu'elle oubliait sa colère et admettait être encore amoureuse de cet homme qui l'appelait « bébé », comme naguère.

Elle huma le parfum de son après-rasage, évocateur de tant de souvenirs, de tant de regrets aussi.

— Pourquoi mentionner Nick ? Qu'avait-t-il à voir avec nous ?

Il soupira.

— Aurais-tu oublié qu'à l'époque je n'étais qu'un employé et Nick, mon patron ? Dès qu'il s'était rendu compte que tu m'attirais, il m'avait convoqué afin de m'informer qu'il ne tolérerait pas que nous sortions ensemble sinon dans le cadre de fiançailles.

Elle n'en crut pas ses oreilles. Ses frères étaient machos, mais à ce point-là…

— Nick t'a dit ça, vraiment ?

— Eh oui, je te le jure.

Sans doute n'y avait-il rien non plus à attendre de la part de Gabriel, Kyle et Damian, tout aussi protecteurs de la vertu de leurs sœurs que l'était Nick.

— Mes frères ont sûrement des mœurs dignes du Moyen Âge, mais faut-il tout prendre pour autant à la lettre ?

— Facile à dire, répondit Ben avec un froncement de sourcils. À l'époque, j'étais loin d'être riche et je devais gagner ma vie. Crois-tu que j'aurais fait long feu si Nick m'avait mis la main au collet, sous prétexte que nous avions une liaison, toi et moi ?

Était-ce suffisant pour justifier la façon désinvolte, soudaine, avec laquelle Ben avait pris congé d'elle, à l'aube ?

— Que Nick t'ait impressionné, je peux le comprendre, mais ça ne justifie pas ton manque de tact alors que nous venions de passer la nuit ensemble.

« Tact » était un euphémisme : il aurait au moins dû l'embrasser avant de la quitter. Au lieu du baiser attendu, elle n'avait eu droit qu'à ce mot humiliant posé sur la table. « Une nuit agréable ».

L'expression de Ben se fit distante.

— Je partais le lendemain pour les États-Unis afin de régler la succession – complexe – de mon oncle Wallace. Dans ces conditions, il ne pouvait être question de m'engager avec toi dans une relation.

Elle se prit à rêver de ce qu'aurait pu devenir leur histoire, s'ils n'avaient pas été séparés par des milliers de kilomètres mais, là encore, ne se berçait-elle pas d'illusions ?

Ben avait souffert d'avoir été renié par sa fiancée et elle pouvait comprendre sa méfiance envers les femmes. Devait-elle pour autant lui trouver des excuses ? Après son départ, Ben aurait pu lui téléphoner, lui susurrer quelques mots tendres, la rassurer, or il n'en avait rien fait.

— Pourquoi ne pas m'avoir appelée après m'avoir quittée ? Tu aurais dû penser que j'étais inquiète, triste...

— J'étais en plein ciel, entre la Nouvelle-Zélande et les États-Unis, et un coup de fil n'y aurait rien changé.

D'un geste tendre, Ben prit sa main dans la sienne.

— Si j'avais repris contact avec toi après mon départ, sans doute aurions-nous décidé de nous revoir, mais il était encore trop tôt pour envisager l'avenir.

Cette façon qu'il avait de la scruter, de faire renaître en elle les effluves du plaisir passé, de ces heures d'amour torride, de ces baisers, de ces caresses sur un corps qu'elle lui livrait si volontiers. Elle qui avait cru que Ben l'aimerait toujours...

Libérant sa main avec brusquerie, elle scruta à son tour l'indélicat personnage.

— Toi et tes excuses fumeuses. La vérité, c'est que tu es trop lâche pour endosser la responsabilité de tes actes.

Une expression de colère se peignit sur les traits virils.

— Je ne suis pas lâche, Sophie. Et si je ne t'ai pas téléphoné, c'était parce que je te voyais alors comme une fille gâtée, imbue d'elle-même. Il ne me venait pas à l'esprit que tu puisses vouloir d'une véritable relation avec un sous-fifre dans mon genre.

Le propos recelait une part de vérité car, contrairement à Francesca l'extravertie, elle était secrète et peu démonstrative, ce qui pouvait prêter à confusion. Ben aurait-il cru bien faire en la quittant brusquement, en ne donnant pas suite à leur nuit ?

— D'accord, je reconnais ne pas avoir été très encourageante, mais c'était à toi de lire entre les lignes, de me deviner. Et puis, comment pouvais-tu penser que j'étais une fille d'une nuit ?

Ben fronça les sourcils.

— Je ne l'ai jamais pensé, Sophie. J'étais attendu aux États-Unis pour régler la succession de mon oncle, sans savoir combien de temps j'aurais à m'absenter, sans savoir non plus quelles étaient tes intentions. J'avais bien conscience que nous jouions avec le feu, surtout avec Nick dans les parages.

L'intransigeance de son frère concernant les relations hors mariage ne manquait pas de sel : Nick et sa future femme ne s'étaient pas gênés pour avoir des relations sexuelles avant de passer devant le prêtre.

— Nick t'a parlé de lui ? D'Elena ? demanda-t-elle avec curiosité.

— Bien sûr. Il m'a affirmé n'avoir jamais eu le moindre rapport avec Elena avant le soir de leurs noces. Et crois-moi, il n'était pas question que je touche à un seul cheveu de sa sœur chérie sans lui en demander la permission avant.

Nick avait donc menti à Ben. Tant de mauvaise foi n'était pas pour la surprendre et elle rendit hommage à la persévérance de sa belle-sœur qui, en fin de compte, était arrivée à ses fins. Or ce qu'Elena avait accompli avec un mari aussi peu probable que Nick, pourquoi ne pourrait-elle pas l'accomplir avec Ben qui ressemblait, par certains côtés, à son frère macho et dominateur ?

Un sourire aux lèvres, elle se fit lascive.

— Oublions Nick et pensons plutôt à nous. Sans obligation de part et d'autre et sans nous soucier d'un engagement futur, dit-elle d'une voix rauque.

— Parles-tu sérieusement ? demanda-t-il.

— À toi de juger.

Et, prenant ses mains dans les siennes, elle les posa sur ses seins impatients.

3

Caresser les seins de Sophie n'empêchait pas Ben de réfléchir et de garder un esprit critique.

Deux ans et demi plus tôt, en Nouvelle-Zélande, il avait été reconnaissant à Nick Messena de l'engager comme entrepreneur et de lui donner ainsi une chance de remonter la pente, lui qui avait tout perdu, fortune et fiancée. Occupé à bâtir le complexe hôtelier de Dolphin Bay, il avait été, pour la première fois, invité à un repas de famille chez les Messena.

Francesca l'avait séduit par sa grâce, sa verve aussi, et pourtant, c'était Sophie qui l'avait attiré. En dépit de son attitude réservée, cette superbe fille aux pommettes saillantes, au menton volontaire et à la voix rauque, lui avait plu au premier regard. Avait-il mal interprété ce qui lui apparaissait alors comme de la froideur calculatrice ?

— Sophie, c'était il y a si longtemps, dit-il enfin.

— La faute à qui ?

— J'aurais juré que tu ne voulais plus me voir. Que tu refusais de te considérer comme « un demi-verre » et qu'avec toi, c'était tout ou rien ? répliqua-t-il en cessant de caresser cette poitrine affriolante.

Quelques semaines plus tôt, une journaliste projetant d'écrire un article sur sa réussite professionnelle l'avait aiguillé sur sa vie sentimentale. Un peu naïvement sans doute, il en était venu à parler du passé et – sans pour autant mentionner le nom de Sophie – avait expliqué ne pas pouvoir offrir à une femme plus qu'un « demi-verre de bonheur ».

Le propos avait été commenté et, sans aucun doute, Sophie en avait eu connaissance puisqu'elle y faisait allusion.

Sophie !

Ce qu'il éprouvait pour elle dépassait, et de loin, le simple désir. Mais comment aurait-il pu prendre le risque de se lancer avec elle dans une aventure sentimentale vouée, pensait-il, à l'échec ?

Même aujourd'hui, malgré sa fortune, il ne pouvait espérer rivaliser avec la puissance financière des Messena et, à ses yeux, Sophie restait une femme riche, une héritière gâtée en quête d'un mari milliardaire.

« Crois-tu que je vais passer ma vie avec un sans-le-sou ? » lui avait dit sa fiancée six ans plus tôt, alors que son entreprise de construction périclitait et que la faillite menaçait. Melissa l'avait toisé, jaugé, catalogué parmi les « risques et pertes », puis lui avait rendu sa bague avant de boucler ses sacs. Une semaine plus tard, elle se mettait en ménage avec un entrepreneur qui avait deux fois son âge et un compte en banque confortable.

Persuadé que toutes les femmes se ressemblaient – au moins par la cupidité –, il était devenu militaire dans les Forces Spéciales et ses supérieurs lui avaient enseigné endurance et patience.

Redevenu civil, et à défaut d'avoir les moyens de créer une nouvelle société, il avait travaillé pour les autres, épongé ses dettes, oublié sa faillite et s'était renforcé dans la conviction que, aux yeux d'une femme, le compte en banque comptait davantage que les sentiments.

Quand Nick Messena l'avait engagé, il avait sympathisé avec Sophie et Francesca, mais sans jamais oublier son statut de subalterne face à ces jolies filles nées avec une cuillère en argent dans la bouche. Dix-huit mois durant, Sophie et lui s'étaient mutuellement jaugés, observés, conscients de l'attirance qui les poussait l'un vers l'autre, mais incapables de franchir le pas.

Le coup de théâtre avait été, un an plus tôt, le décès de son oncle Wallace et l'annonce que lui, Ben Sabin, héritait d'un empire immobilier valant des millions de dollars. Peu après, Sophie l'attirait dans son lit... Une relation de cause à effet ? Devenu aux yeux de cette discrète brune un prétendant enfin honorable, il était demeuré sur ses gardes et sans illusions.

Leur nuit avait été fabuleuse, certes, mais au petit matin, alors que Sophie dormait encore, il avait pris son envol. S'il comprenait le courroux de Sophie envers lui, son amertume et sa colère de n'avoir reçu de sa part qu'« un demi-verre de bonheur », au moins était-il encore célibataire, le cœur blindé contre les tentations sentimentales.

— Tout ou rien ? répéta Sophie en souriant. Eh bien, considère que ce soir, ça sera peut-être bien tout, si tu sais t'y prendre avec moi.

Alors qu'il pressait sa virilité contre le ventre tiède qui s'offrait à lui, un relent de jalousie lui gâcha son plaisir.

— Ce Tobias Hunt a-t-il eu droit à certaines faveurs de ta part ? Peut-être même à un verre plein ?

Autant les autres prétendants qui s'étaient affichés au bras de Sophie, depuis un an, ne le dérangeaient guère, car il les jugeait anodins, autant Hunt, rejeton d'une riche famille d'industriels, ex-baroudeur et ex-partenaire de Gabriel Messena, était pour lui un rival de poids.

— Serais-tu jaloux ?

— Non, que vas-tu chercher là ?

Un tourbillon de sentiments contradictoires jetait à bas ses repères familiers. Sophie lui plaisait au-delà de l'imaginable. Il désirait cette brunette séduisante autant que discrète et, d'un autre côté, il se méfiait d'elle et ne voulait pas qu'elle ait envie de lui uniquement parce qu'il était devenu riche.

Un vrai dilemme.

Sophie lui sourit.

— Tobias Hunt n'a eu droit ni à un verre plein ni à un demi-verre de bonheur, lui dit-elle.

— Et moi, à quoi aurais-je droit, ce soir ?

— En ce qui nous concerne, répondit Sophie, un verre à moitié plein fera l'affaire, du moins pour le moment.

La vision de Sophie, sur la terrasse, embrassant Ben Sabin, se pressant lascivement contre lui, fut un choc pour Francesca.

Incroyable ! Elle en venait à douter de la vérité des propos de sa sœur concernant Ben Sabin et sa prétendue trahison. S'il était l'homme machiavélique et peu scrupuleux qu'elle décrivait, que faisait donc sa sœur entre ses bras ?

Elle aimait sa jumelle comme une part d'elle-même et savait combien elle était sensible, combien aussi la mort de leur père l'avait éprouvée, quand il avait été victime d'un accident de la route alors qu'il voyageait avec sa maîtresse, une révélation pour elle comme pour Sophie et, bien sûr, pour leur mère.

Apprendre que ce père adoré menait une double vie avait fragilisé Sophie et, depuis lors, elle s'était édifié de solides défenses et se gardait de toute aventure sentimentale, ou du moins le prétendait-elle. Sophie voyait les choses en blanc ou en noir, sans jamais s'arrêter aux nuances éventuelles, et les hommes qui désiraient sortir avec elle devaient répondre à des critères stricts et sévères. Le malheureux prétendant n'avait pas d'autre choix que de se plier à ses exigences. Aucun, à ce jour, n'avait trouvé grâce à ses yeux, du moins jusqu'à Ben...

Sur la terrasse peu éclairée, le couple continuait de s'embrasser avec fougue.

Gênée d'être indiscrète mais trop curieuse pour partir, elle se tapit dans l'ombre d'un ficus en maudissant sa blondeur récente, qui la rendait aussi visible que le nez au milieu de la figure.

Quelques secondes plus tard, Sophie prit la main de Ben dans la sienne et, sans que lui ou elle n'aient eu le temps de remarquer sa présence, l'entraîna vers le petit escalier conduisant au jardin de l'hôtel.

Sa première réaction avait été de mettre sa sœur en garde, mais avait-elle le droit d'intervenir ? Seule raison de rester optimiste : Sophie avait paru prendre l'initiative et non la subir.

— Francesca ? Pourquoi vous dissimulez-vous ainsi ?

John Atraeus, le partenaire de son frère Nick, l'homme dont elle était secrètement amoureuse depuis deux ans déjà, lui adressa un sourire moqueur tandis qu'elle rougissait dans l'ombre.

— Eh bien, en fait, je prenais le frais…

Atraeus sourit.

— Collée à ce ficus ?

— C'est-à-dire que… Aïe !

D'un geste non dépourvu de tendresse, il l'aida à dégager sa chevelure emmêlée dans les ramifications de l'arbuste.

— Merci.

Respirer son odeur mâle faillit lui faire perdre la tête.

— Francesca, ma jolie…

Avait-elle rêvé ?

— « Ma jolie » ? Comme vous y allez !

— Je pense à vous, enfin à toi, et depuis longtemps, Francesca.

Ces mains d'homme sur elle…

— Oh ! John, je… Vous, enfin tu…

— Tu t'es blessée ? Ta joue saigne.

— Oh ! ce n'est rien, répondit-elle, gênée.

— Mais si, voyons. Laisse-moi t'examiner.

À l'aide d'un mouchoir immaculé, John Atraeus entreprit d'éponger la plaie, ce qui acheva de lui faire perdre contenance alors qu'elle s'était juré d'imiter Sophie, de tenir ses prétendants à distance sans jamais céder à l'émotion.

— Si nous allions désinfecter ce bobo ?

Quitter l'ombre protectrice de la terrasse, traverser le lobby, croiser les invités qui, bien sûr, se poseraient des questions, n'était pas pour plaire à Francesca. La pensée que les journalistes présents en feraient des gorges chaudes et, sans doute, publieraient le lendemain des photos d'elle, ensanglantée, aux côtés de John Atraeus, lui glaça les veines.

— Non, il ne faut pas.

— Dans ce cas, attendons que le gros des invités soit parti, proposa aussitôt John.

— Je veux bien, répondit-elle en jetant un regard chargé de désir à l'homme qui lui caressait la joue.

La chaleur douce des doigts mâles sur sa peau lui donna envie de rapprochements plus intimes, plus romantiques aussi.

Après avoir replié le mouchoir, John le replaça sur la plaie, puis lui embrassa doucement l'autre joue.

— John...

Comme il la dévorait de ses beaux yeux sombres !

— Francesca, ma belle...

Elle s'apprêtait à embrasser John Atraeus quand le portable de ce dernier émit un tintement.

— J'attendais un appel. J'en ai pour un instant, déclara-t-il avant de s'éloigner et d'entamer une conversation animée, dans le dialecte chantant de l'île de Medinos.

Quelle sotte !

Elle s'était précipitée sur Atraeus comme la misère sur le pauvre monde, dévoilant ses batteries, montrant qu'elle avait envie de lui, une double faute pour n'importe quelle femme sensée.

Soulevant le mouchoir, elle tâta du doigt la plaie qui ne saignait plus, mais qui avait taché d'un peu de sang sa robe, fort heureusement rouge.

Pars, ma fille, pars pendant qu'il en est encore temps !

— Je dois y aller, chuchota-t-elle à John avant de se diriger vers le salon de réception.

— Attends-moi, j'ai presque fini, lui intima-t-il.

Incapable de s'opposer à sa volonté, elle ouvrit son sac, en sortit un peigne, un miroir, puis remit de l'ordre dans sa chevelure ébouriffée.

Depuis deux ans qu'elle était amoureuse en secret de ce grand brun au profil de dieu grec, Atraeus n'avait eu pour elle que des paroles amicales mais sans manifester aucune envie d'une relation intime. Persuadée qu'il préférait les blondes, elle avait choisi de se teindre, elle si brune, dans cette couleur claire, sans même savoir que le destin la pousserait, ce soir, dans les bras de l'élu de son cœur. Éprouvait-il lui aussi des sentiments pour elle ?

Glissant son portable dans sa poche, il s'approcha d'elle, le sourire aux lèvres.

— Voilà, j'en ai terminé. Cette joue te fait encore mal ?

Une intuition soudaine la convainquit que John était l'homme de sa vie, que leur rencontre de ce soir n'était pas due au hasard.

— Non, tout va bien.

— Tant mieux. Au fait, Francesca, à quoi jouais-tu cachée derrière ce ficus ? Au détective ?

Elle décida de dire la vérité :

— Je venais de surprendre ma sœur dans les bras d'un homme qui n'est sans doute pas pour elle, alors j'ai voulu voir ce qui se passait entre eux.

— Cet homme ne serait-il pas Ben Sabin, par hasard ?

— Si.

Le regard de John sur elle se fit plus doux, sans pour autant perdre son éclat amical.

— Eh bien, ça ne m'étonne pas. Je savais déjà que Sophie et lui s'étaient rapprochés l'un de l'autre, en Nouvelle-Zélande, et figure-toi que j'ai de nouveau croisé Ben aujourd'hui, dans le bureau de Nick.

Sa déception fut immense.

— Tiens donc ! Et tu voudrais peut-être me soutirer des informations ?

John Atraeus lui sourit.

— Pourquoi pas ? Ton frère et moi avons conclu un marché : je vais participer à la construction de son prochain complexe à Sail Fish Key.

— Quels sont vos partenaires ?

— Ben Sabin. Son oncle Wallace est à l'origine du projet. Ben et Nick seront responsables de la construction du bâtiment et moi, du développement du centre commercial.

Ben Sabin était l'homme à la réputation douteuse qu'elle avait surpris embrassant Sophie, un instant plus tôt.

Déprimée et inquiète, elle ne rêva plus que d'une bonne douche dans sa suite, et ensuite d'un sommeil réparateur.

— Bon, il se fait tard. Je crois que je vais aller me coucher.

En vérité, elle voulait se retrouver seule afin de contacter Sophie au plus vite et de la mettre en garde contre Ben Sabin.

John caressa l'une de ses mèches blondes. Son regard sur elle se fit possessif.

— Tu as changé ta couleur...

Ce regard ! Et ces doigts mâles lui caressant les cheveux... Après tout, sa sœur saurait prendre soin d'elle-même.

— John...

— Francesca, ma belle.

Elle ne pouvait plus reculer.

— Je... J'ai changé ma couleur parce que je pensais que les blondes te plaisaient davantage que les brunes.

Sans cesser de caresser ses mèches, il s'approcha si près qu'elle sentit la tiédeur de son souffle.

— J'aime aussi les brunes. Et toi, je t'ai toujours appréciée, mais comme tu t'affichais avec d'autres hommes sur les réseaux sociaux, j'ai préféré attendre.

Ses regards étincelaient dans la pénombre.

— Je... Enfin, oui, j'ai de nombreux amis.

L'expression d'Atraeus se fit plus dure.

— Juste des amis, Francesca ?

— Rien de sérieux en tout cas. Et ce soir, je suis libre.

Elle s'attendait au pire, à une volte-face qui aurait tué leur double désir dans l'œuf et l'aurait contrainte à une retraite honteuse, mais rien de tel ne survint. Avec une satisfaction de mâle, John Atraeus prit sa main dans la sienne et plongea son regard au fond du sien.

— Tu es libre ? Moi aussi, alors par quoi commençons-nous ?

Non seulement John était sans cavalière, mais il venait de lui signifier son envie de faire l'amour. La gorge nouée par l'émotion, elle pressa les paumes contre ce torse viril, puis elle agrippa les épaules larges et musclées de l'homme qu'elle convoitait depuis deux ans déjà. Deux ans ! Deux ans d'attente, de patience, deux ans à souffrir mille morts quand John s'affichait avec telle ou telle blonde alors qu'elle en était réduite à fantasmer sur lui.

— Commençons donc par un baiser, répondit-elle, mutine, avant d'effleurer, de sa bouche, les lèvres de son futur amant.

4

Après avoir conduit Ben dans sa suite, Sophie en referma la porte et fit face à celui qui, depuis un an, n'avait cessé d'occuper ses pensées.

Qui aurait cru qu'elle aurait la force, l'audace nécessaire, le courage aussi, de mettre le renégat au pied du mur, de s'offrir à lui une fois de plus mais, cette fois, en étant en position de force ?

Un an plus tôt, elle avait commis l'erreur d'être bien trop émotive, captive qu'elle était de ses sens, de ce premier contact avec l'homme qui la faisait rêver et pour qui elle brûlait de sentiments encore confus et de désirs, eux, bien réels. Elle n'avait alors jamais fait l'amour, ceci expliquant cela.

Devant son inexpérience, Ben avait pris les commandes avec sa fougue virile et sans leur laisser la moindre chance d'un échange patient et romantique. Elle s'était livrée à lui, l'avait laissé lui ôter ses vêtements à la va-vite puis il l'avait prise à la hussarde, violemment, jusqu'à ce qu'elle rende les armes dans un sursaut de jouissance.

Oh ! bien sûr, elle n'avait pas à se plaindre, ayant provoqué cette rencontre, mais il en allait différemment aujourd'hui et Ben serait bien forcé de lui rendre des comptes, de dévoiler ses sentiments au-delà de l'attirance qui les poussait l'un vers l'autre, qui électrisait les moindres de leurs regards.

— Et maintenant ? demanda Ben, un brin goguenard, en la fixant de ses yeux si bleus.

Elle s'obligea à sourire, alors même qu'un début de panique s'emparait d'elle et que ce qu'elle avait programmé, à savoir remettre les pendules à l'heure et ne pas rester sur sa défaite passée, s'avérait plus compliqué que prévu. Cette fois, elle voulait sa revanche sur l'homme qui l'avait prise comme la première venue pour, au petit matin, la quitter sans même l'embrasser. Mais serait-elle à la hauteur ?

Sauvée non par le gong, mais par des coups discrets frappés à la porte, elle alla ouvrir à un groom en uniforme qui apportait champagne et petits fours, puis s'éclipsa.

— Je vois que tu as tout prévu, fit Ben. Aurai-je enfin l'occasion de tester le champagne des Messena autrement que sous forme d'éclaboussures ?

L'allusion la remplit d'embarras.

— J'ai été odieuse tout à l'heure, n'est-ce pas ?

— Bah, je passe l'éponge.

L'humour de Ben la réjouissait, mais c'était la pensée de refaire l'amour avec lui qui portait son excitation à son comble, sa peur aussi.

D'une main mal assurée elle prit les flûtes posées sur le plateau et en tendit une à son invité.

— À notre santé ! lança-t-elle d'une voix nouée par l'émotion.

— À toi, bébé, et aussi à moi... Hum, ce champagne est excellent et il faudra que j'en fasse compliment à ton frère.

Elle afficha le sourire neutre dont elle usait en affaires.

— Quelle surprise d'apprendre que tu es partie prenante du nouveau chantier.

Ben tressaillit.

— Sail Fish Key a du potentiel, indéniablement. Mais dis-moi, comment peux-tu être déjà au courant alors que l'accord vient à peine de se conclure ?

— Oublierais-tu que, tout comme Nick, je suis une Messena ? Ce qui le concerne me concerne aussi.

La conversation virait à l'aigre et elle voyait s'éloigner ses chances d'une nouvelle nuit d'amour avec cet homme.

— Je n'ai rien oublié, bébé, et si Nick t'a mise au courant, tant mieux.

Nick, en bon macho, ne lui avait strictement rien dit. Une visite inopinée dans son bureau, la signature de Ben aperçue sur un précontrat posé parmi d'autres dossiers, lui avaient en revanche mis la puce à l'oreille. Au pied du mur, son frère avait bien été contraint de lui fournir quelques explications et elle en avait profité pour avancer ses pions.

Ben s'approcha d'elle.

— Tu ne m'as quand même pas convié dans ta suite et offert de cet excellent champagne pour parler affaires, n'est-ce pas ?

— Et pourquoi pas ? Au fait, autant que tu le saches, j'ai l'intention d'implanter un certain nombre de boutiques dans ce fameux complexe et, bien sûr, d'en assurer la direction.

Ben déposa sa flûte sur la table et entreprit de lui caresser les hanches.

— Vraiment, bébé ? Et qu'en pense donc ce cher Nick ?

Bébé ! S'entendre appeler ainsi par Ben la replongeait dans la magie de cette fameuse nuit, de son initiation amoureuse, de ces heures de ferveur et d'amour partagées.

— Il se méfie de mes initiatives. J'ai dû insister. Maintenant que j'y pense, on aurait juré qu'il n'osait pas tout me dire concernant le nouveau centre.

Ben posa sur elle un regard aigu.

— Je ne sais pas si tu es au courant, mais un accord a été signé entre Nick et John Atraeus et, désolé de te l'apprendre, mais Atraeus compte implanter ses propres boutiques à Sail Fish Key.

Pourrait-elle tenir le choc contre le puissant Atraeus ? L'idée que le partenaire de son frère puisse la supplanter et développer ses propres enseignes était pour elle un nouveau revers. Une nouvelle déception.

— Je l'ignorais. Bon, et si nous parlions d'autre chose ?

— De quoi par exemple ?

— De nous.

Car elle ne l'avait pas convié dans sa suite pour lui arracher des informations concernant le nouveau centre commercial.

Ben parut à la foi surpris et heureux.

— Si tu le dis, oui, bien sûr...

Elle avait envie de lui, de se donner à lui aussi et de refaire l'amour encore mieux que la première fois.

— Et concernant Atraeus, que vas-tu décider ? ajouta Ben en la prenant entre ses bras.

Ah, ce torse viril, cette chaleur masculine...

— Atraeus a beau être un concurrent redoutable, je suis en mesure de faire front et même, s'il le faut, de m'entendre avec lui, prétendit-elle.

— Je te fais confiance.

Elle approcha sa bouche de la sienne.

— Ai-je raison de croire que tu me désires comme je te désire ?

Le passé, sa façon cavalière de la quitter, l'absence de nouvelles de sa part, comme elle aurait voulu oublier tout ça !

— Tu me plais, Sophie, murmura Ben à son oreille.

Qu'il était viril, tendu de désir ! Elle, de son côté, avait envie qu'il reprenne possession de son corps et même de tout son être car, après son départ, elle s'était sentie en manque de lui. Ben l'imprégnait et de mille façons.

Jamais elle n'avait pu oublier cet homme, sa voix, ses mains la caressant jusqu'à la jouissance. Depuis cette fameuse nuit, c'était à Ben qu'elle pensait sans cesse, à lui que, dans ses rêves, ses fantasmes, elle s'offrait encore et encore.

— Veux-tu de moi ? demanda-t-elle, les narines palpitantes.

— Comme si tu ne le savais pas !

— Ben, tu m'as manqué.

— Toi aussi. Et dire que nous avons gâché ce temps précieux à parler affaires.

Un long frisson lui échappa quand il l'embrassa. Quel baiser !

Étreignant Ben par les épaules, elle l'attira à elle pour mieux sentir sa bouche emprisonner la sienne, sa langue s'immiscer entre ses lèvres. Jamais elle n'aurait espéré le reconquérir après si longtemps et ce fut avec passion qu'elle se pressa contre son corps viril.

— Oh ! Ben !

— Bon sang, Sophie...

De ses doigts agiles, elle entrouvrit sa chemise et pressa une paume à même la courte toison brune de son torse. C'était bon, si bon même qu'elle ne put retenir un petit cri d'excitation.

D'un geste expert, Ben avait entrouvert sa robe qui glissa sur ses hanches et tomba à ses pieds, la laissant presque nue, à peine vêtue de ses dessous.

— Tu es si belle !

La chaleur de cette bouche mâle sur son sein droit provoqua une montée de désir intense, un affolement des hormones.

— Ben !

— Patience...

Elle voulait jouir, jouir encore, comme un an plus tôt, dans ce lit où elle se livrait à lui pour la première fois.

— Mais j'ai envie, tellement envie de toi !

— Patience.

Et Ben la souleva dans ses bras puissants.

Tandis qu'il l'emmenait dans la chambre à coucher, elle s'accrochait à son cou, se serrait contre lui, perdait ses escarpins, anticipant déjà le plaisir à venir, cette folle jouissance qui serait bientôt sienne.

La pénombre de la chambre devint l'écrin discret à ses fantasmes et elle se sentit déposée sur le grand lit, sa peau nue et brûlante contre le drap frais. Cet homme qu'elle avait voué à tous les diables allait la prendre, faire d'elle sa proie amoureuse, sa captive consentante.

— Sois doux et tendre, murmura-t-elle à son oreille.

— Je te veux ! fit Ben.

Il se déshabilla et lui apparut encore plus viril que dans son souvenir.

En costume, Ben avait de la prestance et du chic, mais nu, les muscles frémissants, tout en sensualité, il était divin. Et son sexe était si grand, si fort… alors qu'il venait de dérouler une protection et qu'il approchait de son ventre moite.

Elle se remémora son réveil solitaire un an plus tôt, parmi les draps froissés, dans une chambre soudain nue et, sur la table, une boîte de préservatifs entamée et un mot griffonné. Une partenaire « agréable », voilà ce qu'elle avait représentée pour Ben.

Avait-il seulement compris qu'elle était vierge, alors ?

— Oh ! Sophie, tu es belle, si belle.

— Toi aussi, tu es beau ! murmura-t-elle.

Ben la regarda d'un air surpris.

— Bébé, que se passe-t-il ? Tu semblais heureuse et maintenant, tu fais une de ces mines.

— Viens, j'ai très envie de toi et j'ai aussi une revanche à prendre.

— Une revanche ? répéta-t-il en se glissant en elle.

Elle le fit basculer sur le dos, s'assit à califourchon sur lui et entreprit de l'embrasser langoureusement.

— Cette fois, c'est moi qui prends l'initiative.

Un an s'était écoulé. Elle avait mûri, savait ce qu'elle voulait. Plus question de se laisser dominer comme naguère, dans cette chambre de Nouvelle-Zélande.

Savourant sa revanche, elle s'ingénia, par des caresses, par des ondulations de son corps, à titiller le sexe tendu de Ben, jusqu'à l'orée de la jouissance, et ces souffrances consenties qu'elle lui infligea furent pour elle une première victoire sur un passé douloureux.

5

Sophie retint le cri qui lui montait aux lèvres.

Durant un an, elle avait maudit Ben et ces retrouvailles étaient pour elle la preuve vibrante qu'elle pensait encore à lui. Qu'elle l'aimait, aussi.

Juchée sur sa virilité, elle se laissa porter par l'attente du plaisir à venir, un an après leur séparation. Ben savait-il au moins combien elle avait pensé à lui, rêvé de se lover une fois de plus dans ses bras ? Sans doute pas et c'était bien pourquoi elle devait redoubler de vigilance et le traiter comme n'importe quel autre homme dont elle aurait eu des raisons de se méfier.

— Que se passe-t-il ? demanda Ben, l'air inquiet. Aurais-je fait quelque chose qui t'ait déplu ?

L'occasion ou jamais de le tacler.

— Justement, tu n'as encore rien fait et c'est ce qui m'agace, répondit-elle en caressant son torse où saillaient deux pectoraux aux pointes dures comme des éclats de granite.

Les yeux si bleus se teintèrent d'orage.

— Ah, tu me trouves trop passif, c'est ça ?

— Avoue que tu manques de punch, ce soir.

Elle se retrouva le dos plaqué au matelas, sous la pression d'un corps mâle enragé. De ses mains fébriles, Ben entreprit de la dénuder, lui tirant un gémissement de plaisir quand elle sentit ses doigts la fouiller. C'était bon, si bon même qu'elle ouvrit ses cuisses afin de mieux s'offrir à son amant.

— Bébé, j'ai si souvent rêvé de toi...

Était-ce seulement vrai ?

— Prouve-le-moi, sinon je t'adresse une réclamation en bonne et due forme.

Un rugissement lui répondit et, bientôt, aux doigts agiles de Ben se substitua sa langue, non moins adroite et caressante.

— Tu aimes ?

— J'adore, mais c'est toi tout entier que je veux en moi.

Sans qu'elle ait à insister, Ben vint se placer entre ses jambes, la pénétrant enfin de son sexe tendu.

— Ben !

— Est-ce que ça te convient ?

— Ben, Ben...

Elle n'en pouvait plus d'attente, de fantasmes soudain dévoilés, d'espoirs. Alors sentir Ben aller et venir fougueusement en elle mit le comble à son émotion.

— Encore !

— Plus vite ?

— Non... Oui...

C'était bon, si bon, et en même temps un supplice tandis que sa tension grimpait en flèche, que son souffle se faisait court.

— Sophie, bébé...

— Ben !

Des milliers de sensations fusaient en elle seconde après seconde et elle aurait été bien en peine de les ordonner tant sa confusion était vive.

Son ventre aspira, encore et encore, ce sexe furieux qui labourait ses chairs, entrant, sortant, soumettant les moindres de ses cellules à un supplice bienfaisant. Et cette chaleur qui l'enveloppait, ces myriades de sollicitations qui, petit à petit, annonçaient le plaisir suprême.

— Oh ! Ben, je... C'est si bon, je...

Le plaisir fut fulgurant en elle, une vague qui emporta tout, elle comprise, jusqu'à des royaumes encore ignorés. Un grand cri lui échappa tandis qu'elle avançait le ventre pour mieux sentir Ben et le retenait avec force par les hanches.

— Sophie !

Comme il guettait ses soupirs, les moindres sursauts de sa jouissance ! Il avait les yeux grands ouverts, son regard cherchant le sien, partageant avec elle ce bonheur qu'elle avait cru à jamais impossible.

— Oh ! mon chéri !

Tandis que des larmes lui montaient aux yeux, elle perçut le plaisir que prenait Ben à son tour et qui ajouta un peu plus encore à sa béatitude. Incroyable ! Et incroyablement bon...

Ma fille, prends garde de ne pas te livrer tout entière à lui.

Mais comment nier que, pour la première fois de sa vie, elle se sentait femme et qu'elle avait le sentiment d'avoir trouvé son port d'attache ?

Ben s'éveilla avant l'aube, alors que la lune brillait dans le ciel de Floride.

Sophie dormait contre lui, l'un de ses bras graciles l'enserrant comme pour mieux le retenir, ce qui ne manqua pas de l'émouvoir. Allait-il pour autant perdre la tête ? Non, bien sûr que non.

Sophie et lui n'étaient pas et ne seraient jamais du même monde, de ça au moins, il était sûr. Les Messena étaient une riche et vieille famille et lui, un soldat de carrière reconverti dans la construction, qui n'avait que récemment hérité d'un oncle fortuné.

Du reste, s'il lui restait un doute, un seul, le triste exemple de ses parents aurait suffi à lui remettre les idées en place. Son père n'était rien d'autre qu'un cow-boy enrichi par la découverte de pétrole sur ses terres et à qui cet « or noir » avait conféré, du jour au lendemain, un statut de prétendant acceptable aux yeux de sa future femme, issue d'une riche et vieille famille du Texas. Quelques années après sa naissance, son père, qui avait multiplié les erreurs de gestion, les mauvais placements, avait finalement été ruiné. Son épouse l'avait aussitôt quitté, sans même se soucier de son enfant, et de ce jour, il avait pris le parti de son père et n'avait jamais revu sa mère.

Plus tard, il avait connu un destin assez comparable à celui de son père, puisque sa fiancée, Melissa, l'avait quitté à la suite de ses revers financiers. Fort heureusement, il ne s'était pas suicidé pour autant, comme l'avait hélas fait son pauvre père. Ruiné et seul, il s'était juré de ne plus perdre la tête pour une femme, fût-elle aussi délicieusement belle que Sophie Messena.

Ce soir-là, après l'affront que lui avait fait subir Sophie devant les invités de Nick, il aurait pu quitter la réception et ne plus chercher à revoir cette jeune héritière au tempérament de feu, mais voilà, de toutes les femmes qu'il avait pu rencontrer au cours de sa vie, la jumelle Messena tenait une place à part.

Lui voulait-il du champagne répandu sur sa tête ? Non, car la punition était, en un sens, méritée. Plus tard, sur la terrasse, Sophie avait joué ses cartes en finesse, l'aguichant de son charme. Comment aurait-il pu, lui si épris de sa beauté, résister à un tel assaut ?

Pas question cependant d'imaginer que Sophie l'aimait ou éprouvait des sentiments pour lui, car cette entreprise de séduction avait été entrecoupée de regards incisifs, de questions portant sur le contrat signé récemment avec Nick. Sophie l'avait ni plus ni moins testé avec l'intention de se donner à lui si ses réponses lui convenaient, ce qui avait été le cas.

Habilement, elle avait renversé les rôles et lui qui avait cru pouvoir en finir avec elle, avec l'obsession qu'il avait de son corps frais, de ses formes alléchantes, s'était retrouvé pris au piège. Sophie le fascinait et son projet de mettre un terme définitif à l'envoûtement qu'elle exerçait sur lui avait abouti au résultat inverse de ce qu'il avait pu espérer.

— Sophie, murmura-t-il en caressant une mèche barrant la joue de son amante.

Quel visage ravissant ! Celle qu'il avait quittée si cavalièrement en Nouvelle-Zélande continuait de faire battre son cœur et la pensée qu'elle puisse un jour trouver le bonheur avec un autre attisait sa jalousie.

Tout à l'heure, encore ruisselant de champagne, il avait eu l'illusion que, peut-être, après tout, leur différence de fortune, de milieu social n'avait pas tant d'importance puisque Sophie semblait toujours l'aimer, au point de l'humilier devant tous, preuve qu'il ne lui était pas indifférent.

Il était tombé dans le panneau et l'avait rejointe sur la terrasse. Là, Sophie l'avait bel et bien ferré. Retombé sous son charme, il aurait presque cru à un bonheur possible entre eux quand elle s'était mise à parler affaires et contrats. Refroidi, il avait mentionné John Atraeus, le magnat désireux d'implanter ses propres enseignes dans les centres commerciaux des Messena : Sophie avait aussitôt enregistré l'information à sa juste valeur.

Et voilà !

Elle ne l'aimait pas, ne l'avait jamais aimé, mais comme il s'avérait d'une certaine utilité pour elle, sa récompense avait été une nuit d'amour ou, plutôt, de sexe pur.

En somme, sa stratégie de rupture, sa « théorie de l'aversion » qu'il avait évoquée un soir avec sa fidèle Hannah, avait fait long feu et Sophie sortait gagnante de ce face-à-face : elle était satisfaite d'avoir obtenu des informations de première main sur Atraeus et lui se retrouvait berné et plus obsédé qu'avant par cette jolie brune qu'il avait si profondément dans la peau.

Réveiller Sophie Messena, embrasser ses lèvres prometteuses et la regarder dans les yeux aboutiraient une fois de plus à ce qu'ils fassent l'amour, ce qui était exclu, s'il voulait avoir une chance, même minime, de tirer enfin un trait sur cette femme imprévisible. Aussi se leva-t-il doucement et, après s'être habillé, regagna-t-il sa propre chambre.

Le concierge promit que sa jeep l'attendrait dix minutes plus tard devant l'entrée de l'hôtel, le temps pour lui d'avaler son petit déjeuner apporté par un groom empressé.

Au dernier moment, saisi d'un scrupule, il rappela le concierge et commanda deux douzaines de roses rouges – tout un symbole ! – à livrer une heure plus tard à Sophie.

Un sursaut d'attachement sentimental ?

Il faillit joindre aux fleurs une carte exprimant sa tendresse, mais son expérience malheureuse avec Buffy Holt, la fille du magnat Malcolm Holt, avec lequel il lui arrivait d'être en affaires, l'en dissuada.

Quelques semaines plus tôt, pour remercier Holt de lui avoir fait obtenir un contrat futur, il avait envoyé à sa fille un magnifique bouquet accompagné d'une carte assurant la jeune femme de « sa sympathie et sa reconnaissance ». Depuis lors, Buffy le harcelait et considérait presque qu'il était son petit ami officiel, ce qu'il lui faudrait démentir un jour ou l'autre. Cette jeune femme totalement immature ne cessait de l'appeler sur son portable et de lui laisser des messages auxquels il était bien forcé de répondre.

Et Sophie, comment réagirait-elle en se réveillant dans un lit vide ?

Mal, sûrement, le pire étant qu'il éprouvait toujours pour elle ce qui ressemblait fort à un attachement amoureux.

Dans son demi-sommeil, Sophie rêvait d'un Ben plus beau que jamais, souriant et détendu, qui l'embrassait avec fougue, tout prêt à refaire l'amour avec elle.

— Hum...

Son bras explora en tâtonnant l'espace du lit sans, hélas,

rien trouver qui ressemble à un corps d'homme, alors, les yeux soudain grands ouverts, elle prit conscience qu'une fois de plus, ce mufle l'avait laissée seule. Abandonnée ! Mais non, peut-être Ben se trouvait-il dans la salle de bains ? Sur la terrasse ?

Rejetant les draps, elle se leva et arpenta la chambre. Les vêtements de Ben avaient disparu et, dans la salle de bains, les serviettes, encore intactes, lui confirmèrent que l'indélicat avait pris la fuite.

Une fois de plus.

Dépitée, elle examina dans le grand miroir sa silhouette svelte, ce corps nu que Ben avait si bien caressé, dans la nuit.

Lâcheur, salaud...

Elle sonna la réception et eut la confirmation qu'une chambre avait bien été réservée au nom de Ben Sabin mais il ne répondit pas quand elle appela.

Comment avait-il pu lui faire ça ?

— Mademoiselle Messena ?

— Oui.

— D'après mon collègue, M. Ben Sabin aurait quitté l'hôtel de très bonne heure.

Après l'avoir remercié, elle posa un regard triste autour d'elle, comme pour se convaincre que Ben avait bien été là, à ses côtés, la veille et durant la nuit.

Il l'avait aimée, certes, mais le prix qu'il lui faisait payer était exorbitant.

On frappa à sa porte. Ben ? Un groom souriant lui tendit un énorme bouquet dans son papier cristal.

— Pour vous, mademoiselle Messena.

Des roses ! Son cœur s'emballait déjà. Aurait-elle mal jugé Ben ?

— Merci.

Elle donna au groom un solide pourboire puis, plus émue encore qu'elle ne l'aurait cru, elle referma la porte et rumina sa joie mêlée de rancœur.

Ben !

Au moins avait-il, cette fois-ci, jugé bon de la ménager.

Tout en cherchant la carte qui, nécessairement, devait accompagner les fleurs, elle eut une pensée émue pour l'homme qui lui avait si bien fait l'amour et qu'un rendez-vous urgent avait sans doute contraint à un départ aussi matinal.

Quelles roses magnifiques ! Magiques…

Un an plus tôt, en Nouvelle-Zélande, elle avait terriblement souffert du départ soudain de Ben, mais aujourd'hui, à l'évidence, il pensait à elle. Où diable se cachait donc la petite carte tant espérée et qui allait confirmer ce qu'elle voulait déjà croire, et de toute son âme ?

Mais elle eut beau chercher entre les tiges des roses, dans les plis du papier cristal, elle ne trouva ni carte, ni même mot griffonné.

Et si ces roses étaient d'un autre ? Tobias ? Quelle importance puisqu'elle aurait tant voulu que le cadeau soit de Ben.

La veille, alors qu'elle venait de l'humilier publiquement, au moins était-il venu la rejoindre sur la terrasse, presque humblement, et le sentir là, tout près d'elle, dans la nuit, avait ravivé en une fraction de seconde et ses sentiments et son désir pour cet homme viril. Hélas, pour la seconde fois, son bel amant prenait le large sans un baiser d'adieu, sans lui avoir fait la moindre confidence sur ce qu'avait été sa vie depuis leur dernière rencontre.

Une non-relation, voilà ce qu'elle récoltait à s'accrocher à un homme qui se souciait si peu d'elle.

Un bruit d'aspirateur en provenance du couloir lui donna une idée : après avoir ouvert la porte, elle remit à l'employée ébahie le bouquet honni.

— Pour vous.

De retour dans la chambre à coucher, elle s'efforça de ne pas regarder les draps froissés, témoins de sa nuit avec Ben, et, une fois sous la douche, elle se savonna tant et plus, comme pour mieux faire disparaître tout souvenir de lui.

Une fois qu'elle fut habillée, plus rien ne transparaissait de sa nuit agitée, mais son cœur saignait et elle aurait bien du mal à cacher sa détresse.

Elle avait joué, perdu une fois de plus, mais quoi, la vie ne consistait-elle pas parfois dans une prise de risques puis, quand l'irrémédiable s'était produit, dans le fait de tirer profit d'une expérience malheureuse pour aller de l'avant ?

Ben avait tout du macho dominateur et elle, dotée d'une forte personnalité, appréciait paradoxalement cette force en lui, au point d'en perdre la tête.

À sa décharge, elle avait toujours vécu entourée de machos – ses quatre frères irradiaient la testostérone – et cette facette de Ben l'avait sans nul doute séduite autant que la nécessité, à vingt-huit ans, de ne plus perdre de temps si elle voulait dénicher le père idéal pour son futur enfant.

Secrètement, tout en se laissant séduire par la brutalité apparente de Ben, elle avait cru pouvoir infléchir ses attitudes, l'amener à se montrer plus doux, plus attentif aux désirs de la femme qu'elle était, bref, elle avait espéré.

En cette matinée, elle ne pouvait que constater le dysfonctionnement de son radar habituel qui, jusqu'à l'année précédente, lui avait pourtant toujours évité de se retrouver dans des situations difficiles.

N'y pense plus ! Facile à dire, moins facile à appliquer.

Le cœur en berne, elle assujettit à ses oreilles les magnifiques boucles en diamant, cadeau de ses frères pour son vingt-cinquième anniversaire en même temps que témoignage de leur affection. À défaut d'être aimée par Ben, au moins l'était-elle par d'autres, et la lumineuse image d'elle-même que lui renvoya le miroir lui mit du baume au cœur.

Désireuse de regagner son appartement au plus vite, elle boucla son sac en un rien de temps avant de jeter un dernier coup d'œil au grand lit qui avait accueilli ses ébats avec l'entrepreneur.

Restait à quitter l'hôtel et, si possible, sans attirer l'attention de Nick. La veille, elle avait profité de la voiture de Francesca, elle aussi conviée à la réception, mais étant à présent sans moyen de transport, elle dépendait de sa sœur ou d'un taxi.

Sa montre indiquait 9 heures et, sachant que Francesca aimait se lever tard, elle hésita tout d'abord à la déranger. Tant pis ! Au premier appel, elle fut mise en relation avec la boîte vocale de sa jumelle, au deuxième et au troisième aussi.

— Et flûte !

Son sac en bandoulière, elle appela l'ascenseur et attendit en compagnie d'un homme plutôt séduisant.

Une femme – la sienne, sûrement – et deux enfants vinrent rejoindre le séduisant client et tous les quatre s'engouffrèrent dans la cabine. Pendant la descente, l'homme ne cessa de lui jeter des regards intéressés mais, à mille lieues de ce genre d'hommages, elle se contenta de fixer les portes closes de la cabine.

Dans le hall de l'hôtel, elle tenta de joindre sa sœur et, miracle, celle-ci répondit enfin, la voix ensommeillée.

— Oui ?

— Je suis prête à partir avec armes et bagages. Veux-tu me rejoindre devant la réception dans, disons, quinze minutes ?

Sa sœur émit un discret bâillement.

— Il est très tôt, Sophie. Et puis ne devons-nous pas déjeuner avec Nick ?

— Nous devions mais il y a un changement de programme et je dois rentrer tout de suite.

Confier ses déboires à sa jumelle lui brûlait les lèvres, un comble compte tenu du fait qu'en principe c'était elle la plus forte, et Francesca, l'extravertie, la plus sujette aux crises.

— Sophie ?

— Oui…

— Tu sembles bizarre, ce matin. Est-ce parce que toi et Ben…

— Je ne suis pas « bizarre », comme tu le dis. Quant à Ben, il a quitté l'hôtel hier soir.

Presque la vérité.

— Bon, me voilà rassurée, répondit Francesca en étouffant un bâillement. Dis-moi, pourquoi ne prendrais-tu pas un taxi, car je suis encore au lit… Si tu saisis l'allusion.

Dans l'écouteur, l'écho étouffé d'une voix masculine lui mit la puce à l'oreille. Francesca n'était pas seule. Elle ressentit une intense frustration non pas à l'idée que sa jumelle puisse se donner du bon temps, mais bien parce qu'elle ne pourrait pas se confier à Francesca comme elle en avait eu l'intention.

— Compris ! Pas de problème. Je te rappellerai plus tard.

Son portable rangé, elle se dirigea vers la réception où une horde de touristes mobilisait le personnel. Son attente s'éternisait. Elle bâillait, soupirait, quand une voix mâle l'interpella :

— Sophie !

Elle se retourna et reconnut John Atraeus.

— Francesca est désormais blonde mais… Vous vous ressemblez vraiment comme deux gouttes d'eau.

Elle ne put retenir son rire.

— Des jumelles, mon cher. La ressemblance physique mise à part, Francesca a sa personnalité et moi la mienne.

— En effet, convint John Atraeus en la lorgnant avec curiosité.

Le moment ou jamais d'aiguiller la conversation sur les affaires mais, après la nuit qu'elle venait de vivre avec Ben, son seul souhait était de rentrer chez elle, de se reposer.

— Eh bien, à bientôt peut-être ? reprit Atraeus.

— Qui sait ! répondit-elle en regardant s'éloigner vers la sortie cet homme aussi élégant que bien bâti.

Quand le réceptionniste à qui elle réclamait un taxi lui eut répondu qu'aucun n'était disponible mais qu'elle pouvait en héler un sur le parvis, elle se contenta de remercier d'un sourire puis tourna les talons.

Sur le parvis, l'attente reprit dans la file de clients en mal d'un moyen de transport et sa patience s'éroda.

— Déjà dix minutes que j'attends ! maugréait la femme corpulente qui la précédait dans la queue.

Son sac à ses pieds, elle rongeait son frein quand une longue Mercedes glissa silencieusement le long du trottoir, puis stoppa à sa hauteur.

— Sophie ?

Elle reconnut John Atraeus.

— Rebonjour. Les taxis ne sont pas légion, ce matin...

Atraeus n'eut qu'un instant d'hésitation.

— Je me rends en ville. Si vous voulez profiter de ma voiture ?

Une belle occasion qu'elle aurait été sotte de laisser passer.

— Volontiers, répondit-elle en empoignant son sac.

Atraeus descendit, chargea le bagage, puis lui tint ouverte la portière côté passager. Confortablement installée dans la limousine, elle s'efforça d'oublier Ben pour mieux écouter John parler de lui, de sa présence à Miami et d'un fabuleux contrat qu'il s'apprêtait à signer.

— Je suis au courant.

— Et moi qui croyais le secret bien gardé ! Vous savez alors que j'ai l'intention d'implanter un certain nombre de boutiques dans le futur centre ?

— Moi aussi, figurez-vous. Les marques que je représente méritent elles aussi d'y figurer.

Dans cette compétition, les atouts ne lui faisaient pas défaut.

— Naturellement ! répondit l'homme d'affaires en démarrant.

Un van surgit sur la gauche percuta l'aile de la Mercedes. Le choc la projeta en arrière et les airbags se déployèrent.

— John, tout va bien ?

Elle n'avait rien de cassé, mais John, lui, semblait inconscient.

Sa mère, secouriste bénévole, ayant insisté pour que Francesca et elle suivent une formation idoine, elle procéda à un rapide examen et constata la présence, sur l'une des tempes d'Atraeus, d'une vilaine bosse causée soit par l'airbag, soit par la boucle de la ceinture de sécurité. C'était pour le moins inquiétant.

Alors qu'un attroupement s'était formé autour de la Mercedes, elle sortit son portable et appela les pompiers.

6

Pendant que les médecins examinaient John Atraeus, Sophie, installée dans la salle d'attente de l'hôpital, pianotait sur sa tablette.

Elle avait récupéré leurs bagages, appelé la société de location de voitures pour signaler l'accident et elle mettait à profit ses loisirs forcés pour s'assurer que sa proposition commerciale destinée à Nick, et qui la plaçait sur le même plan qu'Atraeus, aurait une chance d'avoir l'agrément de son frère et du partenaire de ce dernier. Tout en alignant ses chiffres, elle se remémora la surprise de Ben quand il avait appris qu'elle entendait bien gagner Nick à sa cause et avoir droit, tout comme Atraeus, d'implanter ses enseignes dans le nouveau centre.

— Mais tu n'es pas de leur catégorie ! s'était exclamé Ben.

Tout juste s'il n'avait pas ajouté que la place d'une femelle était derrière les fourneaux. Ou exclusivement au lit.

Elle avait multiplié les erreurs de tactique, croyant l'appâter, le séduire aussi, en se montrant sous son jour le plus professionnel et non sous les traits d'une femme en quête de plaisir.

Pourtant, sa destinée n'était pas derrière les fourneaux, mais bien derrière son bureau de responsable de l'implantation des boutiques de mode et de prêt-à-porter dans les centres commerciaux. Qu'elle ait une tête et sache s'en servir l'aurait donc rendue si peu séduisante aux yeux de ce macho de Ben ?

Du pouce, elle fit défiler sur l'écran de sa tablette des images où Ben apparaissait au bras de jolies blondes frivoles outrageusement maquillées, le contraire d'elle-même, en fait. Et que penser de Buffy Holt, sa dernière « fiancée », une richissime gourde abonnée aux soirées de bienfaisance, adorant les dîners en ville, dévalisant les magasins de luxe et voyageant d'un continent à l'autre, sans rien en visiter d'autres que les réceptions d'hôtels cinq étoiles ?

Point commun entre ses conquêtes, elles étaient blondes, dorées aux U.V. et même tatouées, comme la fameuse Buffy. En consultant les pages consacrées à la richissime fille de Malcolm Holt, elle constata que, en l'espace de quelques semaines, celle-ci semblait avoir fait la conquête de Ben, puisque tous deux s'affichaient ensemble dans maints événements mondains. Sa jalousie ne connut plus de limites quand elle découvrit une photo récente de Ben et d'une Buffy en bikini, arborant quelques tatouages factices, sur le yacht de Malcolm Holt. Rien d'étonnant si, alors qu'elle dormait encore, repue d'amour, Ben avait quitté leur chambre sur la pointe des pieds pour se rendre à New York et assister, avec Buffy bien sûr, à l'inauguration du nouvel immeuble édifié par Malcolm Holt, à Manhattan.

Furieuse d'avoir si peu prêté attention à l'influence croissante de Buffy sur Ben, elle se déconnecta des pages consacrées à cette fille jeune et jolie, bronzée comme un pain d'épices et arborant avec le sourire tatouages et piercings.

Furieuse contre elle-même, contre Buffy, contre le monde entier sans bien sûr oublier ce cher Ben, elle se leva d'un bond et, en quelques enjambées nerveuses, parcourut la longueur du couloir menant à la baie vitrée qui donnait sur le parking extérieur. Ainsi, Ben lui aurait fait l'amour pour, à l'aube, la quitter afin de se rendre à l'aéroport et rejoindre sa belle à New York ?

Quelle cruche d'avoir consenti à le recevoir dans son lit, avec un fol espoir de le conquérir selon la stratégie d'Elena, l'épouse de son frère Nick. Se montrer volontaire, prendre le taureau par les cornes ? Peine perdue ! Ce qui avait si bien réussi à sa belle-sœur s'était mué en échec pour ce qui la concernait et, à présent, elle se sentait frustrée jusqu'à l'âme.

Ben, lui, tirait son épingle du jeu puisqu'il continuait d'être apprécié par les frères Messena, qui le considéraient comme un homme de parole, un associé en qui on pouvait avoir confiance. Et si, tout simplement, elle n'était pas le type de femme qu'appréciait Ben Sabin ?

Quittant sa fenêtre, elle chercha les lavabos et, après en avoir poussé la porte, elle prit le temps de s'examiner dans le miroir.

Belle ? Oui, elle l'était, mais sans le glamour des blondes qui semblaient tant plaire aux hommes en général et à un certain Ben Sabin en particulier.

Oh ! elle ne se déplaisait pas, elle aimait son menton volontaire, son expression lointaine, mystérieuse, mais voilà, il lui manquait cette touche scintillante qui semblait tant réussir à d'autres.

D'un geste nerveux, elle défit son chignon et laissa ses longs cheveux noirs tomber en cascades autour de son visage trop pâle, ce qui contribua un peu à atténuer la sévérité de son expression.

Et flûte ! Tu as bien le droit d'être différente des autres femmes...

Oui, au risque de perdre à jamais l'homme qu'elle aimait en secret et ce, depuis déjà presque trois années. Des cheveux blonds, alors ? Des tatouages après plusieurs séances d'U.V. ?

Sans se donner la peine de refaire son chignon, elle rabattit ses longs cheveux de part et d'autre de son visage soucieux, puis sortit dans le couloir.

Ben aimait visiblement les blondes maquillées et elle, stupidement, ne s'en était pas rendu compte, aveuglée par la certitude qu'ils avaient des points communs et que leur passion naissante allait les lier durablement. Eh oui, elle avait cru à un bonheur possible pour elle et lui, mais voilà, elle s'était trompée et ne correspondait pas à l'idéal féminin de ce macho.

À l'évidence, Ben désirait d'autres femmes qu'elle, le genre riches fofolles courant les événements mondains et les grands bijoutiers. Et, surtout, blondes.

Pas question que je me teigne les cheveux ! Ni qu'elle arbore l'un de ces tatouages factices comme Buffy et tant d'autres.

Elle brûlait de parler à sa jumelle, sa confidente, mais contrairement à ses habitudes, cette dernière tardait à l'appeler sur Snapchat. Sa sœur désirait sans doute faire la grasse matinée puis déjeuner à l'hôtel et profiter de la piscine. Aussi était-elle bien sotte de se tracasser à son sujet et, sans nul doute, Francesca lui donnerait bientôt de ses nouvelles.

L'arrivée de John Atraeus très pâle, la tête ceinte d'un bandage, la replongea dans d'autres préoccupations et elle s'avança vers lui.

— Alors ?

Atraeus brandit une ordonnance.

— Léger traumatisme crânien. Rien d'alarmant. Antalgiques et repos.

Selon la doctoresse d'origine indienne qui l'accompagnait, les capacités cérébrales du blessé n'avaient pas souffert de l'accident.

— Gardez l'œil et le bon sur lui pendant ces prochaines vingt-quatre heures, ajouta la doctoresse qui, visiblement, la prenait pour la compagne du blessé.

Elle n'osa pas protester et, une fois seule avec John, prit le parti d'appeler un taxi et de s'occuper de l'entrepreneur avec une énergie renouvelée. Curieusement, jouer un rôle d'assistante auprès de l'homme qui avait eu la gentillesse de vouloir la conduire chez elle, en voiture, contribuait à dissiper ses angoisses.

— Où allons-nous ? demanda le chauffeur.

Atraeus donna, sans hésiter, l'adresse de son hôtel, puis se tourna vers elle, un mince sourire aux lèvres.

— Merci de m'accompagner, Francesca.

Le choc fut rude.

— Je ne suis pas Francesca !

Le regard d'Atraeus se brouilla.

— Ah, bien sûr... Donc, vous êtes sa jumelle, Sophie ?

Se pouvait-il que le traumatisme soit moins bénin qu'il n'y paraissait ?

— Exactement. Mais vous le saviez, puisque je vous ai dit mon nom, ce matin, à l'hôtel.

L'espace d'un instant, une expression de peur, de doute aussi, se peignit sur le visage de John Atraeus.

— Je me souviens d'un choc...

— L'accident. Avant, nous étions tous deux à l'hôtel, souvenez-vous !

— Mon hôtel ?

— Mais non, voyons. Celui de mon frère Nick.

Atraeus fronça les sourcils.

— Tout est très confus.

— Hier, vous avez conclu un accord avec mon frère, dans son bureau. Nous nous y étions croisés.

— Vraiment ?

— Mais oui ! Et ce matin, nous nous sommes encore croisés à la réception de l'hôtel, alors que j'en partais et vous aussi.

— Alors vous n'êtes pas Francesca ?

— Bien sûr que non. J'attendais un taxi devant l'hôtel et vous m'avez proposé de me conduire chez moi.

Un soupir échappa à Atraeus.

— Ah bon ?

— Mais oui ! Et ensuite, il y a eu cet accident...

Nouveau soupir.

— Oui, c'est vrai, un grand choc... Donc, cela explique que vous ayez changé de couleur de cheveux.

Une soudaine intuition lui vint. Si Atraeus l'avait confondue avec Francesca, c'était qu'il avait passé la nuit avec elle. Du reste, maintenant qu'elle y pensait, la voix masculine entendue en arrière-fond, quand elle parlait à Francesca, ressemblait à s'y méprendre à celle de John.

— C'est avec ma sœur Francesca que vous avez passé la nuit, John, pas avec moi, crut-elle utile de préciser.

Elle surprit, dans le rétroviseur, le regard intrigué du chauffeur.

— Que dites-vous, Sophie ? Moi, j'aurais passé la nuit avec...

Devant la mine effarée du blessé, elle prit le parti d'éclairer sa lanterne, mais en baissant d'un ton, discrétion oblige.

— Vous me connaissez de réputation, John. Croyez-vous que je sois le genre de femme qui couche avec un homme qu'elle connaît à peine ?

Atraeus la scruta, l'air désolé.

— Euh, non, bien sûr que non. Quoique... Oh ! c'est absurde et vous avez raison. Même si, entre Francesca et vous, il existe tant et tant de similitudes.

La certitude que son interlocuteur avait bel et bien couché avec sa jumelle lui était désormais acquise mais, tandis qu'Atraeus la lorgnait, elle crut deviner qu'il la trouvait aussi à son goût. Mieux valait mettre un terme à cette conversation.

— Alors, tant mieux si nous sommes d'accord, répondit-elle d'un ton ferme.

Elle aurait pu être séduite mais, curieusement, rien en elle ne vibrait au contact d'Atraeus alors même qu'il était le type de mâle qui, d'ordinaire, avait le chic pour éveiller son désir. Grand, musclé, brun, un regard étincelant, John Atraeus devait, tout comme ce fourbe de Ben, avoir fait tourner bien des jolies têtes.

Ben qui l'avait une fois de plus larguée...

Alors que leur taxi arrivait à destination, elle ne prêta pas tout de suite attention au van de la station de télévision locale stationné à proximité.

— Le médecin de tout à l'heure sait-il que vous avez des trous de mémoire ? demanda-t-elle.

John Atraeus fronça les sourcils.

— Je crois… Elle m'a demandé quel jour nous étions.

— Et vous avez su répondre ?

— Oui, après un discret coup d'œil à ma montre qui affichait la date, ce que le médecin n'a pas remarqué.

En somme, une bonne réponse qui ne signifiait rien. Elle se sentit soucieuse.

— Je vois. Bon, alors remontons un peu en arrière. Quels sont vos plus récents souvenirs ?

Après avoir réglé la course, John descendit du taxi. Elle remarqua que la luminosité le gênait au point qu'il clignait des yeux en se massant le front.

— John, tout va bien ?

— Des élancements dans la tête. Ah, je me souviens… C'est ici, dans cet hôtel, que je me suis enregistré hier matin et puis…

— Et puis ?

— Ma foi… Il me semble bien avoir eu deux rendez-vous d'affaires ici même et puis…

— Oui ?

— Et puis, je ne sais plus, répondit John Atraeus.

Il parut soudain complètement désemparé.

— Au fait, vous avez un autre rendez-vous cet après-midi.

John la regarda, étonné.

— Vraiment ? Je n'en ai aucun souvenir mais vous, comment diantre êtes-vous au courant ?

— Vous me l'aviez dit dans la voiture, avant l'accident.

— Ah… J'avais oublié. Et avec qui ai-je rendez-vous ?

— Deux banquiers à qui vous voulez vendre des participations dans le nouveau centre commercial.

— Que ferais-je sans vous, Francesca, je veux dire Sophie. Au fait, pourquoi ai-je le sentiment que nous sommes samedi ?

— Nous sommes dimanche, John. Samedi, c'était hier et vous, moi et Francesca, nous séjournions à l'hôtel de mon frère Nick.

— Oui… Ma mémoire est restée bloquée sur samedi.

Bah, tant pis, les détails du rendez-vous sont enregistrés sur mon portable.

Fouillant ses poches, John Atraeus poussa une exclamation :

— Ah, bon sang ! J'ai dû le perdre dans l'accident !

— Le voici, dit-elle en exhumant l'objet de son sac. L'écran est fêlé. Je l'ai ramassé sur la route, sans doute tombé de votre poche.

Par miracle, l'appareil fonctionnait toujours, ce qui permit à Atraeus de prendre connaissance des détails de son rendez-vous.

— Qu'ai-je bien pu faire avant l'accident, Francesca ?

— Sophie !

Confusion mentale ?

Ayant eu à souffrir plus jeune d'un traumatisme crânien, elle en reconnut certains symptômes chez John et le prit doucement par le bras pour le guider vers l'entrée de l'hôtel le plus chic de Miami. Deux valets stylés prirent soin de leurs bagages et un groom leur fraya un passage parmi la foule d'hommes en complet-veston, de journalistes et de cameramen qui se pressaient dans le hall richement décoré.

— Des congressistes conviés à un débat sur les portables de la nouvelle génération, expliqua le groom souriant.

Ce qui justifiait la présence des caméras et d'une équipe de tournage.

Ayant égaré sa carte magnétique, John en réclama une nouvelle au réceptionniste et elle en profita pour balayer du regard l'assemblée des congressistes.

Aïe ! Sally Parker, la journaliste toujours à l'affût d'un ragot ou d'une indiscrétion, lui souriait tandis que son cameraman la suivait comme son ombre.

De là à penser qu'elle et John avaient été filmés serrés l'un contre l'autre, comme deux amoureux qu'ils n'étaient pourtant pas…

— Hello ! fit Sally à son intention.

Elle répondit par un sourire crispé tout en soutenant

John qui, sa carte en main, chancelait en se dirigeant vers l'ascenseur.

— Un coup de vertige… Ma tête.

— N'ayez crainte, je vous soutiens, murmura-t-elle à Atraeus, sans plus se préoccuper de Sally.

Ou de la caméra. John s'appuya contre elle et lui adressa un pâle sourire.

— Merci, Sophie. Ah, j'envie l'homme qui saura vous séduire.

Le ton, enjoué, ne permettait pas de deviner si Atraeus plaisantait ou non, mais l'expression satisfaite qu'affichait Sally Parker laissait présager des gros titres futurs qui lui tiraient déjà des frissons.

Sophie Messena en chasse à Miami.

Ou plus probablement :

Ben Sabin remplacé, Sophie Messena vengée.

Le rouge lui monta aux joues. Un an plus tôt, larguée par Ben, humiliée, elle avait laissé entendre à la presse que l'entrepreneur n'était qu'un flirt passager. Elle s'était alors affichée en compagnie d'autres hommes et sa présence avec l'un d'eux, à un gala de charité, lui avait valu plusieurs articles fielleux la présentant comme une « mante religieuse » dévoreuse de mâles.

Sally Parker ne manquerait pas d'exploiter de façon similaire sa présence aux côtés de John Atraeus ce qui, finalement, serait peut-être un bien puisque Ben l'apprendrait.

Sa punition pour l'avoir si mal traitée. Si mal aimée, surtout…

— Sophie, un mot s'il vous plaît !

Le visage de la journaliste s'éclairait d'un large sourire.

— Bien sûr, mais vite alors.

Souriant à son tour, elle enlaça John Atraeus de façon suggestive tout en entraînant ce dernier vers l'ascenseur.

— Que ferais-je sans vous, Sophie ? Vous êtes mon ange gardien ! murmura-t-il à son oreille.

Au moins ne la confondait-il plus avec Francesca, sa jumelle, une raison supplémentaire de ne pas le quitter tout de suite.

Et Sally qui la regardait comme le lion regarde sa proie !

— Avez-vous des projets communs, M. Atraeus et vous-même ?

Perdue pour perdue, autant jouer le jeu et donner à Ben la leçon méritée.

— John et moi, nous nous sommes découvert des affinités.

Sally se lécha les lèvres.

— Ce pansement ?

— Un accident de la circulation apparemment sans gravité. Mieux vaut que je lui tienne compagnie durant quelques heures, peut-être même toute la nuit, répondit-elle tandis que les portes de l'ascenseur s'ouvraient enfin.

Sally semblait ravie.

— Pourriez-vous nous en dire davantage ? Nous accorder un entretien ?

— Une autre fois. Aujourd'hui, impossible, répliqua-t-elle en entraînant John Atraeus dans la cabine.

— Dois-je en déduire que vous allez être très occupés, tous les deux, durant les jours prochains ? demanda la perfide journaliste.

— Je vous laisse le choix des réponses, répondit-elle alors que les portes se refermaient sur John et elle.

— Vous savez, je peux me débrouiller seul, déclara ce dernier tandis que l'ascenseur les propulsait vers les étages.

— Les antalgiques ne vont pas contribuer à vous faire recouvrer la mémoire, dit-elle.

— Oui, j'ai un peu mal à la tête, admit John. Quand je pense à ce rendez-vous. Des Japonais et durs en affaires...

— Pourquoi ne pas reporter la rencontre ?

L'ascenseur s'immobilisa à l'étage désiré.

— Ces Japonais reprennent l'avion demain, sans compter

que l'interprète n'est disponible que durant deux heures, en début d'après-midi, déclara-t-il.

Que John recouvre la mémoire, même par bribes, était rassurant, mais elle aurait bien voulu savoir si oui ou non, comme elle le supposait, sa sœur avait passé la nuit avec le blessé.

Les portes s'ouvrirent et elle aida John Atraeus à progresser vers sa suite.

— Décalez votre rendez-vous en fin de journée, suggéra-t-elle. Il se trouve que je parle assez japonais pour faire l'interprète. Et que diriez-vous si je vous servais d'infirmière jusqu'à demain ? En tout bien tout honneur ?

Le rendez-vous d'affaires terminé, Sophie ramena John, blanc comme un linge, à l'hôtel où Sally Parker semblait avoir attendu leur retour avec son équipe.

Regrettant déjà ses fausses confidences à la journaliste, elle entraîna Atraeus vers l'ascenseur et attendit d'être dans la suite de l'homme d'affaires pour appeler Luisa, sa mère, doyenne du clan et très à cheval sur les principes.

— Je n'en ai pas pour longtemps, expliqua-t-elle à l'attention de John Atraeus qui, épuisé, s'était assis dans un fauteuil.

— Faites. Et merci encore pour votre soutien et votre aide…

Par son truchement, au terme de longues discussions, les clients japonais avaient signé un accord avec l'entrepreneur qui lui devait donc une fière chandelle.

Peu après, sa mère répondit.

— Sophie, toi !

— Bonjour maman.

Quand elle mentionna l'accident, sa mère hurla, la croyant blessée. Elle mit les choses au point.

— Un traumatisme crânien ? répéta Luisa. Le pauvre homme ! Ne crois-tu pas qu'il devrait être hospitalisé ?

— Le médecin pense que le choc a été sans gravité et que John peut rester à l'hôtel, sous surveillance.

Sa mère se fit soupçonneuse.

— Comment se fait-il que vous ayez voyagé dans la même voiture ?

Gênée par la façon qu'avait son hôte de la regarder, elle fit quelques pas de côté.

— John a eu une entrevue d'affaires avec Nick, à l'hôtel où je me trouvais. Il a proposé de me reconduire en ville ce matin et voilà tout.

— Ah bon ? fit sa mère, un brin sceptique.

— Oui, ne t'inquiète pas. Et tu sais, j'ai bien l'intention de m'imposer auprès de Nick et de John, afin que les enseignes que je représente figurent en bonne place dans leur nouveau centre commercial.

— Bravo, ma fille ! répondit Luisa.

Elle eut le triomphe discret. D'une part, rien ne l'assurait de la réussite de son plan et, d'autre part, tant que John serait physiquement diminué, elle se garderait bien de tirer avantage de son état pour pousser ses pions.

— Et Ben ? demanda sa mère après un silence. Ne doit-il pas lui aussi conclure un contrat avec ton frère ?

Son estomac fit des nœuds.

— Tu étais au courant, maman ?

— Je sais tout ce qui concerne mes enfants, répondit Luisa.

La pensée des gros titres qui, demain, s'afficheraient sur les réseaux sociaux à l'initiative de Sally Parker lui tira un frisson d'angoisse.

— Il ne faut pas toujours tout croire, tu sais !

Nouveau silence de sa mère.

— Les réseaux sociaux se sont emballés, récemment, à propos d'une déclaration de Ben, déclara Luisa d'un ton de réprobation.

N'ayant pas consulté ces réseaux depuis, voyons, deux jours déjà, elle ignorait à quoi sa mère faisait allusion.

— Quelle déclaration ?
— Une vilaine rumeur. Enfin, il semblerait que plusieurs journalistes aient rapporté des propos récents de Ben.

Un vent de panique la saisit car, si elle avait jugé utile de rendre coup pour coup à Ben, après sa conduite de mufle, elle l'estimait assez pour croire qu'il ne s'abaisserait jamais à la salir, ou à salir sa famille.

Du reste, n'était-il pas en affaires avec Nick ?
— Bon, trêve d'allusions, qu'a dit Ben de si terrible ?
— Quelque chose qui vous concerne, ta sœur et toi.

Quelque chose de terrible ? Quoi, mais quoi donc ?
— Eh bien, maman, parleras-tu enfin ?

Le grondement proche d'un rotor d'hélicoptère couvrit le propos de sa mère.
— Quoi ? Que disais-tu ?

L'hélico s'éloignait et sa mère soupira.
— Que notre Gabe est de retour à Auckland et compte venir me rendre visite.

Gabe, l'un de ses frères qui, en l'absence de Nick, présidait aux destinées du clan en Nouvelle-Zélande.
— Non, avant ça. Tu parlais de Ben et...
— Oh ! j'ai oublié. Bon, chérie, je dois te quitter, car Gabe ne va pas tarder à arriver.
— Attends ! Qu'a donc pu dire Ben sur Francesca et moi ?
— Tu le sauras en consultant les réseaux sociaux, conclut sa mère avant de couper la communication.

Elle scanna l'écran de son portable à la recherche de l'information désirée.

Surmonté d'un titre en gras, l'article, signé d'un collègue de Sally Parker, attribuait à Ben des propos qui les concernaient, sa sœur et elle. « Jamais un homme sain d'esprit ne prendrait le risque de sortir avec l'une ou l'autre des jumelles Messena », lut-elle, la gorge serrée.

Comme autant d'épines, les mots de Ben s'enfoncèrent dans son cœur. Et, pas d'erreur possible, la déclaration datait de la veille, donc quelques heures avant qu'elle ne tombe dans les bras de ce fourbe.

Ben est un traître de la pire espèce.

— Tout va bien, Sophie ? demanda John.

Elle reprit ses esprits.

— Oui, merci. J'ai presque terminé.

Essuyant ses larmes, elle regarda les enfants jouer sur la plage toute proche, où fleurissaient les parasols. Une vision idyllique d'un bonheur qui lui était interdit.

Elle était seule. L'avait toujours été. Le serait toujours. Vraiment ?

J'ai tant de choses dans mon cœur et pourtant ma vie me semble si vide... Il lui manquait la présence d'un homme, d'un amant véritable, peut-être même d'un mari.

Trop vouloir ce qu'on n'a pas rend vulnérable et, au point où elle en était, accorder sa confiance équivaudrait à foncer tout droit dans un mur de granit.

Et Ben, dans tout ça ? Il était celui que, secrètement, elle désirait depuis leur première rencontre. Nommer ce qui, chez lui, la fascinait et faisait défaut à tous les autres hommes restait pour elle le mystère des mystères. Ben était beau, viril, mais d'autres mâles l'étaient tout autant, à commencer par John Atraeus, seulement Ben avait quelque chose en plus...

Invité pour la première fois à un barbecue organisé par Nick, en Nouvelle-Zélande, Ben lui était apparu flamboyant, d'une arrogance virile.

Le premier contact, le premier regard échangé.

Fascinée par ses yeux si bleus, elle s'était attachée au nouveau venu qui ressemblait, par bien des aspects, à ses frères, à feu son père, bref à une lignée de machos purs et durs. Défi au politiquement correct, à une époque où les mâles baissaient pavillon, son attirance pour Ben n'avait fait que croître et elle lui était gré de faire jeu égal avec les membres mâles de sa famille, si différents des garçons plus timorés avec lesquels elle jouait parfois au tennis ou allait danser.

Peu de ses flirts passaient le test d'une confrontation avec Nick, Gabe ou l'un ou l'autre de ses frères et même dans ce cas-là, le clan y mettait le holà d'une façon ou d'une autre, la laissant en proie à ses envies, à ses désirs, à cette virginité qui lui pesait.

Cette fameuse nuit, à Dolphin Bay, elle s'était donnée à Ben avec candeur, heureuse de devenir enfin femme entre ses bras mais, avant même le lever du soleil, son prince charmant avait disparu. À jamais, pensait-elle alors. Pour ne pas perdre la face, elle s'était affichée très vite avec un jeune homme bien sous tous rapports, en laissant entendre que Ben ne lui avait pas convenu, comprenne qui pourrait.

Elle s'était acquis une réputation d'écervelée, d'étoile filante qui laissait les prétendants l'approcher et qui, au dernier moment, se dérobait.

Ses frères avaient, depuis le début, pris le parti du « pauvre Ben » et, dans cet environnement masculin, louve parmi les loups, elle était devenue toujours plus exigeante dans le choix de ses cavaliers. Aucun, jamais, n'avait pu remplacer Ben, à qui elle avait pardonné, dans le secret de son cœur, sa fuite misérable alors qu'ils venaient de faire l'amour.

Au moins l'estimait-elle incapable de la trahir. Et elle s'était trompée.

Essuyant une fois de plus ses larmes, elle tourna le dos au soleil et rentra afin de rejoindre John Atraeus qui l'attendait.

La nuit serait longue !

7

De retour à Miami après son séjour new-yorkais, Ben se dirigea vers le parking de l'aéroport où il avait laissé sa jeep. En marchant, il consulta sur son portable les nouvelles locales. Un titre l'immobilisa.

Devinez quoi ? Sophie Messena a choisi Atraeus.

Tandis que les autres passagers le dépassaient, la photo de Sophie et de John Atraeus s'afficha sur l'écran du portable. Apparemment, elle avait passé la nuit dans la suite d'Atraeus et le room-service leur aurait servi le dîner et le petit déjeuner – sans champagne il est vrai.

Moralement démoli par le soupçon, les oreilles bourdonnant d'émotion, il comprit à quel point Sophie comptait pour lui, mais aussi combien elle était ambitieuse et intéressée. Car n'était-ce pas le désir d'implanter ses enseignes au sein du futur centre commercial de Sail Fish Key qui l'avait poussée vers Atraeus ?

Sur la photo, Sophie, gorge déployée, lèvres entrouvertes, semblait sur le point d'embrasser son rival, et cette éventualité mettait son cœur à mal. En dépit du fait qu'il avait préféré, une fois de plus, quitter Sophie en catimini, n'avait-il pas, secrètement, pris la décision de la faire sienne dans un proche avenir ? Et voilà ! À peine avait-il le dos tourné que la garce le trompait ou, du moins, feignait de le faire.

Un an plus tôt, alors qu'il venait de quitter la Nouvelle-Zélande pour régler la succession de son oncle, aux États-Unis, elle avait agi exactement de la même manière et, s'il n'avait été embringué alors dans des subtilités notariales et financières, il aurait dare-dare pris le premier avion en partance pour Auckland.

Son rival de l'époque, un certain Xavier Tate, ne payant guère de mine, appartenait à la bonne bourgeoisie locale et, dès son retour en Nouvelle-Zélande, il s'était arrangé pour le rencontrer. Impressionné par son gabarit d'ex-militaire, Tate n'avait pas fait de manières pour lui avouer que Sophie et lui n'étaient qu'amis, et encore, de loin. Elle l'avait déniché dans un club à la mode, lui avait demandé de faire semblant d'être son petit ami et, en échange, l'avait introduit auprès de ses frères. Une aubaine pour Tate qui cherchait à se faire une place dans l'empire Messena.

— Je n'ai jamais couché avec Sophie, je vous le jure ! lui avait déclaré ce garçon plutôt efféminé, qu'il menaçait des pires sévices s'il lui cachait la vérité.

Que Sophie ait voulu sauver les apparences, il pouvait le comprendre mais, par la suite, elle s'était affichée avec bien d'autres prétendants et il avait préféré ne pas renouer avec elle, sans cesser pour autant de l'aimer.

Car il aimait Sophie.

De nouveau confronté à elle, à l'occasion de la réception organisée par Nick dans son hôtel de Miami, il avait senti son cœur battre de nouveau pour cette belle brune, aussi discrète que mystérieuse, si différente de Francesca, sa jumelle, et encore plus désirable que lors de leur première nuit d'amour, à Dolphin Bay.

Il venait enfin de se débarrasser de la fille d'Hannah Cole quand, sans lui laisser le temps de s'expliquer, Sophie lui avait jeté son champagne à la figure en faisant ensuite allusion, non sans perfidie, à ce fameux « demi-verre de bonheur ». Une sacrée leçon pour un homme de son espèce, mais aussi la preuve que Sophie continuait de s'intéresser à lui et que la page n'était pas encore tournée.

Prenant acte de ses sentiments croissants, il quitta l'aéroport en imaginant ce que pourrait être sa vie avec cette bouillonnante brune.

Dès le premier regard échangé avec elle, trois ans plus tôt, il avait secrètement décidé qu'elle serait sienne, qu'elle ne pouvait appartenir à un autre que lui, d'où sa désinvolture, à l'aube de leur première nuit d'amour, quand il l'avait quittée en lui laissant pour tout viatique un bref mot posé sur la table. Pourquoi aurait-il pris des pincettes avec elle puisque, dans son esprit, tous deux étaient désormais liés à la vie, à la mort ?

Là sans doute avait été son erreur, Sophie ayant rué par la suite dans les brancards en s'affichant avec d'autres que lui et, s'il avait cru tout récemment se guérir d'elle à la faveur d'une nouvelle nuit d'amour, eh bien, c'était un échec. Pourtant, comme elle s'était bien donnée à lui, avec son cœur et son corps, si belle dans sa nudité, si chaude sous ses caresses et ses baisers... Avait-il tout gâché ?

Tout en prenant la direction du centre-ville, il eut l'illusion de respirer le parfum de sa belle et la revit nue sur le lit, les tétons dressés avec, dans le regard, cette flamme de désir qui le rendait fou.

Sophie te manipule comme elle manipule Atraeus. Mais le croyait-il vraiment ? Qu'elle ait son mot à dire dans les destinées commerciales du futur centre n'était-il pas naturel, après tout ? Et qu'il le veuille ou non, John et Sophie allaient être amenés à se croiser, à se revoir.

La secrétaire de Holt l'appela sur son portable :

— Ben ? Cet appel pour vous prévenir que Malcolm Holt assistera au repas d'inauguration du nouveau centre avec sa fille Buffy.

Holt comptait sur sa présence et pas seulement, semblait-il, d'un point de vue professionnel puisque Buffy serait de la partie.

Après avoir marmonné son assentiment, il coupa la communication et se mit à regretter l'époque où, pauvre et simple employé de Nick Messena, il jouissait finalement d'une liberté de manœuvre qui, aujourd'hui, lui faisait défaut.

Sophie, la belle brune nimbée de mystère, l'avait séduit dès le premier regard mais, trop pauvre à l'époque pour espérer la conquérir, il avait appris à ronger son frein. Le décès de son oncle Wallace avait fait de lui un milliardaire et, dès ce jour, il avait cru intéresser Sophie non pour qui il était, mais bien parce que, désormais, il pouvait se prétendre financièrement son égal.

La revoir n'avait pas été une bonne idée puisqu'elle l'avait trahi dès le lendemain de cette nouvelle nuit d'amour.

Et Buffy Holt ? Riche, belle, visiblement séduite, elle ne lui inspirait aucun sentiment, aucun désir et, s'il l'avait fréquentée, c'était uniquement pour pouvoir continuer de faire affaire avec son père, un milliardaire participant au financement du futur centre de Sail Fish Key. Repousser Buffy pouvait impliquer la fin de sa collaboration avec Nick Messena, la fin tout simplement du projet Sail Fish Key si Holt se retirait de l'affaire.

Afin d'échapper à Buffy, sans lui laisser le moindre espoir, tout en donnant une leçon à Sophie, la meilleure solution serait de se faire accompagner à ce déjeuner inaugural par une jeune femme qu'il ferait passer pour sa petite amie

Tandis que la climatisation de la jeep évacuait la chaleur moite, il repensa à l'article récent, laissant entendre que Sophie Messena s'était désormais amourachée du beau John Atraeus. Il était signé « Sally Parker », la colporteuse de ragots locaux dont les informations étaient souvent sujettes à caution. Autrement dit, l'article n'était pas forcément véridique.

Sophie serait-elle innocente ?

Sans plus tergiverser, il bifurqua vers l'immeuble regroupant les bureaux des jumelles Messena ainsi que les salles d'exposition des dernières collections de la saison. En vitrine, les créations de Francesca lui parurent attrayantes mais sans commune mesure avec les modèles de luxe qu'Atraeus proposait à sa clientèle dans ses espaces commerciaux. Si, comme le laissait entendre l'article de Sally Parker, Sophie avait une liaison avec Atraeus, nul doute que l'homme d'affaires saurait lui distiller d'utiles conseils.

Son cœur se serra. Imaginer la belle Sophie faisant l'amour avec son rival supposé lui était presque insupportable.

— Je suis Ben Sabin, se présenta-t-il à l'hôtesse d'accueil. Sophie Messena peut-elle me recevoir ?

L'employée lui sourit.

— Je ne suis pas certaine qu'elle soit encore là. Je vais aller voir et, en attendant, si vous voulez bien vous asseoir...

Le décor était raffiné.

Au mur, une applique en argent aperçue naguère dans la villa des Messena et qui provenait de fouilles archéologiques effectuées à Medinos, l'île natale du clan.

Trois ans plus tôt, quand il avait mis ses compétences d'entrepreneur au service de Nick, Sophie lui avait plu autant par sa beauté que par sa culture méditerranéenne, l'une n'allant pas sans l'autre.

— Ben ?

Une blonde, portrait craché de Sophie, lui souriait.

— Bonjour Francesca. Sophie refuserait-elle de me rencontrer ?

— Elle est absente. Que puis-je faire pour vous ?

Quelle erreur d'être venu ici dans l'espoir d'obtenir des éclaircissements sur la relation exacte qu'entretenait Sophie avec son présumé rival !

— Puis-je vous parler en tête à tête ?

— Venez.

Dans le bureau de Francesca, des croquis de vêtements

épinglés sur les murs témoignaient des dons de styliste de la sœur jumelle de Sophie.

— Eh bien, Ben, que se passe-t-il donc ?

— Peut-être avez-vous une petite idée de ce qui m'amène ?

Francesca piqua un fard.

— L'article de cette peste de Sally Parker ?

— Gagné.

— John Atraeus est à New York, Ben.

— Et Sophie ?

— Toujours à Miami.

— J'ai vraiment besoin de la voir.

— J'ignore où elle se trouve.

— Vous êtes pourtant très proches, toutes les deux.

— En temps normal, oui, mais récemment, ma sœur a pris ses distances avec moi et, en fait, je ne l'ai plus revue depuis samedi dernier.

De quoi alimenter ses pires soupçons car, selon la rumeur, Francesca avait un faible pour Atraeus.

— Ainsi, l'article dirait vrai ?

Francesca tressaillit.

— Il semblerait bien que oui puisque, apparemment, Sophie a passé la nuit chez Atraeus.

Ses poings se crispèrent.

John Atraeus ne manquait pas de charme et sa beauté virile faisait de lui un concurrent direct. Raison de plus pour soupçonner Sophie d'avoir une aventure avec ce dernier.

Francesca échangea avec lui un regard amical, presque ému.

— Ben, nous nous connaissons depuis longtemps déjà, n'est-ce pas ?

— En effet.

— Je sais que Sophie compte encore pour vous et, en ce qui me concerne, sachez que John, enfin Atraeus, ne m'est pas indifférent.

— Je m'en doutais un peu.

Francesca lui sourit.

— Tout est arrivé si vite. Enfin, comptez sur moi pour informer Sophie de votre visite, dès que j'aurai pu la joindre.

Une demi-heure plus tard, il se gara devant la villa en bordure de mer qui avait appartenu à son oncle Wallace et dont il avait fait son refuge quand il venait à Miami.

Wallace et son lot de malheurs, de désillusions, aussi. Solange, la femme que son oncle aimait, n'avait rien eu de plus pressé que de le quitter à la première alerte, quand les cours du pétrole s'étaient effondrés. Ruiné, quitté par Solange qui lui en avait préféré un autre, son oncle avait patiemment reconstitué son empire perdu, connu de nouveau la fortune et aligné les zéros sur son compte en banque. Devenu milliardaire, Wallace, qui n'avait plus fait confiance aux femmes, était mort solitaire, dans un luxe désenchanté.

Serait-il, à son tour, en train de suivre la même route ? Songeur, il sortit son bagage du coffre de la jeep et pénétra dans la villa aux pièces vides car, jugeant le mobilier de son oncle vieillot, il en avait fait don à des œuvres de bienfaisance.

Rénové de fond en comble, le rez-de-chaussée de la villa était désormais à son goût quoique sans âme et, pour la première fois peut-être depuis qu'il avait hérité de Wallace, il lui vint à l'esprit que vivre seul dans un tel décor était stupide. Manquait, à l'évidence, la présence d'une femme…

En sandales et chemisette, il entreprit une longue promenade sur la plage de sable doré et se crut revenu deux ans et demi en arrière, à Dolphin Bay, en Nouvelle-Zélande. Nick Messena avait ce jour-là organisé, sur une plage semblable à celle-ci, un barbecue en son honneur puisqu'il venait d'être engagé comme entrepreneur par le clan.

Brune, mystérieuse et désirable, Sophie s'était approchée de lui en souriant.

— Ben va superviser la construction de notre nouvel hôtel, avait déclaré Nick, jovial, en attisant le feu sous les brochettes de mouton.

Sophie lui avait souri et souhaité la bienvenue. Ce jour-là, elle portait un jean serré, une chemise sobre légèrement moulante sous laquelle ses beaux seins fiers se dressaient avec orgueil. Sa chevelure d'ébène relevée en chignon, elle avait tout d'une fillette sage, et son apparence contrastait avec celle des autres invitées, plus pimpantes et provocantes.

— Et voici Francesca, la jumelle de Sophie ! avait annoncé Nick.

Cheveux au vent, vêtue d'une robe rouge sang, chaussée de tongs dorés dans lesquels ses pieds bronzés aux ongles vernis émergeaient avec un brin d'insolence, Francesca l'avait toisé avec arrogance.

Au moins aussi belle que Sophie, plus peut-être, elle était loin d'avoir le charme de sa sœur, et il n'avait éprouvé qu'indifférence pour la nouvelle venue.

Tandis que Sophie l'avait tout de suite fasciné.

Un an s'était écoulé depuis qu'il l'avait quittée si cavalièrement à Dolphin Bay, après leur nuit d'amour, et ses tentatives pour tourner la page avaient été vaines. Chaque jour qui passait, il désirait Sophie davantage et se sentait jaloux des hommes qu'elle fréquentait.

Il n'avait pas voulu, à ce jour, s'engager auprès d'une autre femme, mais le fait que Sophie ait passé la nuit dans la même suite qu'Atraeus changeait la donne et l'envie de lui rendre la pareille le démangeait. Ce déjeuner inaugural à Sail Fish Key était l'occasion de se venger de Sophie Messena, mais il restait à trouver une partenaire qui jouerait son jeu et feindrait d'être sa nouvelle petite amie.

Soudain, il pensa à Francesca. S'afficher avec cette blonde divine à ce déjeuner lui permettrait de sauver la face tout en montrant à Sophie qu'il pouvait et lui rendre la pareille, et se passer d'elle.

Du coup, il se vengerait tout en tenant Buffy à distance, sans pour autant vexer Malcolm Holt, le père richissime si désireux de « caser » sa fille chérie.

Ce fut seulement en début d'après-midi que Sophie put rentrer chez elle. Atraeus s'était envolé de bon matin pour New York et, ensuite, elle avait rencontré une cliente qui souhaitait ouvrir une boutique de mode dans un centre commercial de Fort Lauderdale.

Le trajet l'avait épuisée autant que la discussion, finalement stérile, avec la future cliente. Alors qu'elle ôtait sa veste, le téléphone fixe sonna et elle se demanda qui pouvait bien appeler, seuls quelques proches connaissant ce numéro.

— Où étais-tu passée ? demanda Francesca. Ton portable est sur messagerie et je t'imaginais déjà à New York, avec Atraeus.

— J'étais à Fort Lauderdale avec une cliente. Que se passe-t-il donc ?

— Il faut que je te voie. 18 heures au restaurant Alfresco, c'est possible ?

Francesca et elle y avaient leurs habitudes, car toutes deux adoraient la cuisine italienne.

— Mais dis-moi au moins ce qui se passe !

— Tu le sauras bientôt. Au fait, Ben est passé au bureau, tout à l'heure. Il te cherchait…

Même si elle lui en voulait toujours d'être parti sans un mot, l'autre matin, savoir qu'il se préoccupait d'elle lui mit du baume au cœur.

— Et que lui as-tu dit ?

— Que tu n'étais pas là. Tu sais, tu n'as pas à te justifier d'avoir renoué avec lui, répondit Francesca d'un ton soudain posé.

Elle frémit.

— Qui te dit que j'ai renoué avec Ben ?

— Le soir de la réception, vous vous embrassiez tous les deux, sur la terrasse. Puis vous avez disparu vers l'ascenseur comme si vous alliez passer la nuit ensemble…

Ainsi, sa jumelle avait été témoin de leurs chaudes retrouvailles… Le rouge lui monta aux joues.

— Nick est-il au courant ?

— Pour le baiser, oui, car la scène a eu quelques témoins.

— Je n'ai pas passé la nuit avec Ben, Francesca.

— Admettons. Mais après la diffusion sur les réseaux sociaux de l'article de Sally Parker, nieras-tu avoir passé la nuit chez John Atraeus ?

— J'étais bien chez lui, Francesca, mais pas dans son lit, si tu veux savoir.

— Nick pense qu'il y a idylle entre toi et son partenaire.

Le ton de Francesca lui fit dresser l'oreille.

— Dis-moi, Francesca, cet homme que tu poursuis de tes assiduités depuis deux ans, ne serait-ce pas Atraeus ?

— Quelle idée ! Parlons plutôt de toi et de tes volte-face. Chaque fois que tu mentionnes Ben, c'est pour m'en dire le plus grand mal et promettre de le rayer de ta mémoire. Et puis, à peine le revois-tu que tu te jettes une fois de plus dans ses bras.

Francesca n'avait pas tort, mais pourquoi tant de véhémence ? Si dans l'affaire quelqu'un souffrait, c'était elle, pas sa jumelle.

— J'ai eu une journée chargée et je manque de sommeil, alors si nous remettions le dîner à un autre jour ?

— Impossible. Et j'ai oublié de préciser que Nick nous rejoindra à 18 heures, chez Alfresco. En fait, il voudrait te parler.

Elle prit peur.

De tous leurs frères, Nick était le plus dur, le plus entêté, celui qu'elle craignait aussi le plus, et s'il apprenait la vérité sur ce qu'il ne manquerait pas d'appeler « ses frasques » sa réaction risquait fort d'être violente.

Elle s'assit, car l'émotion lui avait coupé les jambes. Elle adorait son frère comme elle adorait sa famille tout entière, mais les mâles du clan, qui avaient des mœurs à l'ancienne, ne plaisantaient pas avec l'honneur de leurs sœurs. Si Nick avait pu en décider, Francesca et elle seraient restées vierges jusqu'à leur dernier jour et savoir que, tôt ou tard, son frère aîné saurait ce qui était arrivé entre Ben et elle redoubla son anxiété.

Luisa, sa mère, mise au courant de l'accident de John Atraeus, avait sans doute réussi à calmer le jeu en ce qui concernait son séjour sous le même toit que l'entrepreneur, mais pour combien de temps encore ?

— Sache que rien ne s'est passé entre John et moi. Simplement, j'ai joué le garde-malade pour lui rendre service.

— Je veux bien te croire mais en dépit des explications fournies par maman, Nick s'étonne que tu aies passé la nuit sous le même toit qu'un inconnu, répondit Francesca avec une pointe d'acidité.

Qu'aurait-elle été censée faire ? Laisser John sans soins, sur la chaussée ? Ne pas se soucier de son traumatisme crânien et d'éventuelles séquelles ? Le médecin ayant précisé que le blessé ne devait pas rester sans surveillance, elle n'avait écouté que son bon cœur. Et aussi saisi l'occasion de se venger de Ben en laissant planer le doute sur la nature de sa relation avec Atraeus.

Une erreur de tactique, à l'évidence, car à présent elle perdait sur les deux tableaux. Aux yeux de tous, y compris de ses proches, n'allait-elle pas désormais passer pour une garce qui couchait à droite, à gauche, une nuit avec Ben Sabin, la nuit suivante avec John Atraeus ?

Un gâchis !

— Je n'ai pas couché avec Atraeus, juré ! John ne manque pas de séduction mais, crois-moi, rien ne s'est passé entre lui et moi.

— Oserais-tu prétendre que John n'est pas un beau parti ? demanda sa sœur.

— Il ne m'intéresse pas, Francesca. J'ai été touchée par sa détresse, voilà tout.

Francesca eut un rire ironique.

— Toi alors ! Est-ce John qui a insisté pour que tu restes à ses côtés ?

— Non, c'est moi. À la fin, il m'a remerciée, mais nos rapports sont restés très chastes et...

— C'est bon, épargne-moi les détails, l'interrompit Francesca. Reste à clarifier la situation vis-à-vis de la famille, en particulier de Nick et de notre mère.

— Comme si je ne le savais pas !

Le jour où, folle amoureuse de Ben Sabin, elle s'était risquée de parler de ce dernier à sa mère, celle-ci n'avait rien eu de plus pressé que d'évoquer un prochain mariage ainsi que son espoir d'avoir des petits-enfants.

— En attendant, maman doit se demander ce que tu mijotes, ajouta Francesca d'un ton hostile.

— Quand je lui ai téléphoné pour lui demander des conseils sur les soins à apporter à John, elle ne m'a pas fait de reproches.

— Tant mieux pour toi.

Elle en eut soudain assez.

— Je n'ai pas couché avec John, pas plus qu'avec ce type, Tobias, rencontré l'autre soir à la réception de Nick. Quant à John, je n'avais rien prémédité du tout, j'ai simplement profité de sa voiture pour rentrer chez moi. Après l'accident, je l'ai accompagné jusqu'à son hôtel, pour m'assurer qu'il ne ferait pas de malaise consécutif à son traumatisme crânien, et cette fouine de Sally Parker nous a vus, filmés, questionnés, voilà tout.

Ou presque car, pour autant qu'elle s'en souvienne, c'était de son propre chef qu'elle avait tenu John par le bras.

— J'aimerais te croire, Sophie, déclara Francesca d'un ton sceptique.

— Bon, j'avoue m'être collée à John comme à un amoureux devant Sally et son cameraman, mais l'occasion était trop belle de me venger de Ben et de sa récente muflerie.

— Serais-tu en train de me dire que...

— Ben et moi avons passé la nuit ensemble. Que les femmes sont bêtes, parfois, car j'y ai cru.

— Sophie !

— Et quand je me suis réveillée, il avait filé à l'anglaise comme il y a un an, à Dolphin Bay.

— Mon chou...

— C'est ma faute.

— Oui, en partie, admit Francesca d'un ton plus dur. Tu ne devais plus revoir ce Ben, faire une croix sur lui, sur tes sentiments pour lui et puis, à la première alerte, tu craques.

Sophie ne pouvait que donner raison à sa sœur.

— Je n'aurais pas dû céder.

— Tu ne crois pas si bien dire : figure-toi que Ben m'a proposé de sortir avec lui.

Sophie crut défaillir.

— Je ne te crois pas.

— C'est la stricte vérité. Et comme tu mérites une leçon, j'ai bien envie d'accepter son invitation.

Sa sœur coupa la communication.

L'esprit en effervescence, le cœur cognant dans sa poitrine, elle se résigna à raccrocher. Comment Francesca, qui s'était toujours méfiée de Ben, pouvait-elle avoir accepté de sortir avec lui, sachant tout ce que cet homme représentait pour elle ? Avec cette préscience qui lui avait si souvent permis d'y voir clair dans le jeu d'autrui et les événements à venir, Francesca avait prédit que Ben serait néfaste pour elle, qu'il était né sous une mauvaise étoile et qu'elle ferait mieux de se tenir loin de lui.

Dix fois, elle tenta de rappeler sa sœur, sans succès. Francesca téléphonait-elle déjà à Ben, pour le mettre au courant de leur conversation ? Sa sœur avait des dons d'artiste, savait peindre, dessiner, créer des vêtements chics ou bohèmes, était extravertie, ce qui pouvait finalement plaire à un homme comme Ben.

Résolue à ne pas baisser les bras, elle appela le restaurant

Alfresco et l'une des serveuses, qu'elle connaissait fort bien, lui apprit que Francesca avait réservé une table non pas pour 18 heures mais pour 17 heures.

— Un problème ? demanda la serveuse. Si vous voulez changer l'horaire, je m'en charge, mais il me faudra prévenir votre sœur.

— N'en faites rien, surtout, répondit-elle tout en regardant son reflet dans le miroir de sa chambre.

Très pâle, presque exsangue comme à chaque fois qu'elle était sous le coup d'une profonde émotion, elle coupa la communication et prit le temps de réfléchir.

Il avait été prévu que Francesca, Nick et elle se retrouvent dans ce restaurant à 18 heures. Si sa jumelle avait choisi d'arriver plus tôt, n'était-ce pas pour voir Ben en tête à tête afin de lui confirmer qu'elle était d'accord pour sortir avec lui ?

Comment oses-tu, Francesca, me jouer un tel tour ! Imaginer sa sœur avec Ben la mettait hors d'elle-même. Et si elle se trompait ? Si Francesca avait rendez-vous avec quelqu'un d'autre que Ben Sabin ?

— J'en aurai le cœur net !

Elle opta pour une tenue discrète, chaussa de grandes lunettes de soleil et compléta sa tenue par une casquette à longue visière, de quoi passer inaperçue.

Le trajet jusqu'au restaurant Alfresco lui donna le temps de rassembler ses idées, de peaufiner sa stratégie. Si sa jumelle lui avait brûlé la politesse en accaparant Ben à son profit, alors gare à elle. Quoi que Sophie dise ou pense au sujet de ce traître, elle ne pouvait s'empêcher de le désirer.

Et, aussi, de l'aimer.

8

Sophie se gara un peu en retrait afin de pouvoir surveiller l'entrée du restaurant.

Une jeep, dont le conducteur n'était autre que Ben, approcha au ralenti puis trouva une place dans les parages. Bronzé, les pommettes saillantes, la mâchoire volontaire, il était plus beau et plus viril que jamais. Il portait lui aussi des lunettes noires. Discrétion oblige ?

Ses soupçons, hélas, semblaient bien se confirmer car qui Ben pouvait-il rencontrer ici, à 17 heures, sinon sa jumelle Francesca ?

La chaleur lourde, le ciel obscurci par des nuées, annonçaient une tempête mais elle s'en soucia peu et, tout en feignant de consulter son portable, elle scruta l'intérieur de la salle où Ben venait de pénétrer.

Un coup de tonnerre la fit sursauter. Un éclair zébra l'horizon gris-mauve. La pluie se mit à tomber si dru qu'elle se réfugia dans l'entrée du restaurant.

Comme s'il venait de répondre à un appel, Ben rangeait son portable puis elle le vit s'avancer vers une table du fond où était installée Francesca.

Elle avait deviné juste. Saisie par l'émotion, elle se félicita d'avoir des lunettes qui, pensait-elle, lui assuraient l'incognito. Quel salaud, ce Ben !

En elle se mêlaient la déception et l'humiliation.

La vision de Ben, l'autre soir, paradant au bras de cette jeune blonde hâlée avait été un choc, mais sans rien de comparable à sa souffrance présente.

Ben et Francesca...

Des larmes coulaient déjà sur ses joues.

Sans se soucier du déluge, elle se hâtait vers sa voiture en déployant le parapluie pliable qui ne la quittait jamais, quand, soudain, une voix familière l'interpella :

— Sophie !

Nu-tête, ruisselant sous l'orage, Ben la rattrapait déjà. Ainsi, en dépit de ses précautions, sa présence n'était pas passée inaperçue, dans le restaurant.

— Laisse-moi ! protesta-t-elle en se glissant derrière le volant.

Ben, trempé jusqu'aux os, retint la portière, l'empêchant de partir.

— Enfin, vas-tu me dire ce que tu fais ici ?

— En quoi est-ce que ça te regarde ? Puisque tu veux tout savoir, j'avais rendez-vous à 18 heures avec Francesca et Nick...

Ben fronça les sourcils.

— Il est 17 heures.

— Et alors ? J'ai le droit d'arriver en avance, non ?

— Ne me raconte pas de bobards. Tu voulais me surprendre.

Elle le fusilla du regard.

— Et pourquoi aurais-je envie de t'espionner ?

— Je l'ignore, mais tu as prémédité ton coup. Cette casquette, cette tenue... D'habitude, tu t'habilles autrement.

— Nous sommes dans un pays libre, je m'habille comme j'en ai envie.

La pluie envahissait l'habitacle du SUV et son seul souhait était de pouvoir partir au plus vite mais, curieusement, chaque fois que le regard de Ben croisait le sien, ses résolutions flanchaient.

— Va donc au diable ! Que sais-tu de moi, de ma façon de me vêtir, de mes goûts ? Nous n'avons passé en tout et pour tout que deux nuits ensemble, sans même que tu daignes au préalable m'inviter à dîner ou faire preuve de galanterie. Tu es un mufle, Ben ! Tout ce qui t'intéresse, c'est le sexe et quand je pense que tu as été le premier à...

Elle vit la stupeur se peindre sur ses traits.

— Comment ? Que dis-tu ?

Impossible désormais de ravaler son imprudent aveu.

Ben n'en croyait pas ses oreilles.

— Il y a un an, tu étais encore vierge ?

— Et alors ? répliqua Sophie sans le regarder en face.

Quelques secondes lui furent nécessaires pour admettre qu'il avait bien entendu.

— Justement, c'est important. Autant que tu te sois donnée à moi la veille de mon départ, alors que je venais d'hériter de mon oncle Wallace.

— Quel rapport ? Tu mériterais des claques, Ben Sabin !

Ainsi, Sophie n'avait jamais fait de l'argent une question vitale ? Et lui qui, cette fameuse première nuit à Dolphin Bay, aveuglé par son désir pour elle, s'était conduit en vrai macho ! Qu'elle ait été vierge, alors, expliquait enfin, à ses yeux, la lente maturation de leur désir et le fait qu'il leur ait fallu dix-huit mois avant de se retrouver, pour une nuit, dans les bras l'un de l'autre.

Quel idiot tu fais !

Tout autre que Sophie aurait jeté sa virginité dans la balance pour tenter de capturer son cœur, de faire de lui un féal docile, mais elle était restée discrète et ne lui avait rien demandé du tout, rien fait promettre non plus. Il aurait été disposé à revenir vers elle si, peu après cette fameuse nuit, Sophie ne s'était pas affichée, via les réseaux sociaux, au bras d'un autre homme, premier d'une longue série de flirts.

Aujourd'hui seulement, il comprenait que Sophie avait

agi ainsi par dépit amoureux, parce qu'il n'avait pas su lui donner confiance en l'avenir.

— Et si tu ôtais ta main de cette portière pour que je cesse d'être mouillée ? suggéra-t-elle.

Étouffée par le bruit de la circulation et les grondements du tonnerre, une sonnerie de portable qui n'était pas le sien émit ses notes perlées. Il vit Sophie extraire l'appareil de son sac. Qui donc pouvait l'appeler ? Par deux fois, elle prononça le prénom « John », puis il fut question du nouveau centre commercial Atraeus à Manhattan.

— Très bien, je serai présente à l'inauguration, déclara Sophie avant de couper la communication.

Ce qu'il devinait de connivence entre elle et l'homme d'affaires attisa chez lui une jalousie qu'il n'aurait jamais cru possible un an plus tôt, quand il avait de Sophie une vision tronquée, celle d'une jeune héritière un peu snob, se donnant à lui dès lors qu'il était devenu riche.

Comme il s'était trompé !

Si mystérieuse, toujours tirée à quatre épingles, trop bien éduquée aussi pour montrer ses sentiments ou laisser poindre ses émotions, Sophie s'était gardée de lui laisser entrevoir à quel point elle était sensible et généreuse, attachante et tendre aussi, bref combien elle aurait pu faire le bonheur d'un homme.

Savoir qu'un nouveau venu était en train de lui ravir sa belle et que, s'il n'y prenait garde, Sophie risquait fort de le quitter, lui, pour tomber entre les bras de son rival, lui était insupportable.

— À qui parlais-tu ? Atraeus ?

— En quoi est-ce que ça te regarde ?

— Atraeus n'est pas un homme pour toi et, avec lui, tu t'ennuierais vite.

Sophie rangea son portable et lui lança un regard froid.

— Ce que tu sais de moi tiendrait sur un timbre-poste et tu oses me donner des directives ? Et de quel droit ?

— Parce que tu es mienne.

Les mots avaient fusé sans qu'il prenne la peine d'y réfléchir vraiment.

— Pardon ?

— Tu es mienne, répéta-t-il, cette fois pleinement conscient.

Sophie se renfrogna.

— Je ne suis à personne, Ben, et avoir couché ensemble – ce que je regrette, crois-le bien – ne te donne aucun droit de me dicter ma conduite ou de te mêler de ma vie sentimentale.

Il ne voulut pas s'avouer vaincu.

— Il y a deux heures à peine, j'ai eu Atraeus au téléphone pour lui rappeler un rendez-vous qu'il avait oublié de confirmer.

— Et... Il t'a parlé de moi ?

— Oui, et aussi de l'accident, de son amnésie.

Sophie le scruta.

— Et puis ? Qu'en conclus-tu ?

— J'ai le sentiment que tu n'as pas couché avec lui, pas plus qu'avec ces types en compagnie desquels tu te laisses si complaisamment photographier et filmer depuis un an.

— Qu'en sais-tu ? Si mes calculs sont justes, j'ai fréquenté au moins une douzaine de types, comme tu dis, John Atraeus inclus, et j'en garde un excellent souvenir.

Il l'aurait giflée !

Heureusement, les informations concernant les flirts de Sophie étaient en libre circulation sur les réseaux sociaux et il avait eu largement le temps de découvrir que ces prétendants en série ne faisaient jamais long feu dans l'existence de sa belle. Connaissant Sophie et sa réserve naturelle, il excluait qu'elle puisse avoir eu des aventures d'une nuit avec ces prétendants qu'elle connaissait à peine.

— Si ces hommes t'apportaient autant que tu le prétends, pourquoi auraient-ils si vite disparu de ton existence ?

Sophie eut un rire forcé.

— Qui te dit que ces aventures ont toutes été sans lendemain ?

Une nouvelle torture pour lui. Ah, ouvrir la portière et extraire par la peau des fesses celle qui le tourmentait comme à plaisir !

— Et moi, dans quelle catégorie me classerais-tu ?

— Toi, c'est différent. Je te fais passer dans la catégorie « Pertes ». Je n'aurais même jamais dû te sourire.

Sonder le regard de Sophie, les deux lacs sombres qu'étaient ses yeux, lui donna la conviction qu'elle bluffait et n'avait jamais fait l'amour avec un autre que lui, ou du moins se plut-il à le croire. Restait le paramètre « Atraeus », un homme viril, à la personnalité affirmée, bref un rival potentiel. S'il n'y prenait garde et si Sophie continuait de voir l'homme d'affaires avant qu'il ait pris l'initiative de la conquérir définitivement, eh bien, ses chances iraient en s'amenuisant.

Quel idiot d'avoir été à ce point aveugle et pendant si longtemps !

La veille encore, Sophie lui faisait l'effet d'une femme calculatrice, froide et intéressée uniquement par son physique viril. Aussi l'oublier au plus vite était-il devenu pour lui une obsession, tandis qu'à présent il comprenait son erreur et découvrait en elle des trésors de finesse, une personnalité féminine complexe qui, plus que jamais, l'attirait et lui donnait envie de la prendre dans ses bras.

De son côté, il intriguait cette jeune femme et lui plaisait au-delà de leurs malentendus, sinon, pourquoi aurait-elle accepté par deux fois de se donner à lui ? Il n'avait plus d'autre choix que de proposer à Sophie d'être sa femme, autant parce qu'elle était sa chance de bonheur que pour satisfaire aux lois non écrites du clan Messena.

Devait-il pour autant annuler son rendez-vous avec Francesca et demander à Sophie de remplacer sa sœur ? Non, car telle qu'il connaissait sa belle, elle ne supporterait pas d'être confrontée, même de loin, à Buffy. Il risquait fort de se faire, une fois de plus, renverser une coupe de champagne sur la tête pour s'être affiché, naguère, avec la fille de Malcolm Holt.

Il lui resterait encore à persuader Buffy qu'il n'était plus libre tout en persuadant Sophie qu'il ne lui voulait pas de mal, bien au contraire.

— Heureux d'apprendre que tu me classes parmi les pertes, ma chère. Pourquoi donc te montrer si méchante ?

Ses cheveux voltigeant sous la bourrasque, Sophie lui adressa un sourire ironique.

— Méchante, moi ? Tu veux rire !

— Non, j'aurais plutôt envie de pleurer quand je pense à tout ce temps perdu.

— Comme tu as raison ! Non seulement nous perdons du temps mais, en plus, nous voilà trempés jusqu'aux os. Va donc rejoindre Francesca puisque c'est elle qui te plaît tant...

La vie lui parut soudain bien difficile, sans compter Atraeus qui n'allait pas lui faciliter les choses.

— Ne dis pas de bêtises. Et au fait, n'as-tu pas reçu mes roses, l'autre matin ?

Sophie fronça les sourcils.

— Pour autant que je sache, elles m'ont été livrées sans carte de visite.

— Qui d'autre aurait pu te les faire porter ? Atraeus ?

Elle le toisa.

— John est trop galant pour agir clandestinement et ses roses n'auraient sans doute pas été de cette couleur. Sache, Ben, que je n'aime pas le rouge...

Le rouge ! La couleur de la robe de Francesca, ce soir-là, et aussi celle du sang qui lui montait à la tête tant la colère s'intensifiait en lui.

— Ne me parle plus de cet homme !

— Tu n'as aucun ordre à me donner, Sabin, rétorqua-t-elle en faisant mine de démarrer.

D'une détente de la main droite, il bloqua son geste et,

penché en avant, huma à pleins poumons le subtil parfum de séduction et d'amour qui émanait d'elle.

— Tu me plais et je t'ai dans la peau ! s'entendit-il dire.

Alors que Sophie éclatait d'un rire moqueur, il ouvrit la portière du SUV, attira la jeune femme à lui, l'enlaça puis l'embrassa avec ferveur.

9

Un flot de désir inonda les veines de Sophie.

Ces lèvres mâles, ce souffle chaud… En toute logique, elle aurait dû ruer dans les brancards et repousser Ben tant elle lui en voulait encore de sa conduite, mais voilà, l'embrasser était si bon que sa résistance fléchissait déjà.

S'il n'avait vu en elle qu'une fille d'une nuit, une partenaire occasionnelle, pourquoi ce brusque revirement de sa part, cette jalousie à fleur de peau ? Pourquoi se serait-il soucié de savoir si oui ou non elle sortait avec John Atraeus, et enfin, pourquoi aurait-il tenu à lui offrir ces roses ?

Et si Ben t'aimait ?

Elle aurait voulu croire à un possible avenir avec lui mais ne l'avait-il pas quittée cavalièrement, par deux fois, après qu'elle lui avait donné ce qu'il désirait ?

Un salaud, voilà ce qu'il est. Alors inutile de te faire des illusions…

Agrippant Ben par son T-shirt trempé de pluie, elle sortit du SUV et se pressa contre lui, respirant son odeur et, pour se venger de ses indélicatesses, plantant les ongles dans sa chair non sans lui offrir une fois de plus sa bouche.

Peu après, elle le fixa sévèrement.

— Ne t'avise plus de me traiter comme tu l'as fait, jamais !

— Sophie !

— Tu m'as compris ?

Penaud, il hocha la tête.

— Alors serre-moi fort contre toi.

Ben s'exécuta et, sous la pluie, ils s'enlacèrent comme des fous, ses seins s'écrasant contre le torse de son homme. Son sexe était d'une dureté affolante au contact de sa féminité...

— Sophie, je te veux !

Les mots exacts qu'il lui avait murmurés à l'oreille, un an plus tôt, dans sa chambre de Dolphin Bay.

— Tais-toi !

Était-elle si faible, si inconsciente du danger, pour ne pas voir que Ben la tenait par le désir, par le sexe ?

— Tu me plais, tu es à moi...

Cette voix suave, caressante, cette voix mâle, avait le don de la mettre en transe et, si elle ne réagissait pas, il pourrait la pousser à faire ce qu'il lui commandait sans qu'il lui vienne à l'esprit de se dérober.

— Toi aussi, tu me plais, répondit-elle, subjuguée par l'étreinte, par le souffle de Ben sur sa joue, sur sa bouche, par la force de son érection contre elle, par son parfum masculin qui la pénétrait en profondeur.

Un nouveau baiser les unit et, quand ils reprirent leur souffle, la pensée que Francesca – cette traîtresse – se mettait à son tour sur les rangs, réactiva sa jalousie.

— Sophie ! s'exclama Ben en reprenant une fois de plus son souffle.

Insensible à la pluie, les reins collés à la portière de son SUV, elle crut bien défaillir.

— Ben...

Il la serrait si fort entre ses bras qu'elle n'en menait pas large, et la pression de son sexe dur contre sa féminité en feu ne faisait qu'ajouter un peu plus encore à sa confusion. Elle aurait dû repousser les assauts d'un homme qui, jusqu'à présent du moins, l'avait si mal considérée mais voilà, ce que lui recommandait sa tête n'avait pas l'aval de son cœur, encore moins celui de ses sens, et elle enviait Ben d'être si fort, si en contrôle de ce qu'il lui faisait subir. Maître du jeu, en somme, alors qu'en ce qui la concernait, elle n'en menait plus large du tout.

— Tu aimes ? murmura-t-il à son oreille.

Bien sûr qu'elle aimait, et plutôt deux fois qu'une !

— Nous... Je...

Le regard de Ben se teinta d'ironie.

— Veux-tu que j'arrête ?

Oh non !

D'une main résolue, elle massa la bosse qui déformait son jean. Sentir palpiter ce sexe viril sous ses doigts fut pour elle un début de jouissance.

— Et si quelqu'un venait ?

Ben lui sourit.

— Nous ne faisons rien de mal, n'est-ce pas ?

Pour le moment !

Prisonnière de ses bras musculeux, elle se retrouva plaquée contre la carrosserie du SUV, presque en lévitation, les seins pressés contre ce torse mâle.

— Tu me fais perdre la tête !

— Tant mieux ! répondit l'homme à qui elle avait fait don de sa virginité, un an plus tôt.

Une velléité d'indépendance l'incita à agripper Ben par les épaules et à s'imposer à son tour dans ce corps à corps. Les seins douloureux, le ventre en feu, elle se frotta contre lui et, en retour, obtint un large sourire.

— Tu aimes ça autant que moi, n'est-ce pas ?

— Oui ! avoua-t-elle, la bouche sèche.

Et, après avoir inspiré l'air moite et humide de cet après-midi de pluie, elle se suspendit avec force à son cou, puis l'immobilisa dans une longue étreinte fougueuse.

— Quel couple nous formons ! Tu es trempée autant que je le suis, murmura-t-il.

— Trempée, tu ne crois pas si bien dire, répliqua-t-elle, mutine.

Ses cheveux dégoulinaient mais elle s'en souciait peu, occupée à caresser Ben, et de toutes les façons possible.

En public !

— Toi alors ! gronda-t-il, visiblement surpris par son audace.

Imperméable au monde extérieur, elle continuait à enlacer l'homme qui savait si bien la faire frissonner de plaisir. Soudain, sous l'effet d'une nouvelle caresse, de la pression de ce sexe tendu contre ses cuisses et son ventre, elle laissa libre cours à sa jouissance et, agitée de soubresauts, poussa une longue plainte.

— Oui, Ben, oui…

C'était si bon qu'elle aurait voulu garder à jamais dans son cœur ce moment précieux qui l'avait rapprochée de l'homme de sa vie, de l'image qu'elle se faisait du bonheur, aussi.

La pluie avait cessé et des éclaircies morcelaient le ciel.

— Tu sais, je n'avais pas l'intention de…, commença Ben en dardant sur elle son regard mâle.

Elle s'efforça de calmer sa respiration haletante.

— De quoi donc ? De me faire pour ainsi dire l'amour en pleine rue ? Ou de me faire l'amour tout court ?

Une telle expérience ne lui était jamais arrivée encore et elle rendit grâce à l'orage qui avait vidé l'espace public, le temps pour elle d'éprouver entre les bras de Ben la jouissance inouïe d'un orgasme en liberté.

— Sophie, il ne faut pas m'en vouloir, marmonna-t-il sans répondre précisément à la question posée.

Alors qu'elle rajustait son chemisier défait, une voiture passa en trombe dans une flaque d'eau et les aspergea.

— Flûte ! s'écria-t-elle, de nouveau trempée jusqu'aux os mais sans perdre sa bonne humeur.

Sous le soleil revenu, un couple sortit du restaurant et, passant devant eux, leur adressa un regard intrigué.

— Ne restons pas là, fit Ben. Veux-tu que nous déjeunions ensemble après-demain ?

Sa joie fut ternie à la pensée que, le lendemain, Ben et

Francesca devaient, en principe, se rendre à Sail Fish Key pour le déjeuner inaugural.

Sans elle !

— Et pourquoi pas demain ?

Qu'allait-il répondre ?

— Demain, je ne suis pas libre. Mais tout le restant de ma semaine t'appartient...

Sa déception fut immense.

Alors même qu'ils venaient pratiquement de faire l'amour au vu de tous, Ben comptait toujours se rendre avec Francesca à ce déjeuner inaugural. Et, à l'évidence, sa sœur jumelle attendait le retour de Ben au restaurant Alfresco, sans doute pour mettre au point les détails de leur nouveau plan.

Comment se relèverait-elle jamais de cet affront ? L'homme à qui elle venait de s'offrir n'avait vraiment que très peu de considération pour elle.

— Es-tu sûr de ne pas vouloir m'emmener demain à Sail Fish Key ? crut-elle bon d'insister pour la dernière fois.

— Certain, répondit Ben, une expression dure figeant ses traits virils.

Dommage...

Oh ! bien sûr, elle aurait pu supplier, lui faire du chantage aux sentiments, mais avait-elle envie de s'abaisser ? Non. Et de plus, il était hors de question pour elle d'entrer en compétition avec sa jumelle. Le sort en était jeté, donc.

Soudain apaisée, plus forte qu'elle ne l'avait jamais été, elle sentit croître en elle la détermination des Messena, cette volonté farouche qui avait naguère fait de sa grand-mère une femme d'affaires intransigeante.

Et ses frères, donc ! Nick, pas plus que Gabriel, Kyle ou Damian, n'avait pour habitude de se coucher devant l'adversaire, de plier devant la difficulté ou la nécessité de prendre une décision difficile. Oui, bien sûr, mais renoncer à Ben, si près du but...

D'un geste sec, elle tira de son sac ses lunettes noires,

déterminée à ne plus jamais se laisser mener par ses sens ou la perspective du plaisir à venir. Par deux fois déjà, Ben l'avait comblée puis bafouée en l'abandonnant.

Qu'elle le veuille ou non, coucher avec lui, l'attirer entre ses draps en suivant le conseil de sa belle-sœur qui avait su, par cette stratégie, mettre le grappin sur Nick, s'avérait une fausse bonne idée. La seule décision raisonnable était donc de renoncer – et à jamais – à celui qui, pourtant, occupait encore et toujours ses pensées.

Et son cœur.

— Je dois rentrer, lâcha-t-elle d'une voix altérée par l'émotion.

Ben lui sourit.

— Très bien. Alors, à après-demain, pour déjeuner ?

Elle le toisa.

— J'ai bien peur que non. Une fois de plus, tu crois mener le jeu et m'avoir à ta merci mais tout ça, c'est fini et bien fini.

— Attends, je...

— Laisse-moi. Je ne veux plus te revoir et, plutôt que de sortir avec toi, je préférerais encore me jeter du haut d'une falaise dans l'océan.

Une fois chez elle, Sophie se sentit envahie d'un grand calme, ce qui, compte tenu des circonstances, ne manqua pas de la surprendre.

Les aiguilles de sa montre marquaient bientôt 18 heures aussi prévint-elle Nick et sa sœur, par texto, qu'elle aurait un peu de retard. Rien de tel qu'une bonne douche pour effacer Ben de sa mémoire et, pour que le geste soit complet, elle jeta à la poubelle les vêtements portés durant leur étreinte.

Une fois séchée et pomponnée, elle opta pour un chemisier blanc et un pantalon léger, puis elle se rendit au restaurant Alfresco.

Arrivée en avance, elle commanda un expresso et repensa

à la trahison de sa sœur qui avait accepté d'accompagner Ben le lendemain à Sail Fish Key. *Quelle garce !* Quant à Nick, il risquait fort de lui adresser des reproches sévères pour avoir compromis l'honneur des Messena.

Sortant son portable, elle chercha dans les pages *People* celles consacrées à Buffy, la jolie blonde au hâle couleur pain d'épices, dont la présence insistante au bras de Ben avait pour effet de plomber son moral.

Du coup, elle se connecta sur la page de sa sœur qui, d'ordinaire, adorait publier les photos d'elle et de ses prétendants. Allait-elle la découvrir avec Ben ? Peut-être même embrassant Ben ?

Ce ne fut pas le cas. Plus d'une fois, Francesca avait laissé entendre que John Atraeus ne la laissait pas indifférente. En acceptant d'être la cavalière de Ben le lendemain, sa sœur entendait-elle lui donner une leçon, la punir en quelque sorte pour avoir passé la nuit sous le même toit qu'Atraeus ? C'était possible...

Alors qu'elle rangeait son portable, Nick s'annonça, le sourire aux lèvres.

— Francesca n'est pas encore arrivée ?

— Pas encore, répondit-elle en se levant pour faire la bise à son frère.

Une limonade délicieuse, spécialité de la maison Alfresco, nappa bientôt ses papilles altérées.

— Sophie, j'ai à te parler, attaqua Nick en dardant sur elle un regard réprobateur.

Elle s'efforça de ne pas ciller.

— Je t'écoute.

— Tu te doutes de ce que je vais dire ?

— Un peu, oui.

Si elle craignait Nick, ce dernier ne lui faisait pas peur car elle gardait de son frère l'image d'un bambin joufflu, puis d'un garçonnet aux joues rondes portant des lunettes correctrices et à qui il manquait une dent sur le devant.

Vingt et un ans plus tard, Nick s'était métamorphosé en un solide gaillard aux poings d'acier sans pour autant parvenir à l'impressionner.

— Selon une rumeur, tu sortirais désormais avec John Atraeus, déclara Nick.

— Tranquillise-toi, il n'y a rien entre lui et moi.

Nick la scruta.

— Et Ben ? Que devient-il, dans l'affaire ?

Au prix d'un immense effort de volonté, elle s'efforça de ne pas laisser poindre son émotion.

— Ben n'a rien à voir là-dedans. John me raccompagnait à mon hôtel et, en chemin, il a été percuté par un autre véhicule.

Des années plus tôt, quand leur père avait été victime d'un accident de la route fatal, Nick avait été l'un des premiers à se rendre sur place et la vision du carnage l'avait profondément marqué.

— Pourquoi ne pas m'avoir appelé ?

— Pour ne pas te déranger et puis, ne suis-je pas assez grande pour prendre des décisions ?

Elle justifia sa présence chez Atraeus en évoquant les pertes de mémoire de ce dernier, autant que les possibles complications de son traumatisme crânien.

— J'aurais pu t'aider, t'envoyer une infirmière et, de cette façon-là, nous aurions évité les indiscrétions des médias, insista son frère.

— J'étais sur place. C'était à moi d'agir.

Nick soupira.

— Il y a moins d'un an, tu as failli perdre la vie sur cette route escarpée, en Nouvelle-Zélande, et maintenant, ici, à Miami, tu frôles de nouveau le danger. Dans les deux cas, tu t'es bien gardée de m'appeler à l'aide.

Elle prit la main de son frère dans la sienne, la serra fort, heureuse de sentir combien il tenait à elle, combien elle comptait pour lui.

— Le premier accident a été sans gravité, quelques

coupures, deux ou trois bleus et un poignet foulé. Et puis, tu étais en voyage, à l'époque...

Le regard de Nick exprima la désapprobation.

— Ne me mens pas. Dès que j'ai su, j'ai pris mes renseignements et appris qu'on t'avait transportée en urgence à l'hôpital Whangarei. Traumatismes multiples, déplacement des vertèbres dorsales, risques de dommages à la moelle épinière.

— Francesca t'avait mis au courant ?

— Bien sûr ! Ce qui t'arrive lui arrive aussi, puisque vous êtes jumelles, et elle s'était beaucoup inquiétée pour toi. Le bras dans le plâtre, la chaise roulante... Elle m'avait aussi expliqué que tu ne devais d'avoir la vie sauve qu'à un concours de circonstances.

À quoi bon mentir plus longtemps ?

— Bon, c'est vrai, j'ai frôlé la mort et si j'avais percuté un arbre au lieu de ce providentiel buisson, sur le bas-côté, je ne serais peut-être pas en train de te parler en ce moment précis.

— Quelle imprudence d'avoir accéléré dans ce virage, sœurette ! Tu as manqué d'y laisser la vie, sans compter que tu aurais pu aussi faire le plongeon dans la mer, en contrebas de la falaise.

— Rien de tel n'est arrivé, n'est-ce pas ? dit-elle avant de tremper ses lèvres dans sa limonade.

Après quelques instants de silence méditatif, Nick reprit la parole :

— Alors, vraiment, tu n'as pas un petit faible pour Atraeus ?

— Non. Je me suis contentée de lui porter assistance, car il souffrait de la tête, après le choc qu'il avait reçu. Et il perdait la mémoire, aussi.

— Et toi, tu en oubliais presque l'ami Ben ?

Le ton sarcastique lui fit dresser l'oreille.

Que savait précisément Nick de ses relations avec Sabin ? Car il avait été l'employé de son frère avant de devenir son partenaire en affaires.

Elle tapa du plat de la main sur la table.

— Nous ne sommes plus au Moyen Âge. Je suis majeure et ma vie m'appartient. Pendant que j'étais avec John, dans sa suite, j'ai appelé maman pour lui demander des conseils médicaux.

Nick eut un sourire.

— Et donc, maman t'a recommandé de rester avec John ?

— Oui. Et le médecin lui aussi a estimé que ma présence auprès de lui serait bénéfique, du moins pour un temps.

L'arrivée de Francesca interrompit la conversation. Nick, toujours galant, se leva pour offrir une chaise à la nouvelle venue.

— De quoi parliez-vous, tous les deux ? Ou plutôt, de qui ? demanda sa sœur d'un ton hésitant.

Après s'être raclé la gorge, Nick se tourna vers elle.

— De John Atraeus et de la présence de Sophie chez lui, dernièrement. Je m'étonnais que ta jumelle ait pu passer la nuit chez un homme qu'elle connaissait à peine.

— Et qu'a donc répondu Sophie ? demanda Francesca.

— Qu'elle avait agi pour des raisons purement médicales, en suivant les conseils de notre mère, répondit Nick. Et puis, si John a la stature d'un Ben Sabin, ils sont bien différents tous les deux.

Francesca se cabra.

— Dis tout de suite que John, enfin Atraeus, ne vaut pas Ben ?

— Ai-je insinué une chose pareille ? contra Nick.

— Tu sous-entends sans doute qu'Atraeus serait du type plan-plan et ennuyeux, déclara Sophie à son tour, un peu parce qu'elle le pensait et aussi pour détourner le projecteur de sa relation avec Ben.

— John, ennuyeux ? fulmina Francesca, sourcils en bataille. Mais c'est tout le contraire ! John sait très bien raconter des histoires drôles, si vous voulez savoir.

Que Francesca puisse trouver John à son goût lui donnait

une raison supplémentaire d'avoir avec elle une longue conversation à ce sujet.

Nick fronça les sourcils.

— J'ai appelé John hier. Apparemment, Sophie doit assister avec lui à l'inauguration du nouveau centre commercial Atraeus.

Aïe ! Francesca la fixa, furibonde.

— Tiens, et tu ne m'en aurais rien dit ?

— Le temps m'a manqué, répondit Sophie, penaude. John me l'a proposé et j'ai accepté, car j'espère pouvoir implanter quelques boutiques de mode et de prêt-à-porter dans son centre.

Nick fit la grimace.

— Tu aurais dû m'en parler d'abord.

Cette attitude paternaliste l'agaça.

— Craindrais-tu que John Atraeus te fasse faux bond en affaires, à cause de moi ?

— Je pense que tu devrais m'en référer ou en référer à Damian, Gabriel ou Kyle avant de prendre ce genre d'initiative, rétorqua Nick.

Et voilà !

— Tu sais quoi, Nick ? Elena, ta femme, a bien du mérite de te supporter, mais pour ce qui me concerne, laisse-moi vivre ma vie.

La stratégie de ses belles-sœurs ayant porté ses fruits, Nick, Kyle et Gabriel s'étaient résignés à se faire passer la bague au doigt et, de ses quatre frères, seul Damian était toujours célibataire.

— Ne te fâche pas, protesta Nick en souriant. Si je me mêle de ta vie, c'est parce que je t'aime.

— Alors continue de m'aimer sans vouloir me dire avec qui et quand je peux ou ne peux pas sortir.

Jamais elle ne s'était montrée aussi véhémente envers son aîné, le contrecoup sans doute de sa rupture définitive avec Ben.

Le portable de son frère sonna et, après un bref échange avec son interlocuteur, Nick se leva.

— Désolé, les filles, mais je dois partir. Elena m'attend.

— Cette conférence à Los Angeles ? demanda-t-elle.

— Oui.

— N'était-ce pas hier que tu étais censé t'y rendre avec ton épouse ?

— Elena avait un rendez-vous médical et nous avons décalé le voyage d'un jour.

— Est-elle malade ? demanda Francesca.

— Ai-je parlé de maladie ? Non, elle espère, nous espérons, un heureux événement d'ici à quelques mois.

Un bébé !

— Quand ? voulut savoir Sophie, très excitée à la pensée d'avoir prochainement une nièce ou un neveu.

— Dans six mois si tout se passe bien.

Francesca battit des mains.

— Comme je suis heureuse pour vous deux.

Elle ne l'était pas moins, car Nick et Elena espéraient depuis peu fonder une famille.

En ce qui la concernait, le bilan était plutôt négatif : célibataire à vingt-sept ans, toujours seule. Son horizon sentimental s'assombrissait de jour en jour. Deux ans et demi d'attente, deux ans et demi déjà que Ben Sabin et elle avaient échangé ce premier regard, décisif, chargé de tension, de désir, d'espoir aussi.

Elle s'était armée de patience mais Ben, lui, n'avait pas du tout réagi comme elle l'aurait souhaité, ne manifestant à son égard, par la suite, qu'un intérêt poli. Employé alors de Nick et de la famille Messena, peut-être avait-il été intimidé par elle, peut-être aussi n'avait-elle pas su lui montrer le chemin de son cœur ?

Et lui le chemin du sien...

Dans tous les cas, elle en avait fini une fois pour toutes

avec le sieur Sabin, qu'on se le dise ! Et cette fois, Francesca y était bien pour quelque chose.

Le portable de Nick sonna alors que ce dernier s'apprêtait à partir.

— Un texto de maman, annonça-t-il en consultant le message. Depuis qu'Elena lui a annoncé la nouvelle, elle est aux anges et pense venir nous voir prochainement.

Une fois Nick parti, elle garda le silence face à Francesca, pendant que la serveuse apportait des tapas et des boissons fraîches.

— Et si nous faisions la paix ? plaida sa jumelle en s'emparant, l'air gourmand, d'une mini-brochette de moules au piment.

— Pourquoi pas, répondit-elle, sceptique, en goûtant du bout des lèvres un poivron fourré au fromage.

L'entrée dans le restaurant d'un client aussi large d'épaules que Ben ranima sa souffrance, d'autant que le nouveau venu lui souriait. La copie ne valait pas l'original, et ce sourire trahissait une certaine mollesse, une fatuité bien éloignée de la masculinité affirmée de Ben, ce qui la conduisit à réviser ses griefs contre l'ex-militaire.

Dans le fond, n'était-ce pas ce côté macho, tant au lit que dans la vie, qui la séduisait autant ? Si Ben avait ressemblé à John Atraeus, elle ne lui aurait sans doute pas jeté un seul regard.

Non, car dès leur première rencontre, le magnétisme viril de celui qui, à l'époque, était encore l'employé de Nick, l'avait immédiatement séduite. Des mois durant, elle avait multiplié les occasions de le revoir, de l'inviter dans la grande villa des Messena, sans faire mine de vouloir approfondir leur relation, pudeur oblige.

Et puis, un an plus tôt, dans l'hôtel de Dolphin Bay qui appartenait aux Messena, ce qu'elle avait tant espéré, tant souhaité, s'était enfin produit.

— J'aimerais bien connaître tes pensées, fit Francesca en lui tapotant le bras.

Elle décida de jouer cartes sur table.

— Je ne veux pas me fâcher contre toi, surtout pas à cause d'un homme capable de nous diviser. Je sais que Ben n'est pas ton type alors, s'il a su te forcer la main, j'aimerais bien savoir avec quels arguments.

— Ben ne m'a pas forcé la main, sœurette.

— Vraiment ? Alors pourquoi l'accompagner demain au déjeuner inaugural de Sail Fish Key ?

Détournant la tête, Francesca croqua dans un toast au pâté.

— Eh bien ? insista-t-elle.

Francesca s'essuya les lèvres.

— Je t'en voulais à cause de ta présence chez John, l'autre soir. Et puis Ben est séduisant…

— Il t'a vraiment proposé de l'accompagner à Sail Fish Key ?

— Mais oui. Peut-être préfère-t-il mon style vestimentaire au tien ? Ou est-ce ma coloration blonde qui lui plaît et qu'il trouve attirante ?

Sophie se retint de gifler sa jumelle. Absurde !

S'il ne l'avait pas trouvée à son goût, Ben n'aurait pas pu lui avoir si bien fait l'amour, l'avant-veille, et l'avoir serrée dans ses bras, il y avait une heure à peine, l'embrassant et la caressant de telle façon qu'elle avait eu un orgasme.

L'explication de Francesca était bancale.

— Aurais-tu oublié notre pacte ? Et regarde-moi en face quand je te parle.

Ce pacte les obligeait, l'une comme l'autre, à tout se dire, quoi qu'il en coûte.

Francesca reposa son toast sur l'assiette.

— Oh ! et puis flûte ! Ben m'avait demandé de garder le secret sur ses motivations. Tu as raison, il n'est ni intéressé, ni attiré par moi, et son seul but est d'échapper, lors de ce déjeuner, aux assiduités de la fille d'un des investisseurs principaux du projet.

— Buffy Holt ?

— Tu es donc au courant ?

— Buffy s'affiche avec Ben sur les réseaux sociaux alors que, jusqu'à présent, elle sortait avec des gars du show-biz ou du sport, le genre tatoué, bronzé, un piercing au nez ou à l'oreille.

Francesca se mit à rire.

— Buffy adore tout ce qui brille.

— Je crois qu'elle s'est lassée de ses apollons bodybuildés et qu'elle est en quête d'un homme véritable, un mari potentiel.

— Un homme qui aurait le profil de ton Ben ? demanda Francesca.

— Exactement. Et si, par hasard, tu avais des vues sur lui, sache qu'il pense pis que pendre de toi et de moi. Du reste, regarde !

Elle montra à Francesca la page du site de Sally Parker où toutes les deux étaient qualifiées par Ben d'« écervelées gâtées pourries ». Il affirmait encore tout récemment qu'un homme « devrait avoir perdu l'esprit pour sortir avec l'une ou l'autre des jumelles Messena ».

— Quel mufle ! s'exclama sa sœur. Et tu continues à t'intéresser à lui après ce qu'il ose dire de toi et de moi ?

— Ben ne compte plus, répondit-elle avec véhémence. Je veux l'oublier, me sevrer définitivement de lui.

Francesca la scruta.

— Je sais que tu es très amoureuse de lui et je me doute que tu souffres en ce moment précis.

— C'est vrai, mais notre histoire n'a aucun avenir.

Sa jumelle la sonda encore une fois du regard.

— Dis-moi, est-ce vraiment vrai que tu n'as pas couché avec John ?

— Je te le jure, répondit-elle, sur la défensive.

— Mais tu as passé une nuit dans sa suite, insista Francesca. Pourquoi laisser croire à Sally que vous étiez intimes ?

Parce que Ben m'avait de nouveau traitée comme une moins que rien et qu'en laissant entendre qu'Atraeus était mon nouvel amant, je tenais ma vengeance.

— J'avais mes raisons. Rassure-toi, John et moi n'avons pas partagé le même lit, cette nuit-là.

Et elle raconta comment, après l'accident, elle avait conduit Atraeus à l'hôpital, puis l'avait raccompagné à son hôtel par crainte des suites éventuelles de son traumatisme crânien.

— Alors c'est vrai ? John souffre d'amnésie ? demanda Francesca non sans inquiétude.

— Oui, mais c'est bénin. Il m'a même confondue avec toi, à un moment…

En observant l'air paniqué de sa sœur, son visage décomposé, elle comprit soudain la vérité. L'homme qui avait partagé le lit de Francesca, samedi dernier, à l'hôtel de Nick, le mystérieux petit ami de sa sœur, n'était autre que John Atraeus !

— Cet homme, dans ta suite, samedi dernier, n'était-ce pas lui ? questionna-t-elle.

— Oui, confirma Francesca, gênée.

Elle se voulut rassurante.

— Si je l'avais su, je n'aurais jamais menti à Sally, l'autre jour, pour donner une leçon à Ben. Oui, je regrette…

Francesca afficha son soulagement.

— Je te crois. Et moi qui pensais que tu voulais me prendre l'homme que j'aime !

— Tu vois comme on peut se tromper. Et ne te formalise pas si John a un comportement étrange pendant quelques jours.

— Bon, mais John t'a tout de même invitée, toi, Sophie, à l'accompagner à Manhattan.

— Uniquement pour des raisons professionnelles, sœurette. John m'aime bien, mais il n'y a jamais eu le moindre atome crochu entre lui et moi. Et il estime que, professionnellement parlant, j'ai mon mot à dire dans la future négociation avec les autres prestataires.

Francesca s'essuya les lèvres.

— Me voilà rassurée… à moitié. En fait, je suis toujours très jalouse de toi. Et si John m'avait oubliée ? S'il avait oublié tout ce que…

— Ce que vous avez partagé durant cette fameuse nuit ? Mais non, Francesca, John a perdu momentanément le souvenir de certains événements récents mais ses sens, eux, savent que c'est avec toi qu'il a pris du plaisir, pas avec moi.

Francesca afficha sa morosité.

— J'ai quand même peur. Quelle catastrophe s'il ne me reconnaissait pas. S'il ne parvenait pas à nous différencier, toi et moi ?

— Je te fais confiance pour titiller ses sens en recréant les conditions où, l'autre soir, chez Nick, tu es arrivée à tes fins. Du reste, je te propose de te rendre à ma place à New York.

Une expression enjouée éclaira le visage de sa sœur.

— Oui, c'est une idée.

— Là-bas, tu auras carte blanche pour séduire John.

— Bon, mais que vais-je dire à Ben ?

— Rien ! C'est moi qui l'accompagnerai au déjeuner inaugural de demain, à Sail Fish Key. En somme, nous échangerons nos rôles.

Francesca fit la moue.

— Hum, je ne sais pas...

Sophie prit son courage à deux mains.

— Je me teindrai les cheveux dans la même nuance que toi. Ben n'y verra que du feu.

Jusqu'à ce que je lui dise la vérité !

— Toi, en blonde ? Mais tu détestes cette couleur !

Sophie eut une grimace.

— C'est vrai que je trouve les blondes vulgaires.

Francesca haussa les épaules.

— John, lui, adore mes mèches claires et il n'est pas le seul...

Ainsi s'expliquaient les succès de sa sœur auprès de John Atraeus, du moins jusqu'à ce qu'il perde en partie la mémoire. Aurait-elle le même succès, demain, avec Ben, une fois teinte en blonde ?

Quelques heures plus tôt, en pleine rue, sous la pluie, Ben lui avait prouvé son attachement, du moins jusqu'à un certain point. Le lendemain, sous l'apparence de Francesca la blonde, elle serait aux premières loges pour savoir enfin ce que Ben avait – ou non – dans le ventre.

— Si tu veux être ressemblante, n'oublie pas le vernis ! ironisa sa jumelle en exhibant des mains aux ongles rose vif.

En comparaison, les siens étaient discrets, à l'image du vernis presque incolore qu'elle employait depuis toujours, un détail à modifier d'urgence avant le lendemain.

Sa sœur lui lança un regard soupçonneux.

— Ne serais-tu pas toujours amoureuse de Ben, même après la façon dont il t'a traitée ?

Aïe ! Elle rassembla son courage.

— Et pourquoi serais-je amoureuse d'un macho de son espèce ? Il m'a plu, nous avons couché ensemble deux fois, voilà tout.

Avait-elle donné le change en dépit du rouge qui lui montait aux joues ? Francesca eut un petit sourire.

— Bon, si tu le dis… Permets-moi pourtant de trouver ton attitude vis-à-vis de Sabin pour le moins obsessionnelle, surtout compte tenu du mal qu'il t'a fait. Te traiter ainsi, plus bas que terre…

— Ben a des défauts et des qualités. Tu ne le connais pas assez pour le juger.

Le sourire de Francesca s'accentua.

— Moi, je crois que tu aimes cet homme…

— Sûrement pas !

N'avait-elle pas tiré un trait sur leur pitoyable histoire ? Et tout récemment encore, Ben avait précisé qu'un homme « devrait avoir perdu l'esprit pour sortir avec l'une ou l'autre des jumelles Messena », ce qui voulait tout dire.

Le lendemain, si tout se passait comme prévu, elle rendrait au sieur Ben Sabin la monnaie de sa pièce, et ce dernier s'apercevrait, un peu trop tard, que la compagnie des jumelles Messena présentait certains risques.

Sa revanche à elle.

10

Sophie contacta Rico, son coiffeur, qui se trouvait être aussi celui de Francesca et, par chance, elle put obtenir un rendez-vous pour le soir même.

Rico prit une mine catastrophée quand Sophie exprima son désir de changer sa couleur naturelle pour celle, si artificielle, qu'affectionnait Francesca. La teinture en question, qui portait le doux nom de Britney Blonde Bombshell, se remarquerait à un kilomètre, même en pleine nuit.

— Si vous préférez, Rico, je peux acheter cette coloration en magasin et me teindre moi-même les cheveux.

Nouvelle mimique de Rico.

— Oh non, ma chérie ! Non... D'abord, vous ne trouveriez pas cette nuance-là en magasin, et puis, vous n'y pensez pas, une cliente aussi fidèle que vous...

Une demi-heure plus tard, Rico, livide, lui rendit la monnaie alors même qu'elle n'en menait pas large à l'idée de tromper Ben, le lendemain, grâce à son stratagème. Sa sincérité naturelle reprenait le dessus et ses valeurs morales montaient la garde. Mais enfin, Ben s'était si mal comporté avec elle qu'il méritait bien une petite leçon.

Pourtant, elle rêvait en secret de lui appartenir pour toujours, pour une vie d'amour, dans le bonheur du mariage, avec des week-ends au soleil, sur la plage, entre deux éclats de rire. Et le soir, au lit...

Ben allait-il aimer sa couleur Britney Blonde Bombshell qui faisait d'elle un clone de Francesca ?

— Et maintenant, les tatouages, déclara-t-elle d'un ton faussement assuré.

Car Rico possédait une collection de ces décalcomanies qu'on applique sur la peau et qui apparaissent comme de véritables inscriptions à l'encre.

— Antonio va s'en occuper, répondit le coiffeur en appelant son assistant, un joli blondinet aux yeux bleus.

Une boisson fraîche lui fut servie pendant qu'elle se livrait aux mains expertes de l'employé et, quand elle put contempler le résultat final dans le miroir, ma foi, elle eut bien du mal à se reconnaître. N'avait-elle pas tout d'une « bombe sexuelle » ?

Saisie d'un dernier doute, elle consulta, sur son portable, les pages « Buffy ». Ici et là, la jolie héritière s'affichait en maillot moulant avec, tatouées sur ses épaules, ses bras, ses cuisses, des déclarations du type « B aime B » qui se décryptaient aisément. « B » pour Buffy et « B » pour Ben.

Sa rivale arborait aussi, sur la cheville gauche, un dauphin bleu, sur le poignet droit un mantra des Indes sans compter des motifs l'assimilant à une adoratrice du rock.

Soudain, elle perdit confiance. Jeune, sexy, à la pointe de la mode et fan des réseaux sociaux, Buffy n'avait-elle pas plusieurs longueurs d'avance sur elle ?

D'autres photos défilèrent sur l'écran du portable, l'une prise sur le yacht des Holt, le jour où Ben avait été invité à bord. Buffy le dévorait des yeux ! Visiblement, il plaisait à l'héritière à qui papa Holt n'avait pas, semblait-il, du tout forcé la main. Quelques jours plus tard, sur une autre photo, Buffy arborait sur son bras le fameux tatouage « B aime B ».

D'autres instantanés la montraient littéralement suspendue au bras de Ben, à New York, lors d'une soirée de bienfaisance pour la cause animale. La bimbo ne dévorait plus seulement Ben des yeux mais se payait le luxe de le faire boire à sa propre coupe, sans se préoccuper des photographes ou des autres invités.

Et Sophie qui se croyait capable de le conquérir alors même qu'il était sans doute déjà trop tard. L'autre soir, à l'hôtel, elle avait pu l'entraîner dans sa suite et faire l'amour avec lui, mais au matin, Ben ne l'avait-il pas quittée sans un mot, comme un an plus tôt ?

Le comble fut de voir Buffy exhibant le nounours en peluche que Ben venait de lui acheter aux enchères en même temps que des boucles d'oreilles en diamant – contribution du célèbre bijoutier Ambrosi à cette vente. La relation entre son ex-amant et la jeune héritière était bien plus sérieuse qu'elle l'aurait supposée.

Et dire que Ben ne lui avait jamais fait le moindre cadeau !

— J'ai fini ! clama Antonio visiblement satisfait.

« F aime B » pour « Francesca aime Ben ».

La décalcomanie était si bien imitée qu'on aurait juré un vrai tatouage, comme ceux qu'arborait Buffy.

— Parfait !

Prenant la suite d'Antonio, l'une des esthéticiennes du salon lui conseilla un fond de teint qui s'harmoniserait avec sa nouvelle coloration, puis elle choisit un vernis à ongles rose vif, de la même nuance que celle utilisée par sa sœur.

Encore quatorze heures à attendre et elle serait confrontée à Ben qui, en principe, la confondrait avec Francesca, du moins si tout se déroulait comme prévu.

Et pourquoi Ben aurait-il des doutes puisque tu seras la réplique exacte de Francesca ?

— Ma chérie, on croirait voir Francesca ! s'extasia un Rico aux anges.

C'était vrai, en effet.

Au moment de régler la prestation, elle écailla par mégarde l'un de ses ongles fraîchement vernis tout en maudissant cette couleur criarde.

Et ces cheveux blonds !

Et le tatouage vulgaire !

— Vous êtes belle comme un astre ! déclara Rico, jamais à court de compliments outrés.

Elle s'efforça de sourire mais n'en prit pas moins rendez-vous pour le lendemain soir.

— Si vite ? s'étonna Rico.

— J'ai hâte de redevenir celle que j'étais avant, autrement dit brune et sans « ornements ».

Habitué à coiffer les stars et à supporter leurs caprices, Rico nota le rendez-vous en s'abstenant de tout commentaire. Avant de partir, elle donna un généreux pourboire à Antonio.

Il lui restait encore à acheter des vêtements du même style que ceux de sa sœur, ce qui lui prit une heure.

Affamée, elle décida de dîner dans le centre commercial et commanda un taco végétarien et un soda sans sucre chez Big Mike, une enseigne de fast-food où elle avait ses habitudes.

En temps ordinaire, ses échanges avec le personnel et le patron, Big Mike, étaient réduits au strict minimum, mais sa blondeur fit cette fois la différence et, la prenant sûrement pour Francesca, Big Mike ne cessa de lui sourire, de lui adresser des œillades avant de lui apporter une assiette de tortillas au piment, un mets qu'elle détestait mais que sa sœur adorait.

— Offert par la maison, déclara le patron, tout sourire.

Elle le retint par la manche.

— J'ai horreur du piment dans mes tortillas. Et, pour votre gouverne, je ne suis pas Francesca mais Sophie.

Francesca qui, aux dires de certains, était la plus sexy des jumelles Messena. Big Mike se confondit en excuses.

— N'en parlons plus, dit-elle, secrètement rassurée

Cette confusion apportait la preuve de l'efficacité de son déguisement.

Oui, mais prendre l'apparence de Francesca en se teignant les cheveux et en changeant de vernis était une chose, modifier sa personnalité une autre. Elle restait plus que jamais elle-même, et la disparité entre ses goûts et ceux de sa jumelle ne lui était jamais apparue avec tant d'éclat. L'inconvénient, c'était bien sûr qu'il lui faudrait jouer le jeu le lendemain, et du mieux possible, si elle voulait convaincre Ben de sa nouvelle identité.

Parmi les autres invités, dans le brouhaha du déjeuner, elle saurait bien donner le change, le point épineux restant son premier contact avec Ben puis, ensuite, le vol en hélicoptère depuis Miami jusqu'à Sail Fish Key.

Ah, ne pas oublier d'acheter le parfum qu'utilise Francesca.

Ce qu'elle fit peu après.

Quand elle regagna son appartement, sa montre indiquait presque minuit mais, avant de se coucher, elle sentit s'attiser un peu plus encore son ressentiment vis-à-vis de Ben, le félon qui avait si bien caché son jeu en faisant la cour à cette gourde de Buffy.

La jeune blonde avait reçu en cadeau un joli nounours en peluche et la magnifique paire de boucles d'oreilles, aussi était-elle déterminée, avant de grimper dans l'hélicoptère, de se faire offrir des boucles par Ben, fussent-elles de pacotille.

Le lendemain, après une mauvaise nuit, Sophie se prépara à affronter ce qui promettait d'être une rude journée.

Elle (ou plutôt Francesca) avait rendez-vous à 11 heures précises avec Ben et devait se faire passer, le temps du déjeuner inaugural, pour sa cavalière.

Elle n'en revenait pas d'une telle duplicité chez cet homme qu'elle continuait d'aimer et qu'elle aurait cru moins machiavélique. Comment Ben pouvait-il s'afficher avec Buffy, accompagner celle-ci à des événements mondains, lui acheter nounours en peluche et autres boucles d'oreilles, puis établir une distance avec l'héritière Holt en prétendant avoir déjà Francesca Messena comme cavalière attitrée ?

À regret, elle revêtit les vêtements achetés la veille qui faisaient d'elle une Francesca bis.

— Pas mal, lança-t-elle à son miroir qui lui renvoyait l'image d'une blonde au sourire gêné.

Un bracelet clinquant au poignet et des sandales turquoise – une couleur dont elle avait horreur mais qui faisait les délices de sa sœur – complétèrent le déguisement. Ah, le parfum ! Elle s'en aspergea généreusement sans être pour autant certaine de tromper la vigilance de Ben.

Sa sœur était enjouée, un peu tête en l'air, et elle, bien plus réfléchie, calme et décidée, ce que trahissait son regard.

Porte des lunettes, alors !

Chaussée des plus larges lunettes noires qu'elle puisse dénicher, elle s'estima satisfaite à condition de ne jamais se montrer visage découvert devant Ben, sous peine de ne plus faire illusion.

Le temps couvert la convainquit d'emporter de quoi se protéger en cas de pluie et, prévoyante, elle glissa dans son sac une bouteille d'eau, des barres protéinées, des chips bio et une pomme.

Le déjeuner inaugural aurait lieu sur l'île, là même où devait être édifié le futur centre de loisirs, et des chefs réputés pourvoiraient aux festivités prévues pour plusieurs centaines d'invités, dont les investisseurs et, bien sûr, Holt et sa fille. Certains arriveraient en hélicoptère, d'autre par des navettes maritimes, les Holt faisant le déplacement à bord de leur yacht.

Et elle, parviendrait-elle à jouer son rôle sans se trahir ?

Enfin, ce qui comptait pour Ben était avant tout qu'elle soit enjouée et blonde à en faire pâlir le soleil.

Comme Francesca.

11

Francesca était en retard.

En l'attendant, Ben passait et repassait devant les devantures luxueuses du centre commercial Atraeus de Miami. Pourvu d'un héliport sur sa terrasse, de plusieurs restaurants et salles de cinéma, le centre était très fréquenté, mais il avait beau scruter la foule, aucune blonde qui ressemble à Francesca n'était en vue.

Réflexion faite, il avait commis une erreur. Et même, une faute de stratégie. Atraeus inaugurait en effet son nouveau centre commercial à New York et Sophie figurait parmi ses invités, l'occasion pour elle de promouvoir ses enseignes et ses modèles de vêtements. Or, il connaissait assez John Atraeus pour le savoir capable de séduire Sophie à qui il parlerait affaires, mode, boutiques, jusqu'à ce qu'elle morde à l'hameçon.

Imaginer Sophie implantant ses enseignes à New York, sous l'œil bienveillant de son rival, le mettait hors de lui, voilà tout. Et à force de ne pas vouloir mêler affaires et sentiments, il risquait de laisser sa belle lui échapper et pour toujours.

La veille encore, sous la pluie, étreindre Sophie, la caresser, embrasser cette bouche offerte, sentir combien elle le désirait auraient dû lui servir d'avertissement, mais non, il avait préféré s'en tenir à son plan initial et se servir de Francesca afin de décourager Buffy sans pour autant vexer le père de cette dernière, l'un des investisseurs principaux du projet Sail Fish Key.

Depuis sa première rencontre avec Sophie, depuis qu'il était tombé amoureux d'elle, il n'avait cessé d'être tiraillé entre le désir que lui inspirait la jolie brune, ses sentiments pour elle et son complexe d'infériorité à l'égard d'une femme plus riche que lui.

Tel avait été, un an plus tôt, son état d'esprit, et l'héritage miraculeux de l'oncle Wallace n'y avait rien changé : le clan des Messena lui apparaissait toujours comme une forteresse imprenable.

Désormais, il s'interrogeait sur le bien-fondé de ses suppositions. Pourquoi s'être dévalué de cette façon-là, avoir cru qu'il ne faisait pas le poids face à une femme qui ne lui avait jamais témoigné de mépris ?

La pensée qu'un autre homme – surtout John Atraeus – puisse conquérir Sophie et en faire sa femme avait de quoi le rendre fou. Pour le meilleur et pour le pire, elle était sienne et, dans ces conditions, s'afficher avec Francesca, la sœur jumelle, à ce déjeuner inaugural, devenait un contresens.

Peut-être était-il encore temps ?

Alors que, fébrilement, il composait sur son portable le numéro de Francesca pour annuler la rencontre, l'intéressée surgit sur sa droite, plus flamboyante que jamais, la crinière blonde en bataille et des lunettes noires masquant son regard.

Alors qu'il s'efforçait de dissimuler sa déception, l'allure de la nouvelle venue, une façon curieuse de marcher, éveilla son désir et, donc, ses soupçons. En effet, jamais Francesca ne lui avait rien inspiré d'autre qu'une vague sympathie.

Tout devenait clair ! En dépit de sa blondeur, de ses vêtements colorés, de ses sandales turquoise, celle qui se trouvait à moins d'un mètre ne pouvait qu'être Sophie. Il en aurait mis sa main au feu. Pourquoi cette mascarade sinon parce qu'elle tenait à lui comme il tenait à elle et qu'elle refusait de laisser Francesca tenter sa chance avec lui ?

Celle qui, hier encore, après leur brûlante étreinte sous la pluie, le maudissait et menaçait de se jeter du haut d'une falaise pour ne plus le revoir, avait visiblement changé d'avis.

La vision d'un Ben, portable à l'oreille, avait fait naître chez Sophie un trouble sensuel, un désir fou de refaire l'amour avec lui. Cet homme grand et musclé, manches roulées sur des biceps bronzés, exerçait sur elle un tel magnétisme qu'elle en oublia d'imiter la démarche, les gestes de sa sœur.

Flûte ! Et Ben qui la fixait avec réprobation, sans doute parce qu'elle avait vingt bonnes minutes de retard !

Paniquée à l'idée qu'il puisse déjà l'avoir reconnue en dépit de son déguisement et de sa blondeur, elle fit celle qui était un peu perdue, qui ne le voyait pas, un stratagème qu'affectionnait sa sœur pour mieux se laisser désirer.

Choisissant dans la foule un homme de la même stature que Ben, elle se dirigea vers l'inconnu comme s'il s'agissait bien de celui avec qui elle avait rendez-vous.

Comment Ben allait-il réagir ? Du coin de l'œil, elle le vit froncer les sourcils et se mettre en marche dans sa direction.

Elle tira l'inconnu par la manche.

— Oh ! excusez-moi, je vous avais pris pour un autre...

— Je m'appelle Steve, déclara l'homme en lui souriant.

Elle eut du mal à ne pas paniquer.

— Désolée !

— Francesca, fit la voix irritée de Ben.

Le moment de vérité !

— C'est vous !

Elle se félicita de porter des lunettes opaques tant le regard de Ben était réprobateur.

— Eh oui ! Et j'attends depuis vingt bonnes minutes.

Au moins ne soupçonnait-il pas la supercherie.

— Je suis confuse. J'ai été retenue, répliqua-t-elle en imitant de son mieux les mimiques de sa sœur.

Le regard qu'il posa sur elle exprimait le désir, preuve s'il lui en fallait une qu'il s'intéressait à sa jumelle. Mais la prenait-il vraiment pour Francesca ?

— Vous auriez pu m'appeler pour me prévenir de votre retard, déclara Ben d'un ton acide.

La moutarde lui monta au nez.

— Je suis là, non ? Vous devriez m'être reconnaissante d'avoir accepté de vous accompagner jusqu'à Sail Fish Key.

Ben l'entraîna vers une table libre et appela la serveuse.

— Oui, vous avez raison. Que buvez-vous ?

Elle mourait d'envie d'un café serré, mais Francesca était abonnée aux smoothies et ce fut ce qu'elle commanda à contrecœur.

Et quand la serveuse rapporta les boissons, dont un café pour Ben, elle regretta un peu plus encore de jouer cette comédie.

Après avoir bu, Ben lui sourit.

— J'apprécie votre aide, Francesca, car sans vous, je ne sais pas comment j'aurais pu échapper aux assiduités de Buffy Holt pendant ce déjeuner.

Elle tira de son sac un carnet identique à celui de Francesca, et un stylo pailleté d'or que sa sœur lui avait remis la veille.

— D'après ce que j'ai pu voir sur Internet, cette jeune héritière semble décidée à vous conduire jusqu'à l'autel, et avec la bénédiction paternelle.

Ben soupira.

— C'est bien ce qui m'ennuie. Buffy s'est mis en tête qu'elle était amoureuse de moi et, si je la repousse, son père, Malcolm Holt, pourrait décider de se retirer du projet en cours.

Évidemment !

— Buffy doit en être consciente pour se permettre de vous harceler comme elle le fait, déclara-t-elle avant de goûter sans entrain à son smoothie.

Et si elle se trompait ? Si Ben affectionnait en priorité les blondes, tant Buffy que Francesca, sans oublier les autres femmes avec qui il s'était montré au cours des derniers mois ? Séduit par sa blondeur, Ben profiterait peut-être pour lui faire la cour et, qui sait, pour l'entraîner dans son lit.

Il la regarda avec ce qui lui parut être un soupçon d'ironie.

— L'essentiel est de tromper la vigilance de cette adorable petite peste. En vous voyant à mes côtés, Buffy saura que mon cœur est pris et sans doute renoncera-t-elle à avoir des vues sur moi.

Si, comme tout le laissait supposer, Ben la prenait vraiment pour Francesca, allait-il chercher à l'attirer dans son lit ? Une telle éventualité aurait de quoi la dévaster et, comme un petit animal traqué, elle chercha une issue.

— Nous nous connaissons à peine et prétendre que je suis votre nouvelle petite amie paraîtra exagéré à tous, y compris à Buffy. Et puis, les réseaux sociaux ont amplement commenté vos retrouvailles avec Sophie, l'autre soir, à l'hôtel...

— Ah, le champagne...

— Pas seulement le champagne, Ben, mais aussi ces rumeurs selon lesquelles Sophie et vous auriez échangé un baiser sur la terrasse de l'hôtel.

— Bon, et après ?

— Après ? Les réseaux sociaux ont commenté vos tendres retrouvailles et les imaginations sont allées bon train.

Incisif comme un laser, le regard bleu de Ben lui donna la désagréable sensation de lire jusqu'au tréfonds de son âme et de ne pas être dupe de son déguisement ou de sa blondeur factice.

Un sourire éclaira ses traits virils.

— Puisque vous voulez tout savoir, Sophie et moi avons passé la nuit ensemble et, quoi qu'en pensent les réseaux sociaux, quoi que vous puissiez en penser, je ne regrette rien.

— Vraiment ?

— Vraiment, oui, et vous savez quoi, Francesca, si c'était à refaire, je recommencerai.

Elle se fit l'avocate du diable.

— De la part d'un séducteur volage comme vous, quoi d'étonnant ? N'importe quelle femme est bonne à prendre...

Ben tapota le guéridon.

— Quel jugement sévère, Francesca. Quoi que vous puissiez penser de moi, sachez que je n'ai jamais voulu le moindre mal à Sophie.

Elle contint difficilement sa colère.

— Vous l'avez quittée sans remords, il y a un an. Ma sœur a eu un grave accident sans que vous vous souciiez d'elle. Et tout récemment, encore, après cette nuit passée avec elle, vous êtes parti sans même un au revoir.

Ben la regarda d'un air amusé.

— Comment le savez-vous ?

— Sophie et moi, nous nous disons tout.

— Sophie la brune... Francesca la blonde, répondit Ben, pensif.

Elle changea de sujet car la conversation prenait un tour dangereux.

— Pour que Buffy se décourage enfin et cesse de vous harceler, j'ai l'idée d'une tactique qui pourrait s'avérer payante.

Et elle lut à Ben les quelques conseils notés à la volée dans son carnet.

— Ainsi, d'après vous, je suis tout sauf un romantique et je méprise les femmes ? Et me montrer à Buffy sous ce jour peu flatteur serait encore la meilleure façon de la faire fuir ?

— Exactement, à condition toutefois d'humilier assez cette demoiselle pour que la leçon porte.

— Et comment devrais-je procéder, selon vous ?

Elle tenait enfin sa vengeance.

— Les femmes avec qui vous vous êtes affiché sur les réseaux sociaux n'ont jamais arboré un quelconque bijou que vous leur auriez offert.

— Elles portaient déjà les leurs !

— Trêve de plaisanterie, lors de la vente de charité, Buffy

a reçu en cadeau de votre part un nounours en peluche et, surtout, une paire de boucles d'oreilles…

Ben se redressa.

— Mais non, et…

— Ne protestez pas. Peu m'importe que vous ayez fait ces cadeaux à Buffy, si l'essentiel est aujourd'hui de ne plus lui laisser d'espoir.

— Bon, admettons. Comment allons-nous procéder ?

— Mon idée est simple : vous allez m'offrir, enfin, feindre de m'offrir, une paire de boucles d'oreilles et, pour imiter le tatouage que Buffy porte à l'épaule, vous arborerez un transfert clamant que « B aime F ».

— « B aime F » ?

— Pour « Ben aime Francesca ». De mon côté, j'ai aussi un tatouage factice qui dit « F aime B ». N'ayez crainte, l'encre s'enlève sous la douche. Ainsi, Buffy comprendra qu'une autre a capturé votre cœur.

Elle exhiba le transfert que lui avait remis Rico, la veille, au salon de coiffure, et vit Ben froncer les sourcils.

— À quoi rime ce « S » au lieu d'un « F » ?

En regardant le transfert de plus près, l'erreur manifeste commise par l'employé de Rico lui sauta soudain aux yeux.

— Oh ! désolée ! Cet idiot d'Antonio s'est trompé. Les réseaux sociaux ont trop parlé, dernièrement, de vous et de ma sœur Sophie. Sans doute cela explique-t-il qu'il ait confondu le « F » de Francesca avec le « S » de Sophie.

Ben se frotta le menton.

— Si ce transfert comporte une erreur, qu'en est-il de celui que vous portez déjà ?

Manche relevée, elle montra à Ben le tatouage « F aime B ».

— Vous voyez !

— Bon, au moins n'y a-t-il pas d'impair de ce côté-là, fit Ben. Dans tous les cas, votre présence à mes côtés devrait suffire à calmer Buffy. Du reste, c'est son père qui la pousse vers moi et je doute qu'elle soit aussi intéressée que ça par ma personne.

Malcolm Holt avait la réputation de vouloir régler la destinée de ses filles, l'une étant déjà mariée à un baron du pétrole, une autre au fondateur d'une start-up en plein essor.

— Peut-être avez-vous raison, convint-elle, dubitative.

Comment oublier les cadeaux de Ben à Buffy, l'ours en peluche et les boucles d'oreilles, preuve s'il en fallait de l'attachement de l'entrepreneur à la jeune blonde ?

En ce qui la concernait, elle n'avait jamais rien reçu de Ben, pas même un colifichet.

— À quand le départ pour Sail Fish Key ?

Ben consulta sa montre.

— Dans une demi-heure.

Elle hocha la tête.

— Ce qui nous laisse tout juste le temps d'aller choisir les boucles d'oreilles que vous serez censé m'avoir offertes.

— Croyez-vous que ça soit si utile ? En nous voyant ensemble, Buffy comprendra qu'elle ne doit pas garder le moindre espoir de m'accaparer.

— Deux précautions valent mieux qu'une.

Que Ben n'ait pas d'emblée repoussé son idée était pour le moins surprenant, les hommes détestant en principe le lèche-vitrines.

Ben avait-il l'intention de la séduire, enfin, de séduire celle qu'il prenait pour Francesca, ce qui lui permettrait d'épingler l'une après l'autre à son tableau de chasse les jumelles Messena, la brune et la blonde ?

— Si nous voulons faire du shopping, dépêchons-nous, déclara Ben en se levant. L'hélico est prêt à décoller sur le toit de l'immeuble et le plan de vol, impératif.

— Allons-y, répondit-elle en lui souriant.

Le bijoutier qu'elle choisit – Ambrosi, non par hasard – exposait en vitrine colliers de perles, rivières de diamants, bagues et bracelets à rendre les épouses de l'Agha Khan jalouses.

— Ici ? suggéra Ben.

— Pourquoi pas ? Les boucles d'oreilles sur lesquelles vous aviez surenchéri, l'autre jour, portaient le sigle de ce grand bijoutier.

Plus elle se persuadait que Ben la prenait vraiment pour Francesca, plus son cœur se serrait. C'était un mufle, un cuistre, un macho bravache et un dragueur comme il en existait des millions à travers le monde, mais contrairement à ce qu'elle avait cru, il pouvait à l'occasion se montrer généreux avec la femme qu'il entendait séduire.

Et elle, Sophie, à qui il n'avait jamais rien offert, pas le moindre bijou, n'avait sans doute été à ses yeux qu'une passade, une femme d'une nuit qu'on consomme et puis qu'on jette...

Les paroles de sa grand-mère lui revinrent en mémoire. *« Choisis un homme qui ait du charme et du cœur car c'est ce qui compte le plus. »* Sa grand-mère avait vécu heureuse, longtemps, avec son mari, et sa mère avait aussi eu de la chance. Petite fille, elle avait vu son père rentrer à la maison, les bras chargés de cadeaux divers dont des bijoux qu'il offrait, avec un regard embué, à sa femme.

Bracelets, pendentifs, bagues, parfums à l'occasion, c'était moins le prix des objets qui importait que leur valeur sentimentale, le fait d'avoir été choisis avec le cœur. Le cadeau d'un homme à la femme qu'il aimait et à qui il voulait prouver son attachement.

Et Ben, quel jeu jouait-il ? Pourquoi, alors même qu'ils avaient fait l'amour deux fois, qu'un lien évident les unissait, qu'une attirance les poussait l'un vers l'autre, n'avait-il jamais cru bon de lui offrir quoi que ce soit, pas même un bibelot de quatre sous ?

En dépit des apparences, il était pourtant loin d'être pingre et elle se souvenait de cette lointaine cousine qu'il avait aidée, discrètement, pendant qu'il vivait en Nouvelle-Zélande. Autre exemple, ses dons aux œuvres de charité, aux associations de lutte contre la maltraitance des animaux, sans oublier bien sûr les cadeaux à Buffy…

Restait le test décisif.

— Vraiment, Ben, vous seriez d'accord pour m'offrir un bijou ? Par exemple une paire de boucles d'oreilles fantaisie ?

Il consulta sa montre et sourit.

— Oui, mais dépêchons-nous. Nous décollons dans dix minutes.

Et, une main autour de sa taille, il la fit entrer chez ce joaillier parmi les plus chic et les plus chers de Miami.

12

Cachant son trouble, Sophie dut faire un effort pour se consacrer aux merveilles exposées à ses regards.

Puisqu'elle était censée incarner Francesca, elle opta pour les créations Ambrosi les plus modernes, les plus flamboyantes, alors même que ses goûts la poussaient vers des bijoux classiques.

Sur un hochement de tête de Ben, l'élégant vendeur, un certain Henley, déposa sur le présentoir de velours noir les deux boucles d'oreilles en imitation diamants, bien trop clinquantes à son goût mais qui, croyait-elle, étaient proches du style prisé par Francesca.

— Mademoiselle désire-t-elle les essayer ? suggéra Henley.

Après avoir troqué ses boucles turquoise pour les nouvelles, elle se sentit très gênée, d'autant que le vendeur lui tendait un miroir où son reflet était opaque, la faute aux lunettes de soleil qui masquaient son regard.

Avant qu'elle ait pu réagir, Ben lui ôta d'autorité ses lunettes.

— Comme ça, Francesca, vous y verrez plus clair.

Il lui sembla déceler, dans son ton, une nuance d'ironie et dans le miroir, son regard mâle, incisif, donnait l'impression de la scruter jusqu'au tréfonds de l'âme.

— Eh bien, Francesca, ces boucles sont-elles à votre goût ?

Elle ne put s'empêcher de rougir.

— Un peu trop voyantes.

Ben avait-il des soupçons ? Non, puisqu'il venait de l'appeler « Francesca ».

Le vendeur lui présenta un autre modèle, puis un autre et encore un autre. Aucun ne trouva grâce à ses yeux. En fait, toute Francesca qu'elle était, porter ces bijoux voyants était au-dessus de ses forces.

— Et celles-là ? fit Ben en désignant, dans une vitrine, des boucles de facture très classique et d'une beauté à couper le souffle.

Le vendeur sourit.

— Il s'agit de diamants véritables, monsieur.

Sans se départir de cette expression amusée, presque ironique, qui la laissait perplexe, Ben lui fit essayer les boucles qui lui allaient à ravir.

— Vous plaisent-elles ? demanda-t-il.

— Bien sûr, mais c'est de la folie et…

Ben se tourna vers Henley.

— Nous les prenons. Et nous sommes pressés.

« Nous », comme s'ils formaient un couple ? Le premier instant de stupeur passée, il lui revint à l'esprit qu'elle n'était pas Sophie, aux yeux de Ben, mais bien sa blonde jumelle.

Non seulement ne l'avait-il jamais désirée ou aimée mais en plus, il s'amourachait de Francesca à qui il entendait offrir ces boucles merveilleuses ! Quel mufle !

Le seul cadeau qu'elle ait jamais reçu de lui, les roses de l'autre jour, était sa récompense pour lui avoir donné du plaisir le temps d'une nuit.

— J'ai changé d'avis, Ben. Je ne veux pas de ces boucles et puis, après tout, Buffy se moque de savoir si, oui ou non, vous êtes le type d'homme à offrir des bijoux à sa petite amie.

Henley, souriant, venait de rendre à Ben sa carte Gold accompagnée d'un reçu.

— Trop tard, répliqua-t-il en empochant le reçu. Ces boucles sont désormais à vous.

— Je ne peux pas accepter.

— Bien sûr que si ! Elles vous vont à ravir et maintenant, hâtons-nous, car je dois respecter le plan de vol.

Il lui remit, en plus de l'écrin soigneusement emballé, un petit sac en cuir contenant les anciennes boucles.

Salués par un vendeur déférent, ils quittèrent la boutique, puis empruntèrent, avec un groupe de Japonais hilares, l'ascenseur permettant d'accéder à tous les étages du centre commercial, jusqu'à l'héliport.

Qui donc Ben convoitait-il : Sophie ou Francesca ? En lui offrant ces boucles, cet homme au regard bleu acier, si beau, si viril, ne venait-il pas de lui fournir la réponse ? Hélas... Ben la prenait bien pour Francesca et l'attrait de la nouveauté le poussait à se montrer généreux.

Sur la terrasse du bâtiment, la vue de l'hélicoptère interrompit le cours de ses réflexions car, contrairement à sa jumelle Francesca, voler l'angoissait depuis son accident. Héliportée jusqu'à l'hôpital, elle se souvenait combien elle avait souffert, ballottée par les trous d'air, en dépit de la morphine que lui administrait un infirmier compatissant.

— Eh bien, qu'y a-t-il ? s'étonna Ben alors qu'elle marquait un temps d'arrêt devant le marchepied de l'appareil.

— Rien, répondit-elle, vaillante, en grimpant sur le siège passager.

N'était-elle pas censée être Francesca l'intrépide ?

Ben l'aida à boucler sa ceinture et le contact de ses paumes sur elle lui procura un frisson. Alors qu'ils survolaient la ville dans un grondement assourdissant, Ben lui fit coiffer son casque-micro sans lequel toute conversation devenait impossible.

— Je n'aime pas voler, j'ai horreur de ça, marmonna-t-elle en manière d'exorcisme.

Et tant pis si cet aveu la trahissait. Ben lui lança un regard rapide.

— N'ayez crainte... Francesca. Ces engins n'ont plus de secrets pour moi.

À perte de vue, la nappe bleutée de l'océan Atlantique lui procura un frisson d'appréhension.

— Vrai ? Nous ne risquons pas de nous engloutir corps et biens ?

Le rire de Ben lui mit du baume au cœur.

— Bien sûr que non !

Et tandis que l'hélicoptère progressait en direction de Sail Fish Key, Ben lui narra des épisodes de sa vie passée, notamment des vols de nuit mille fois plus périlleux que cette « promenade d'agrément ».

Sous le charme de cette voix mâle, elle en aurait oublié ses peurs et il lui fallut un petit moment pour comprendre que Ben la noyait à dessein sous un flot de paroles. Bon, c'était un mufle et si elle ne pouvait plus lui faire confiance en tant qu'homme, ni comme possible mari, au moins lui rendait-elle justice d'être un bon pilote sachant rassurer ses passagers.

Le déjeuner se tenait sur la terrasse du futur centre d'où l'on apercevait la mer à perte de vue.

Un peu perdue parmi ces invités mondains, Sophie grignotait un toast en jetant alentour des coups d'œil intrigués. Quelle faune !

Dès leur arrivée, Buffy, très élégante dans son tailleur bleu ciel qui mettait son teint hâlé en valeur, avait fait fi de sa présence et, sans remarquer ses nouvelles boucles d'oreilles, n'avait plus lâché Ben d'une semelle.

N'y tenant plus, Sophie avait explicitement remercié ce dernier de lui avoir offert les boucles d'oreilles, mais Buffy, pas du tout décontenancée, n'en avait pas moins continué à papoter avec Ben. Quelle garce !

La météo vira à l'orage et la crainte d'une tempête, dans l'après-midi, incita les investisseurs – dont Ben – à avancer leur réunion de travail sans attendre l'heure du déjeuner.

Flanqué d'Hannah, sa fidèle assistante, Ben quitta la

terrasse, et elle se retrouva seule, une coupe de champagne en main, à écouter le quatuor à cordes qui jouait en sourdine pendant que Buffy Holt se laissait photographier et interviewer par les journalistes présents.

Mi-jalouse, mi-curieuse, elle écouta les questions, enregistra les réponses – parfois spirituelles – de Buffy, tout en observant le manège des épouses d'investisseurs croquant dans leur toast au caviar et vidant des coupes de champagne.

Après un temps qui lui parut interminable, Ben refit son apparition, porteur d'un volumineux dossier et, avant que Buffy ait pu l'accaparer, Sophie s'avança vers lui d'une démarche que n'aurait pas désavouée Francesca.

— Tu m'as manqué, chéri ! s'écria-t-elle en l'enlaçant.

Devant une Buffy interdite, Ben lui sourit.

— Toi aussi, Francesca, tu m'as manqué.

— Alors prouve-le-moi...

Pendant que Ben lui caressait la joue, elle plaqua les paumes dans son dos, heureuse de se réchauffer à sa virilité.

— J'aime ce que tu me fais, murmura-t-elle non sans s'assurer que Buffy, enfin consciente d'être de trop, s'éloignait ostensiblement.

— Francesca, murmura Ben.

Elle brûlait d'envie de souder ses lèvres aux siennes.

— Cette Buffy, quand même ! Quel culot...

— Ne parlons plus d'elle, répliqua Ben tout en la serrant plus fort.

Elle lui décocha une pique.

— Tu aurais dû arborer ce tatouage factice, tu sais, celui que je t'ai offert.

Ben lui lança un étrange regard.

— Et qu'en aurait donc déduit Buffy ? Que tu avais changé d'initiale ? « S » au lieu de « F » ?

Le rouge lui monta aux joues.

— Oui, j'oubliais... Bon, mais promets-moi alors de ne plus

te laisser approcher par cette peste. Et ne t'avise pas de lui offrir une peluche, sinon tu verras de quel bois je me chauffe !

Et, juchée sur ses orteils, elle embrassa Ben à pleine bouche tandis que les flashs des photographes présents crépitaient.

La sonnerie de son portable rompit le charme. Francesca appelait. Le temps de s'éloigner de quelques pas et elle prit la communication.

— Oui, qu'y a-t-il ?

— Es-tu avec Ben à Sail Fish Key ?

— Oui.

— Ben se conduit-il normalement avec toi ?

— Que veux-tu dire ?

— Il t'appelle Francesca ?

— Mais oui !

— Alors prudence… Je suis convaincue qu'il a découvert la supercherie, déclara sa sœur jumelle.

Ce fut comme si une main glaciale lui étreignait le cœur.

— Explique !

— Ce matin, à quelle heure l'as-tu rejoint au centre commercial Atraeus de Miami ?

— Vingt minutes après 11 heures, car j'étais en retard.

— Ben m'a appelée un peu avant mais, bien sûr, je n'ai pas pris la communication.

Elle se souvint de Ben, portable à l'oreille, tandis qu'elle feignait de ne pas l'avoir vu.

En toute logique, puisque Ben l'appelait et qu'elle était censée être Francesca, son portable à elle aurait dû sonner et, bien sûr, ça n'avait pas été le cas.

Dès ce moment-là, Ben avait dû comprendre qu'il y avait eu substitution et qu'elle était Sophie, pas Francesca.

— Te voilà avertie, ajouta sa jumelle. Rappelle-moi quand tu seras seule.

— D'accord !

Une fois la communication coupée, elle se creusa la cervelle pour tenter de comprendre la motivation de Ben qui, au lieu de la démasquer, avait fait comme si elle était bel et bien Francesca.

Sans doute s'en moquait-il, l'essentiel étant pour lui de tenir Buffy à distance. Peut-être aussi avait-il apprécié leur étreinte de la veille et souhaitait-il reprendre les choses là où elles avaient été interrompues ?

— Tout va bien, jolie Francesca ? demanda Ben en s'approchant.

Il était temps de remettre les pendules à l'heure.

— Très bien, cher Ben, mais autant m'appeler Sophie puisque tu sais tout.

Et elle lui jeta son eau minérale au visage, devant les invités.

Tandis qu'Hannah, la fidèle assistante, s'efforçait de sécher Ben à l'aide d'une serviette, les photographes immortalisaient déjà la scène et, en complément de sa vengeance, elle se plut à imaginer les commentaires futurs, sur les réseaux sociaux.

Alors qu'elle quittait le patio par un petit escalier, des pas retentirent derrière elle.

Ben ? Déjà, elle longeait une vaste piscine déserte à cette heure-ci, avant de déboucher sur la plage de sable blanc plantée de palmiers.

Le bruit du ressac l'apaisa. Si forte était encore sa colère qu'elle ne fit pas attention aux nuées qui s'amoncelaient à l'horizon tandis que la brise tropicale fraîchissait.

— Sophie, cesse de me fuir !

Il ne lui restait d'autre choix que de faire face à l'homme qu'elle aimait et détestait le plus au monde. Si Ben avait tenté de la toucher, même du bout des doigts, elle lui aurait retourné une gifle, mais il se tint à distance.

— Sophie, je tiens à toi, déclara Ben sans intonation ironique, cette fois.

— À quoi rime cette mascarade ? Pourquoi avoir feint de me prendre pour Francesca ?

— Et toi, pourquoi t'être fait passer pour elle ?

La réplique la laissa sans voix.

— Disons que nous avions tous les deux nos raisons, reprit Ben en souriant.

Elle se détendit.

— D'accord, mais pour l'instant j'aimerais connaître les tiennes.

— Je voulais passer cette journée avec toi, à tout prix et si j'avais avoué être au courant de ton stratagème, tu aurais tourné les talons.

Qu'il n'ait jamais convoité Francesca fut pour elle un soulagement et si, un instant plus tôt, elle avait pu être tentée de jeter ses boucles en diamants dans l'océan, savoir que Ben les lui avait offertes en connaissance de cause lui mettait du baume au cœur.

— Alors comme ça, tu désirais ma compagnie ?

— Bien sûr.

Un point la chiffonnait.

— Je te crois, Ben, mais pourquoi ne pas m'avoir tout simplement demandé d'être ta cavalière aujourd'hui ? Pourquoi t'adresser à Francesca ?

Ben soupira.

— Tu te souviens d'hier, sous la pluie ? Notre étreinte... Cette façon que tu as eue de te donner à moi, et moi de réagir... virilement ?

Comme si elle avait pu oublier ! Une intuition lui vint.

— Tu voulais prendre du recul sans pour autant te laisser accaparer par Buffy. Alors bien sûr, à défaut de m'inviter, et pour te laisser le temps de la réflexion, tu as convié Francesca ?

— Exactement.

Il lui restait un doute.

— Et si tu ne t'étais rendu compte de rien, si tu m'avais vraiment prise pour Francesca ?

— C'est toi qui comptes, Sophie, toi seule. Et ce besoin de prendre du recul, c'est pour moi la preuve que j'envisage de vivre un jour avec toi.

Elle n'en demeurait pas moins agacée.

— Faut-il donc que tu réfléchisses autant avant de te décider à franchir le pas ?

Ben la regarda gravement.

— Le mariage est une affaire sérieuse. Nous venons de milieux différents et il fut un temps où, ruiné, j'étais tout juste employé par ton frère Nick.

— Et alors ? Te l'ai-je jamais reproché ?

— Non, mais tu n'en pensais sûrement pas moins. Mets-toi à ma place, Sophie. Tu es belle, riche, et ton appartenance à un clan prestigieux te rendait inaccessible, du moins à mes yeux.

L'accusation de Ben lui parut infondée.

Distante, elle l'avait été non par mépris ou parce qu'il était alors employé, mais bien parce qu'elle était tombée amoureuse de cet homme et qu'elle l'aimait en plus de le désirer.

Après dix-huit mois d'attente, elle lui avait fait don de sa virginité au cours d'une longue, torride nuit d'amour, et découvrir son départ au matin avait été pour elle une déception qui l'avait conduite aux portes du désespoir. Elle lui en avait beaucoup voulu mais, incapable de l'oublier, lui avait finalement pardonné avant de se donner une fois de plus à lui.

— Comme tu te trompais sur mon compte, constata-t-elle, rassérénée.

Avec sa beauté virile, ses pommettes saillantes, son nez très légèrement busqué, l'homme dont le regard fusionnait avec le sien faisait battre son cœur.

Quand il lui caressa la joue, elle ne le repoussa pas.

— Je suis désolé de t'avoir blessée, Sophie. L'ex-militaire que je suis est plus habitué à aller au combat qu'à débiter des chansonnettes.

— Alors, que proposes-tu ?

— Ayons une vraie relation.

Un torrent d'émotions la submergea. Elle eut un bref moment d'hésitation.

— OK pour une relation.

Il l'enlaça avec une telle force qu'elle en eut le souffle coupé puis, ravie, séduite, elle ne put s'empêcher de rire.

— Tu m'étouffes !

— Pardon.

— Mais ça me plaît.

Soulevée par une paire de bras musclés, elle se retrouva bientôt assise sous un palmier.

— Sophie !

— Ben...

Un baiser, un autre encore, et le désir qui montait en elle montait aussi en Ben si elle en jugeait par son érection.

La chance aurait-elle enfin tourné ?

13

Après avoir fait l'amour avec Sophie, Ben somnolait sous le coup d'une délicieuse lassitude quand son portable sonna.

Hannah l'informait qu'elle avait pu calmer la curiosité des invités et journalistes pour lui permettre, ainsi qu'à sa cavalière, d'avoir la paix, mais qu'il était temps de rentrer au bercail.

— Tout le monde est sur le départ, car la météo annonce une tempête, conclut sa collaboratrice.

Il remercia et, une fois la communication coupée, s'empressa de réveiller Sophie qui, encore ensommeillée, voulut l'attirer contre elle.

— Plus tard, ma chérie. Nous devons faire vite car la tempête est imminente.

Avec des vents de force 5 ou 6, il ne pourrait plus être question de prendre l'hélicoptère. Quand Sophie et lui se levèrent, une bourrasque faillit les précipiter à terre et il leur fallut marcher à demi courbés pour progresser vers la terrasse de Sail Fish Key.

— Crois-tu que ça soit aussi sérieux que le dit Hannah ? demanda Sophie.

— J'en ai peur, répondit-il sans oser ajouter qu'à l'évidence ils auraient dû lever le camp une heure plus tôt.

Les dernières vedettes faisant la liaison avec le continent

quittaient la marina, et le yacht des Holt, lui, brillait par son absence.

— Tout va bien ? demanda Sophie d'un ton inquiet.

— Oui, rassure-toi, nous arriverons à temps à l'héliport.

Mais le croyait-il vraiment alors que le ciel devenait noir, que la pluie menaçait et que le vent redoublait de violence ?

— Que fais-tu ? demanda-t-il à Sophie qui pianotait sur son portable.

— J'envoie un texto à mon coiffeur. Nous avions rendez-vous aujourd'hui mais, compte tenu de la situation, mieux vaut que j'annule.

— Ton coiffeur ? Et pourquoi donc...

— Pour reprendre ma couleur d'origine. Je suis brune, Ben, pas blonde.

Il eut conscience d'avoir gaffé.

— Oui, bien sûr. Que je suis bête.

Sophie afficha une mine soupçonneuse.

— Peut-être préfères-tu les blondes ?

— Moi ? Non, pourquoi ? J'aime les brunes, enfin, je t'aime en brune.

Un champ de mines ! Il venait de traverser un champ de mines et se promit d'être plus prudent à l'avenir.

Alors que le vent avait forci, que des éclairs zébraient l'horizon, Sophie et lui grimpèrent les marches du petit escalier et accédèrent à la terrasse totalement déserte.

— Dépêchons-nous ! cria-t-il pour couvrir le bruit du vent tout en entraînant Sophie vers l'héliport.

La pluie les surprit au moment où ils s'installaient dans le cockpit. Le rituel check-up prit encore quelques minutes. Enfin, le rotor mugit et l'hélicoptère s'éleva dans les airs.

— J'ai peur, dit Sophie.

— Ne crains rien.

Elle posa la main sur sa cuisse et la chaleur de cette paume l'incita à piloter avec la plus extrême prudence.

L'île avait, comme son nom l'indiquait, la forme d'un

poisson dont ils survolaient la nageoire caudale, mais ce détail lui parut sans aucune importance, l'essentiel étant de regagner Miami pendant qu'il en était encore temps.

Hélas, le tonnerre gronda de plus belle et la tempête se déchaîna sur fond d'éclairs.

— Que risquons-nous, Ben ? demanda Sophie d'une voix anxieuse.

Connaissant sa phobie de l'hélicoptère, il refusait de la soumettre plus longtemps à ce supplice.

— Nous allons regagner l'île et attendre une accalmie.

Alors qu'un nouvel éclair encore plus violent déchirait le ciel, les ongles de Sophie lui griffèrent la cuisse.

— Crois-tu que nous aurons le temps de rallier l'héliport ? demanda-t-elle, plus anxieuse que jamais.

— Je ne crois pas... Le mieux serait d'atterrir sur la plage nord, et au plus vite.

Elle ne répondit rien.

Après avoir évalué ses chances de se poser sans dommage sur l'étendue de sable fin, il joua de ses commandes et entreprit d'atterrir en douceur. Une rafale soudaine déséquilibra l'hélicoptère. Le rotor arrière percuta le sol dans un fracas métallique.

— Mon Dieu ! murmura Sophie, livide.

Au moins tous deux étaient-ils indemnes. Une rapide inspection lui apprit que l'hélicoptère, lui, était hors d'état de reprendre l'air.

— C'est grave ? demanda Sophie.

— Suffisamment pour nous immobiliser sur cette plage jusqu'à l'arrivée des secours.

Distante de plusieurs kilomètres du futur complexe touristico-commercial, la plage était encaissée entre des rochers hauts d'une dizaine de mètres. Il voulut appeler les secours, mais son portable affichait une absence totale de réseau et, qu'il le veuille ou non, Sophie et lui étaient prisonniers d'une île minuscule balayée par la tempête.

Une heure plus tard, le ciel se dégagea, laissant entrevoir les premières étoiles du soir.

Pendant que Ben tentait sans grand succès de redresser les pales du rotor, Sophie fit une nouvelle tentative pour joindre le continent.

— Pas le moindre réseau ! s'exclama-t-elle, découragée.

L'éperon rocheux qui se dressait non loin empêchait le passage des ondes et l'avenir lui parut bien incertain.

Ben posa ses outils et s'essuya le front.

— Et moi, je m'escrime en vain aussi, car je manque d'outillage. Impossible dans ces conditions de redécoller.

— Nous devrons passer la nuit ici, sur l'île ? demanda-t-elle

— J'en ai peur.

Au moins était-elle avec l'homme de sa vie, celui qui lui avait donné tant de plaisir en lui faisant si bien l'amour quelques heures plus tôt.

— Eh bien, soit, nous camperons ici, déclara-t-elle, soudain optimiste, en troquant sa tenue voyante pour un jean et un pull emportés dans son sac, au cas où.

Pendant qu'elle se dénudait, Ben l'observa avec, dans les yeux, une flamme de désir qui ne manqua pas de l'émoustiller. Se souvenir de sa fougue récente lui mettait le feu au ventre et elle brûlait déjà de refaire l'amour avec lui, de laisser ses mains masculines la caresser partout, tant qu'il le voudrait, jusqu'au moment où il prendrait totalement possession de son corps.

Comme ses cris avaient été sonores quand, la pénétrant avec force, Ben avait fait naître en elle une jouissance inouïe et pas qu'une seule fois. En retour, elle lui avait prodigué des caresses que jamais sa pudeur n'aurait cru possibles, du moins jusqu'à aujourd'hui.

— Faisons du feu, déclara Ben. Et ensuite, nous verrons bien. Par chance, mon nécessaire de pêche se trouve dans l'hélico, avec aussi de quoi préparer du café.

Ils ramassèrent du bois flotté sur la plage mais ce dernier, humide, refusa de s'allumer, du moins jusqu'à ce qu'elle sacrifie les pages de son carnet à la flamme du briquet.

— Tu te débrouilles bien, commenta-t-il, surpris.

L'occasion ou jamais de faire une mise au point.

— Nous avons beaucoup à découvrir l'un de l'autre, Ben, et même si les apparences sont contre moi, j'adore la vie de plein air... et la pêche.

Et, aussi, les relations simples et sincères avec autrui.

Le feu se décida enfin à prendre, un premier succès pour les Robinson qu'ils étaient devenus. Avec des branchages et une bâche trouvée dans l'hélicoptère, Ben et elle improvisèrent une tente et ce fut alors qu'elle se sentit tenaillée par la faim.

— J'ai des barres protéinées et des chips, annonça-t-elle.

— Bravo ! Je prépare du café dans ce cas.

L'épreuve redoutée d'une nuit passée sur l'île se muait en expérience nouvelle, enrichissante, et elle faillit presque rendre grâce au hasard qui, parfois, faisait bien les choses.

La première gorgée de café, brûlante, lui procura une sensation délicieuse et, quand Ben et elle eurent achevé leur dînette, ce fut avec bonheur qu'elle regarda le ciel étoilé après s'être blottie contre lui.

— Je suis bien avec toi, murmura-t-elle.

— Moi aussi, répliqua-t-il. Et tu sais, je te trouve courageuse. Tout à l'heure, dans l'hélicoptère, tu n'as pas paniqué comme l'aurait fait n'importe qui d'autre.

— J'avais très peur, pourtant.

Ben lui caressa la joue.

— Mais tu n'en as rien montré. Pourquoi ?

Elle lui sourit.

— Tu étais aux commandes et j'avais confiance en toi, voilà tout.

Tandis que des escarbilles s'élevaient vers les étoiles, Ben la serra contre son torse puissant.

— Depuis que nous nous connaissons, je ne t'ai apporté que déceptions et désillusions, murmura-t-il à son oreille. N'importe quelle autre femme m'aurait voué à tous les diables, mais pas toi.

En proie à une douce torpeur qu'accentuait encore la chaleur virile de Ben, elle hésita à répondre.

— Pourquoi, Sophie ? insista-t-il.

Un sentiment de panique s'empara d'elle, mais pouvait-elle reculer le moment de vérité ?

— Sans doute est-ce que je t'aime, s'entendit-elle murmurer, l'esprit peuplé d'images érotiques.

Et sa dernière vision, avant de sombrer dans le sommeil, fut celle de Ben penché sur elle, un petit sourire aux lèvres.

Un peu avant l'aube, un grondement de rotor réveilla Sophie : l'hélicoptère personnel de Nick se posait sur la plage. Elle en déduisit qu'il avait été rappelé d'urgence par son staff, une fois sa disparition et celle de Ben constatées.

— Tu me dois une explication ! lui lança Nick d'un ton mauvais, en s'approchant du campement de fortune.

Elle se leva à regret.

— Ne te fâche pas.

— Pourquoi cette mascarade ? Pourquoi prendre la place de Francesca ?

— Tu le sauras en temps et heure, répondit-elle avec une assurance nouvelle.

Nick se tourna alors vers Ben qui venait de se réveiller.

— Savais-tu que Sophie avait pris la place de Francesca ?

— Oui, répondit Ben. Même teinte en blonde, Sophie est trop différente de Francesca pour tromper mon instinct.

Son frère examina le campement de fortune, la bâche où Ben et elle avaient dormi enlacés, les vestiges du feu et de leur repas improvisé.

— Je ne supporte pas tes combines, Sabin ! Et encore moins que tu aies osé manquer de respect à une Messena.

Elle s'apprêtait à protester, en tout cas à défendre Ben, mais ce dernier, nullement déconcerté, se leva et fit face à son frère.

— Je n'ai pas manqué de respect à ta sœur, Nick. Sophie et moi sommes désormais fiancés et, dès notre retour, je commanderai nos deux bagues.

En elle se mêlèrent la joie, le plaisir, la crainte aussi, tant elle s'attendait peu à cette déclaration de la part d'un homme qui avait toujours clamé son indépendance et, en tout cas, ne lui avait jamais fait le moindre aveu de ses sentiments.

Ben voulait-il simplement régulariser la situation vis-à-vis de Nick Messena, son associé si à cheval sur les questions d'honneur, ou bien était-ce de sa part le signe qu'il éprouvait des sentiments forts pour elle ?

Et puis, que ni Ben, ni son frère Nick n'aient eu l'idée de lui demander si elle voulait de ces fiançailles, l'agaçait au plus haut point.

— Félicitations ! Bienvenue dans le clan, déclara Nick en assénant une tape complice sur l'épaule de Ben.

Le manège de ces deux mâles, dont aucun ne lui avait demandé son avis, était plus que blessant.

— Et moi, je compte pour du beurre ? demanda-t-elle, les poings sur les hanches.

— Ne te fâche pas, sœurette, fit Nick, tout sourire.

Elle l'ignora pour mieux affronter un Ben qui n'en menait pas large.

— Peut-être suis-je en train de perdre la mémoire, mais je n'ai pas souvenir que tu m'aies demandé mon avis.

— J'avais l'intention de le faire dès notre retour à Miami répondit Ben, penaud.

— Et qui t'empêchait de m'en parler avant ?

— Vous réglerez la question plus tard, les amoureux

intervint Nick. En attendant, rassemblez vos affaires et embarquons.

Maugréant tout bas, elle replia la bâche et boucla son sac non sans lancer des regards furibonds à Ben qui l'avait mise au pied du mur, et de quelle manière encore. Si elle détestait se sentir manipulée, force lui était d'admettre qu'elle aimait Ben et que, puisqu'elle avait eu la faiblesse de le lui dire, il ne lui restait plus qu'à attendre qu'il fasse de même.

Durant le vol de retour, Ben prit conscience que ses récentes déclarations l'engageaient non seulement vis-à-vis de Sophie, mais aussi de Nick et des frères Messena.

Trop tard pour reculer, mais en avait-il seulement le désir ?

Après les avoir déposés, Sophie et lui, sur le toit de l'immeuble Atraeus de Miami, Nick le regarda droit dans les yeux.

— Je te confie ma sœur. Gare à toi si tu nous trahis.

— Tu peux avoir confiance, répondit-il sobrement.

Nick repartit en hélicoptère vers son hôtel et, escorté de Sophie, Ben récupéra sa jeep que la fidèle Hannah avait garée sur le parking attenant.

— J'ai hâte de prendre un bain ! déclara Sophie en posant son bagage dans le coffre. Et puis cette nuit sur la plage m'a démoli le dos.

Son regard sur elle se fit tendre.

— Tu m'en veux toujours ?

— Je te l'ai dit : j'ai horreur d'être placée devant le fait accompli, répondit-elle en se massant le bas du dos.

De nouveau connecté au réseau, son portable affichait des dizaines de messages, mais il ne prit pas la peine de les lire.

— Je vois bien que tu as mal. Veux-tu que je te conduise chez un médecin ? Un kiné ?

— Non. J'ai envie de rentrer chez moi.

Il se mit en route, mais s'arrêta devant une pharmacie.

— Inutile que tu souffres pour rien. Le temps d'aller t'acheter des antalgiques et je reviens.

Une fois seule, Sophie se rendit compte que Ben avait oublié son portable dans le vide-poches de la jeep.

Trop tard pour le rappeler. Le tintement d'un message entrant mit le comble à sa curiosité et elle entreprit de lire ce dernier.

Hannah Cole, l'assistante de Ben, lui demandait si la « thérapie de l'aversion » consistant à sortir successivement avec les deux sœurs Messena pour mieux les fuir ensuite, avait porté ses fruits.

Il lui fallut quelques secondes pour comprendre.

— Quel mufle !

Ainsi ses soupçons étaient fondés et ce, depuis le début.

Ben s'amusait d'elle comme il avait voulu s'amuser avec Francesca avant de s'apercevoir qu'elle, Sophie, avait pris la place de sa jumelle.

Ben ne l'avait jamais aimée et même, sans doute, ne la désirait-il pas vraiment. Un an plus tôt, c'était elle qui avait pris l'initiative de passer la nuit avec lui. Même chose récemment, dans l'hôtel de Nick, quand elle avait dû vamper l'indélicat, sur la terrasse, après lui avoir jeté du champagne au visage, pour le convaincre de la suivre. Ben lui avait fait l'amour, certes, mais dès le matin, il était reparti sans bruit, comme la première fois, sans même un baiser d'adieu.

Il se souciait d'elle comme d'une guigne, elle était son Kleenex, une fille occasionnelle qu'on prend et qu'on jette.

— Comment ai-je pu être aussi aveugle !

Jamais il ne s'était soucié d'elle. Jamais, du moins jusqu'à la veille, il ne lui avait fait le moindre cadeau, écrit la plus courte des lettres, pas même adressé une carte postale. Certes, plusieurs océans les séparaient alors, mais était-ce une excuse ?

La seule explication possible était que Ben avait recouché récemment avec elle pour mieux l'oublier, d'où la « thérapie de l'aversion » mentionnée par Hannah Cole dans son message. Qu'elle avait été sotte de ne pas le comprendre plus tôt !

Enfin, et c'était peut-être ce qu'elle ne lui pardonnerait jamais, Ben avait forcé la main de Francesca, sa sœur, afin de se faire accompagner par elle à ce déjeuner inaugural, sans doute pour s'assurer que, brune ou blonde, une fille Messena ne valait pas le déplacement.

Dernier acte de cette triste comédie : la tempête qui les avait cloués sur l'île, l'élan romantique et charnel qui l'avait poussée vers Ben et, au matin, l'arrivée de Nick aux commandes de son hélicoptère. Confronté à son frère aîné, si chatouilleux sur l'honneur, Ben n'avait alors pu faire autrement que de s'engager à se fiancer avec elle, sous peine de risquer une confrontation physique avec Nick, sans compter, en prime, la fin de sa collaboration avec les Messena.

Mufle indélicat, Ben était aussi – elle venait d'en avoir la preuve – un lâche et un opportuniste !

Quelques minutes plus tard, quand il la déposa devant son immeuble, elle prit son sac sans lui adresser le moindre regard, et encore moins lui donner un baiser.

— Eh, ne pars pas comme ça ! l'interpella-t-il.

Elle garda le silence. Le portable de Ben se mit à sonner mais, au lieu de prendre l'appel, il la regarda d'un air soucieux.

— Tu es fatiguée, Sophie. Repose-toi et je passerai te prendre ce soir, pour aller dîner en ville.

Elle n'eut pas la force de répondre.

— À tout à l'heure ! ajouta-t-il avant de démarrer.

D'un pas d'automate, elle gagna son appartement, prit une douche, se changea enfin.

Une « thérapie de l'aversion » ? La belle formule ! Ben ne l'aimait pas, en tout cas ne le lui avait jamais dit, et s'il semblait décidé pour la première fois à l'épouser, c'était afin de satisfaire Nick, pas pour une autre raison.

En lui forçant la main, deux jours plus tôt, à l'hôtel, elle lui avait donné l'occasion de vérifier qu'il ne ressentait rien de particulier pour elle, sinon pourquoi l'aurait-il quittée si vite, sans même l'embrasser ?

La fameuse « thérapie de l'aversion ».

La perspective de devenir l'épouse d'un homme qui ne l'aimait pas, qui ne l'aimerait probablement jamais lui fut insupportable et elle appela l'aéroport pour connaître l'horaire du prochain vol pour la Nouvelle-Zélande.

Dolphin Bay, sa tranquillité lointaine, la beauté de sa faune et de sa flore l'aideraient à faire le point pendant quelques jours et puis, rien ne l'empêchait de veiller à distance sur ses affaires.

Un vol partait cinq heures plus tard, ce qui lui laissait le temps de quitter l'appartement avant l'arrivée de Ben et si ce dernier, par extraordinaire, devinait ses intentions, il ne lui resterait qu'à prier pour que l'avion décolle à temps.

Ben sonna en vain chez Sophie. Il voulut la joindre sur son portable, sans plus de succès.

La porte de l'appartement voisin s'entrebâilla.

— Si vous cherchez Sophie, elle est partie il y a une heure environ, déclara une vieille dame à l'air revêche.

— Partie, mais où donc ?

— En voyage. Elle emportait deux gros sacs.

Avant qu'il ait pu demander des précisions, la voisine avait refermé sa porte. Ainsi, il n'avait pas rêvé, un peu plus tôt, dans la jeep, en remarquant le changement d'attitude de Sophie à son égard, sans compter qu'elle n'avait pas répondu une seule fois à sa dizaine d'appels de l'après-midi.

Avait-il jamais aimé une femme comme il l'aimait, elle ? Et, stupidement, il avait tardé à le lui avouer, par pudeur sans doute, par peur aussi d'être rejeté.

Où donc Sophie avait-elle pu aller, sinon là où elle avait

grandi ? Il appela l'aéroport de Miami. Le prochain avion à destination d'Auckland décollait moins d'une heure plus tard.

Juste le temps d'arriver !

Pestant contre les ralentissements divers qui émaillaient le parcours, il appela l'un de ses amis travaillant à l'aéroport et eut confirmation que Sophie Messena figurait bien sur la liste des passagers de ce vol.

Une fois à destination, il sprinta jusqu'au hall d'embarquement mais, trop tard, les portes de l'appareil s'étaient déjà refermées.

Que c'était rageant !

L'employée de la compagnie aérienne lui proposa une place sur le vol du lendemain matin, première heure, et il prit son billet, sans se soucier de manquer une importante réunion à Miami.

Que lui importaient les affaires ou l'argent !

Seule Sophie comptait et, dans tous les cas, rien ne l'empêchait de contacter Hannah et de lui donner ses instructions à distance.

Le commentaire de son assistante sur la « thérapie de l'aversion » avait-il déclenché la fureur de Sophie, au cas où cette dernière en aurait pris connaissance, quand il l'avait quittée pour aller lui acheter des antalgiques ? Ainsi s'expliquerait son attitude étrange quand il l'avait rejointe dans la jeep, sa prétendue fatigue, son silence boudeur…

Parce qu'il avait faim et aussi gros sur le cœur, il choisit d'aller dîner au restaurant Alfresco, lié à jamais au souvenir de Sophie, à leurs langoureuses retrouvailles sous la pluie. En dépit de l'affluence du soir, le maître d'hôtel lui dénicha une bonne table.

Autour de lui, des couples discutaient, riaient… Comment avait-il pu se montrer aussi stupide, arrogant, insensible en blessant à outrance une femme d'exception qui ne demandait – il s'en rendait compte à présent – qu'à l'aimer et à être aimée de lui.

— Tu l'as bien cherché ! murmura-t-il en attendant que le serveur lui apporte les antipasti.

Saurait-il se justifier auprès de Sophie, lui expliquer que son attitude résultait d'une peur d'être une fois de plus trahi et abandonné ?

Jouer les durs, les machos était tout simplement une tactique de défense, mais la femme de son cœur l'entendrait-elle et accepterait-elle de lui redonner une chance ?

Il l'ignorait. Toutefois cette chance, fût-elle une sur un million, il était prêt à la courir, tout simplement parce qu'il aimait Sophie d'un amour fou.

14

Une fois à New York, Francesca se fit conduire dans un hôtel situé à côté du centre commercial Atraeus.

Après s'être douchée, elle sortit de ses bagages la robe rouge qu'elle avait portée la fameuse nuit où John et elle avaient fait l'amour, ainsi que la lingerie qui, sûrement, évoquerait pour lui des chauds et tendres souvenirs.

Une heure plus tard, après avoir parcouru à pied la centaine de mètres qui séparait son hôtel du centre flambant neuf, elle déambulait parmi les invités, une coupe de champagne à la main.

Son stratagème réussirait-il ? En la voyant vêtue de la même façon que quelques jours plus tôt, à l'hôtel de Nick, John recouvrerait-il la mémoire ? Répéter les mêmes gestes, mimer les mêmes scènes et dire les mêmes choses que l'autre soir faisait aussi partie de sa stratégie. Et si la mémoire tardait à revenir à John, elle comptait bien titiller ses sens jusqu'à complète guérison.

Son optimisme tourna court quand elle aperçut le maître des lieux discutant, près du buffet, avec une très jolie blonde au sourire éclatant, dont le visage lui était curieusement familier.

Trop tard ? John aurait-il déjà trouvé à la remplacer ?

Peu après, un grand brun élégant vint chercher la blonde qui se nicha dans ses bras et elle poussa un soupir soulagé :

l'homme n'était autre que Constantin Atraeus, cousin de John, et la femme, son épouse légitime, Sienna.

Il était temps de se manifester !

Au fur et à mesure qu'elle s'approchait du trio, son cœur battait plus vite et plus fort.

— John ! lança-t-elle au moment où le cousin et son épouse s'éloignaient.

Elle lut dans son regard l'étonnement, mais pas le déplaisir.

— Vous ? J'attendais Sophie et...

— Sophie n'a pas pu venir et elle m'a demandé de la remplacer, ce soir.

L'émotion lui asséchait la bouche et, avisant un serveur de passage, elle troqua sa coupe vide contre une pleine.

— C'est curieux, reprit Atraeus, mais en vous voyant, j'éprouve, comme dans l'un de ces rêves étranges, un sentiment de déjà-vu.

Soudain confiante, elle ne put s'empêcher de sourire.

— Eh bien, ça n'est pas un rêve et le mieux serait que nous en discutions dans un lieu plus tranquille, sur une terrasse par exemple.

Le cadre de leur rencontre de l'autre soir, à l'hôtel de Nick. Un sourire illumina le visage de John Atraeus.

— J'ai loué pour la nuit le penthouse de l'hôtel, situé au-dessus du centre, avec accès direct au toit-terrasse.

Elle hocha la tête.

— Ça serait parfait, John. Pouvez-vous abandonner vos invités pour quelque temps ?

— Vous êtes ravissante. J'ai donc l'alibi tout trouvé, répondit ce dernier avant de lui prendre le bras.

Un ascenseur privé les conduisit jusqu'à la terrasse donnant sur les lumières de New York. L'endroit était, en outre, décoré de ficus. Exactement comme à Miami.

Une chance supplémentaire !

— Venez, dit-elle à John en lui faisant prendre la même

position que l'autre soir, le dos appuyé à la balustrade, et elle de face, sensuelle, les seins gonflés de désir.

— Francesca, vous êtes si belle. Ne nous sommes-nous pas croisés récemment, un soir comme celui-ci ? Je me revois, tenant entre mes bras une femme qui vous ressemblerait beaucoup...

Elle s'approcha de son hôte et, après s'être hissée sur la pointe des pieds, effleura ses lèvres d'un baiser.

— Le premier d'une longue série...

— Un baiser, oui ! s'écria John en reprenant son souffle. Et ensuite, je... Tout est brouillé dans ma mémoire et...

— Vous et moi, John. Vos mains sur mes seins, comme ceci...

Sentir les paumes viriles sur sa poitrine lui procura presque un début d'extase.

— Toi, Francesca ? Nous aurions ainsi...

— Passé la nuit ensemble, John. Tu m'as fait l'amour, et de quelle façon !

L'avait-elle convaincu ?

— Mais alors, pourquoi est-ce que je me souviens de Sophie ? s'étonna-t-il, le front plissé par la réflexion.

— Au matin, tu m'as quittée pour aller à un rendez-vous d'affaires. Dans le hall de l'hôtel, tu as croisé ma sœur Sophie qui a profité de ta voiture.

— Sophie... Ma voiture ? Oui, en effet. Et ce choc soudain. L'accident. Oui, la mémoire me revient peu à peu.

— Sophie t'a accompagné à l'hôpital, puis elle t'a conduit à ton hôtel et a veillé quelques heures sur toi, le temps de s'assurer que tu étais hors de danger.

Le visage de John s'éclaira.

— Je me disais aussi ! J'aime bien Sophie, certes, mais de là à...

— Elle n'est pas ton type, conclut-elle en lui caressant la joue.

Un large sourire se peignit sur le visage viril de John.

— Mon type de femme, c'est toi, Francesca. Et depuis deux ans que nous nous connaissons, j'ai souvent espéré t'arracher un jour à cette ronde de prétendants que te prêtent les réseaux sociaux.

— Cette époque-là de ma vie est terminée, John.

— Vraiment ?

— Regarde-moi. Même robe, mêmes sentiments que l'autre soir. Et c'est toi que j'avais choisi, alors. Et toi encore que je choisis maintenant.

La première chose que fit Sophie en débarquant à Auckland fut de louer une voiture. Elle prit la direction de Dolphin Bay et du cottage que Nick tenait toujours à la disposition des membres de la famille, non loin de l'hôtel des Messena.

En chemin, elle s'arrêta pour effectuer quelques emplettes : fruits frais, pain, du fromage de brebis aussi.

— Vivement que je dorme !

Une fois dans sa chambre, celle précisément où Ben et elle avaient pour la première fois fait l'amour, un an plus tôt, elle négligea d'admirer la mer d'un bleu profond qui s'étendait sous ses yeux. Elle se mit au lit avec l'espoir d'oublier Ben.

Un bruit de moteur, l'écho d'une portière qu'on claque, la réveillèrent alors que son réveil indiquait 5 heures du matin. Quelqu'un se trouvait dehors.

Par la fenêtre, elle aperçut un 4×4 flambant neuf qui ne portait pas le sigle de l'hôtel, ou toute autre marque distinctive.

Et si c'était maman ?

Mais sa mère s'était acheté un SUV et non un 4×4.

De plus en plus perplexe – et inquiète –, elle troqua sa chemise froissée contre un jean et un pull chaud et, au moment où elle descendait au rez-de-chaussée, des coups furent frappés à la porte.

— Sophie ? Sophie ?

Cette voix… Lui ! Sans se soucier d'être échevelée, elle s'empressa d'ouvrir.

— Ben, toi ici…

Comme il semblait fatigué. Et ces cernes autour des yeux !

— Sophie, j'ai eu si peur de te perdre. J'ai imaginé le pire, un accident comme un an plus tôt.

Avait-elle eu envie, oui ou non, d'en finir sur cette route escarpée de Dolphin Bay ? Après l'accident, sa première pensée avait été pour Ben et, comme par un fait exprès, c'était son numéro qu'elle avait composé.

— Tu aurais dû me parler, Sophie. Au moins me dire que tu avais besoin d'aide, que ta voiture était en miettes.

— Bah, tu exagères. Ça n'était pas si grave, après tout

— Pas si grave ? Et l'hélico appelé en urgence ? Et les vertèbres déplacées ? Et les semaines de rééducation qui ont suivi ? Du reste, tu boites encore un peu…

Ainsi, Ben s'était soucié d'elle. Il avait réclamé des détails sur son accident, sur les soins qui lui avaient été prodigués.

— Bon, je boite quand je suis fatiguée, c'est vrai. Et puis, qu'importe puisque, à l'époque, tu te souciais fort peu de moi.

— C'est faux !

L'air froid la fit frissonner car août, en Nouvelle-Zélande, c'était la période hivernale.

— Entre, sinon nous allons geler sur pied.

La porte fermée, elle fixa son regard sur le nouveau venu.

— Une femme a son orgueil, Ben, et après la façon dont tu m'as traitée, en laissant en guise d'adieu ce mot griffonné sur la table, il n'était pas question que je te demande quoi que ce soit.

— Alors, selon toi, je serais un monstre d'égoïsme ?

Elle sourit.

— Tout simplement un macho comme mes frères. Oh ! je sais que tu as eu à souffrir du mariage malheureux de tes parents et de la trahison de ta fiancée, mais ce que je comprends moins, c'est ton obstination à ne voir en moi qu'une riche snob un peu écervelée. Et cette idée d'inviter Francesca à être ta cavalière pour mieux m'oublier !

— Sophie !

— As-tu réfléchi au mal que tu me faisais ?

Ben baissa la tête.

— Bon, d'accord, je regrette de t'avoir blessée. Comme je pensais que tu avais passé la nuit avec Atraeus, j'ai vu rouge et j'ai décidé de me venger en invitant Francesca à m'accompagner.

— Et par malchance, la blonde qui t'a fait escorte s'appelait en réalité Sophie.

— Ce que j'avais deviné tout de suite. Et puis, regarde…

Ben retira son pull et releva sa manche de chemise sur un biceps musclé.

— « B aime S » ! Tu as finalement décidé de porter le transfert de l'autre jour ?

— Il s'agit d'un tatouage définitif, à l'encre. Le transfert a juste servi de modèle, répondit Ben avec une grande fierté.

Un mélange de soulagement, de joie, d'impatience aussi, la submergea.

— Ben, es-tu en train de dire que…

— Que je t'aime ? Oui, et je le clame haut et fort.

— Vraiment ? Et je dois te croire ?

— Oui, puisque c'est la vérité. Il y a longtemps que je t'aime, mais je n'osais pas me l'avouer.

Elle chercha le regard de Ben, prit ses mains dans les siennes sans cesser de dévisager celui dont l'expression douloureuse la bouleversait.

— Pourquoi, Ben ? De quoi donc avais-tu si peur ?

En termes laconiques, il évoqua son enfance, sa souffrance de voir le mariage de ses parents se déliter, de découvrir un matin que son père, abandonné par son épouse, s'était donné la mort et, ensuite, il fut question de ses fiançailles à lui, de son chagrin quand l'élue de son cœur l'avait quitté en apprenant qu'il était ruiné.

— J'ai dû repartir de zéro. En Nouvelle-Zélande, ton frère m'a donné ma chance et j'ai peu à peu gravi les échelons. Tu m'as plu tout de suite, Sophie, mais tu m'en imposais et je me disais qu'une femme comme toi ne voudrait jamais d'un employé sans fortune.

— Idiot, va !

— Tu étais mystérieuse, tu ne parlais pas beaucoup et moi, bien sûr, je me suis laissé abuser. Ah, si j'avais su !

Saisissant la main de Ben, elle la porta à ses lèvres et y déposa un baiser.

— Si tu avais su, nous aurions gagné du temps.

Ben la regarda gravement.

— Devant ta porte close, à Miami, ce que j'ai ressenti a été terrible et je ne veux plus jamais connaître ça de nouveau. Jamais.

Ils s'enlacèrent si fort qu'elle en eut le souffle coupé.

— Ben, mon Ben !

— Sophie, ma chérie ! Je t'aime et nous pourrons vivre ensemble pour autant que tu le veuilles. Mais le veux-tu ?

— En somme, tu me demandes de te faire confiance ?

— Oui. De me pardonner et de m'accorder cette chance de te rendre heureuse.

L'homme de sa vie se tenait devant elle, fatigué et beau, les traits tirés, pourtant son regard exprimait l'amour...

— Tu as pris l'avion jusqu'ici ! constata-t-elle, ravie.

— Je serais allé jusqu'au bout du monde s'il l'avait fallu.

Sortant de sa poche un écrin aux couleurs du joaillier Ambrosi, il le lui remit.

— Pour toi, mon amour.

Un solitaire comme elle n'en avait encore jamais vu brillait de tous ses feux.

— Quelle merveille, Ben !

Sans rien perdre de sa prestance, il s'agenouilla devant elle.

— Sophie Messena, consens-tu à devenir ma femme et à me laisser t'aimer jusqu'à la fin de nos jours ?

— J'y consens, s'entendit-elle répondre d'une voix qui frémissait.

Sortant la bague de l'écrin, il la lui passa au doigt.

— Jurons de ne jamais nous quitter tant que nous nous aimerons, mon cœur.

D'un revers de main, elle essuya les larmes qui ruisselaient sur ses joues.

— Je le jure, Ben, et je sais que nous serons fidèles l'un à l'autre, pour toujours.

Ben se redressa et, unis par la même ferveur, ils s'enlacèrent dans le cottage devenu leur première maison, prélude à une longue vie de bonheur.